Alfred von Hedenstjerna

Allerlei Leute

Bilder aus dem schwedischen Volksleben

Band 1 und 2

Übersetzt von Margarethe Langfeldt

Alfred von Hedenstjerna: Allerlei Leute. Bilder aus dem schwedischen Volksleben Band 1 und 2

Übersetzt von Margarethe Langfeldt.

Erstdruck der beiden Bände: Hermann Haessel, Leipzig 1893

Neuausgabe
Herausgegeben von Karl-Maria Guth
Berlin 2019

Umschlaggestaltung von Thomas Schultz-Overhage unter Verwendung des Bildes: Carl Larsson, November, 1882

Gesetzt aus der Minion Pro, 11 pt

ISBN 978-3-7437-2909-4

Druck: Libri Plureos GmbH, Friedensallee 273, 22763 Hamburg

Die Deutsche Nationalbibliothek verzeichnet diese Publikation in der Deutschen Nationalbibliografie; detaillierte bibliografische Daten sind im Internet über www.dnb.de abrufbar.

Verlag: Henricus - Edition Deutsche Klassik GmbH
Mörchinger Str. 33, 14169 Berlin, info@henricus-verlag.de

Inhalt

Vorwort 5
Über den Autor 6
Der Weihnachtsabend auf Ramsjöholm 7
Inspektor Bergmann 14
Als Frau Malin Großmutter wurde 20
Durch Eis und Schnee 26
Der Bäuerin Freier 30
Silberhochzeit 36
Die alte Mama 40
Die Blau-Gelbe 45
Der Weg der Pflicht 50
Pelle Strömboms Freien 55
Fünf Mark für ein Mittagessen, drei Mark fünfzig für ein Souper 62
Des Pastors Weihnachtsgast 70
Die Geschwister 76
Die schauerlichen Gebrechen des Herren Adjunkten 84
Des Kandidaten Christmette. Weihnachten! 89
Das neue Pferd des Herrn Majors 95
Die große Schwester 101
Mamsell Christine 107
Herrn Eks neueste Eroberung 113
Abendsonne 118
Reue 124
Der alte Ajax 128
Lieschen 133
Endlich sein! 138
In der Umzugszeit 143

Unter dem Siegel der Beichte	148
Nils Peters Abiturientenexamen	156
Die Frau, welche von Kostgängern leben sollte, aber daran starb	160
Pettersson & Co.	165
Die Hindernisse der Liebe	171
Des Gerichtsbauers Mutterschwein	177
Ihr Herzensjunge	181

Vorwort

Der mir befreundete Herr Verleger hat mich ersucht, diese Erzählungen aus dem schwedischen Volksleben mit ein paar empfehlenden Worten in die deutsche Leserwelt einzuführen. Sie bedürfen dessen eigentlich nicht; doch ist es ein Ersuchen, dem jeder, der ihre Bekanntschaft gemacht hat, gern entsprechen wird. Denn eine so gesunde Nahrung für Geist und Gemüt, wie in diesen schlichten Erzählungen von Hedenstjerna, wird uns zur Zeit selten geboten. Mit dem Wort »klassisch« wird viel Missbrauch getrieben, und die Meinungen, was darunter zu verstehen sei, gehen auseinander. Doch wenn klassisch genannt zu werden verdient das Einfache, Ungekünstelte, Naturwahre, das, wie die aufgehende Sonne, alle packt und ergreift und durch Wiederholung nicht nur nicht verliert, sondern gewinnt, so darf das stolze Prädikat für diese Erzählungen voll in Anspruch genommen werden.

Ich bin mir bewusst, dass ich dem Leser damit *viel* verspreche, aber ich tue es mit gutem Gewissen, seitdem ich wahrnehmen durfte, dass ich mit meinem beifälligen Urteil nicht allein stehe. Wo immerhin der Bearbeiter die eine und andre Erzählung von Hedenstjerna vortrug, da war die Wirkung auf alle Hörer dieselbe und Streit nur darüber, welche den Vorzug verdienen, ob der »Inspektor Bergmann«, ob »Durch Sturm und Schnee«, ob »Des Kandidaten Weihnachtsmette« oder »Sein Herzblättchen« etc., und darüber mag weitergestritten werden, denn es kommt nicht darauf an. Gewiss ist, dass *keine* dieser Erzählungen ohne ethisch wohltuenden Gehalt ist, und, was ich für einen ebenso hohen wie seltenen Vorzug halte, *keine*, die man nicht auch in den Händen der reiferen Jugend zu sehen wünschte.

Ich stehe davon ab, den Verfasser, der ein gleich scharfsichtiger Beobachter des Natur- und Menschenlebens ist und beide je mit wenigen Strichen so zu zeichnen versteht, dass man miterlebt zu haben meint, was er uns schildert, mit andern modernen Schriftstellern zu vergleichen, und es verbietet sich auch meines Erachtens, insofern seine prägnante Darstellungsweise eine ganz treue, eigenartige ist.

Eher möchte ich, um ihm gerecht zu werden, an einen deutschen Künstler auf anderm Gebiet erinnern und sagen: Wer an den Zeichnungen von Ludwig Richter, insbesondere an seinen innigen und sinnigen Familienbildern Freude hat, der gewiss wird auch Freude an diesen haben; denn sie sind, wie *die*, Perlen – und nur vielfarbiger als sie – von bleibendem Wert.

G. Dreydorff, Dr. theol. in Leipzig.

Über den Autor

Karl Josef Alfred Hedenstjerna ist am 12. März 1852 auf Sleda im Kirchspiel Ryssby in Småland geboren. Sein Vater war Landwirt, hatte an der Akademie studiert und führte den Titel eines Hofjunkers. H. widmete sich zunächst der Landwirtschaft, schrieb aber dann und wann kleine Erzählungen und Feuilletons, drollige und derbe Sachen mit Provinzialmotiven und Heimatgeruch. 1879 siedelte er nach Växjö über, jener Stadt, in der Esaias Tegner einst Bischof war, der Bezirkshauptstadt Smålands, und wurde dort Redaktionssekretär der Zeitung »Smålandsposten«. Gescheit und tüchtig und als Verfasser der wöchentlichen Humoristischen Umschau (von ihm »Kaleidoskop« genannt) ward er schnell Hauptteilhaber der Zeitungsgesellschaft und 1890 Chefredakteur. 1898 gab er die Leitung des Blattes auf, blieb aber stets Mitarbeiter und nahm seinen Wohnsitz in Stockholm. »Smålandsposten« war damals überall in Schweden ein populäres, vielgelesenes Blatt. In H.s Novellen – die er immer unter dem Pseudonym *Sigurd* veröffentlichte, – macht sich ein gewisser Einfluss der amerikanischen Humoristen bemerkbar. H. verheiratete sich im Jahre 1885 in Växjö mit der Tochter eines Mühlenbesitzers, Hilma Johansson und ist in Stockholm am 12. Oktober 1906 gestorben. Sein erstes Buch »Kaleidoskop« erschien 1884 (4. Aufl. 1887). Von den folgenden sind zu nennen: I svenska bondehem (1885; 6. Aufl. 1904), Ljud och oljud (1886). Vid hemmets härd (1889; 2. Aufl. 1892), Fru Westbergs inackorderingar (1890, 4. Aufl. 1893), Fröken Jennys konditioner (1893), Patron Jönssons menwarer (1894), Marie på »Gyllene hästen« (1896), Stuta-Perssons Josua (1899), Septembersol (1900), Svenssons (1908), Olof i Fornebo (1905). Petterssons Lina (1906) und Vid vägen (posthum, 1907). Gesammelt sind: Lifsbilder ur svenska hem (1902–03) und Svenskt hvardagslif (1905).

Die vorliegende deutsche Übersetzung seiner besten Novellen ist die erste, mit der der Verfasser in Deutschland bekannt wurde. Seitdem sind ihr mehrere andere nachgefolgt.

Der Weihnachtsabend auf Ramsjöholm

Es war am Tage vor Heiligabend, und der alte Baron auf Ramsjöholm war froh wie ein Kind, hauptsächlich weil sein eigenes, sein einziges Kind zu Weihnachten nach Hause gekommen war.

»Weißt du gewiss, dass der Kachelofen im Zimmer des Jungen ordentlich Zug hat, Malvine?«

»Ja, lieber Pontus, und warm ist es auch, dafür kann ich einstehen. Wir haben drei Tage geheizt und die Betten haben die ganze Zeit über auf Stühlen gelegen.«

»War das Türschloss nicht in Unordnung?«

»Der Dorfschmied ist oben gewesen und hat danach gesehen, und Johann hat die alte Schreibtischschublade abgehobelt, so dass sie sich nun leicht einschieben lässt.«

»Malvine, du kannst dem Jungen wohl den Spiegel der seligen Tante Christine hinhängen, dann sieht es dort noch etwas gemütlicher aus.«

»Ja, lieber Pontus; neue Gardinen sind da und der Schwefelholzhalter und der Aschenbecher.«

So hatten die Alten schon eine Woche vorher alles besorgt, ehe der »liebe Junge« kam.

Der Junge war Doktor der Philosophie. Der alte Baron hielt diesen Beruf zwar für recht unpassend für einen Adligen. Die jungen Herrn der Familie Silberlanz waren meistens bei der Garde oder der königlichen Kanzlei eingetreten, als das Vermögen in späterer Zeit etwas abgenommen hatte, standen sie gewöhnlich bei einem Regimente in der Provinz. Gelehrte jedoch waren niemals unter ihnen gewesen. Aber, Herr Gott, wenn der Junge es durchaus so wollte …

Überdies hatte der Junge ihnen nie eine trübe Stunde bereitet. In der Schule machte er gleichmäßig und mit guten Zeugnissen jedes Jahr seine Klasse durch und ließ sich nie etwas zuschulden kommen, und auf der Universität hatte er stets mit seinem Wechsel gereicht. Zum Teufel! Sollte der Junge am Ende gar keinen Jugendübermut haben? Oh ja, oh ja; er liebte nur seine alten Eltern zu sehr, um ihnen Kummer machen zu wollen.

Und nun war morgen Heiligabend und jetzt war er gerade mit bleichen Wangen und seinem Diplom heimgekommen und war jetzt mit dem Gewehr auf der Schulter und mit Stella und Waldmann zur Seite in den Wald gegangen.

»Ist der junge Herr Baron nach Hause gekommen?«, fragte der alte Baron unaufhörlich und öffnete die Küchentür ein wenig. Denn er nannte ihn stets »Baron«. Das war er durch seinen Vater, und der liebe Papa blickte, so gut er auch sonst war, auf alle Bürgerlichen mit einer gewissen Überlegenheit herab.

»Karin, sieh' mal die Allee hinunter, ob der Herr Doktor schon zu sehen ist«, befahl die Baronin.

Sie sagte am liebsten »Doktor«, denn das war er durch seinen guten Kopf geworden, und den hatte er von seiner Mama.

Der Doktor-Baron kam noch nicht, und der Papa nahm eine ganze Handvoll Zigarren aus der besten Kiste und ging damit in das Zimmer seines Sohnes hinauf.

Wie sah es dort aus! Die Kleider übereinander, untereinander und dort mitten auf dem Bette sein bester »Bonjour«, wie man zu Papas Zeiten den Überrock nannte. Der unordentliche Mensch hatte nicht einmal die Brieftasche in den Jagdrock gesteckt, als er ausging. Ja, das hatte er doch getan, aber einige Papiere steckten noch in der Brusttasche. Was konnten das für Papiere sein? Pfui, der Tausend, schämst du dich nicht, Papa Silberlanz, deines Jungen Taschen zu durchsuchen? Ja, das tat er wirklich, er kam sich wie ein Einbrecher vor; aber er konnte es nicht ändern, alles, was den Jungen anging, interessierte ihn so unbeschreiblich.

Ein Brief! In Damenhandschrift! Der Tausend, der Junge war also doch nicht so duckmäuserig, wie er aussah. Aber, was, zum Teufel, war das hier? Dies war gewiss kein gewöhnliches Verhältnis! Der alte Baron schämte sich, runzelte die Stirn und las:

Mein unaussprechlich geliebter Malcolm!

Ach, wie freue ich mich auf die Rückkehr meines lieben »Doktors«! Tausend, tausend Dank für deinen liebevollen Brief! Aber ich bebe, wenn ich daran denke, dass du deinem Vater alles sagen wirst. Der alte Herr Baron ist freilich gut, aber du hast ja selbst gesagt, dass du einen schweren Kampf fürchtest. Ach, mich wundert das nicht! Ich bin ja in allen Dingen so gering und unbedeutend im Vergleich mit dir, mein teurer Malcolm. Aber du darfst nicht böse auf mich werden, wenn ich mich bei dem Gedanken, was die Deinigen, wenn sie alles erfahren, und dass du mich vielleicht gar in dein Heim hineinbetteln musst, so entsetzlich gedemütigt fühle.

Manchmal bin ich so bange und verzweifelt, dass ich ganz aller Lebensfreude entsagen möchte aus Furcht vor der kommenden Aufregung; dann will ich von dir scheiden und ganz wie in einem Roman einsam und unglücklich mein Leben verbringen. Doch ich kann es nicht, teurer, geliebter Malcolm, wenn ich nur daran denke, ist es mir schon, als würde mir ein Dolch ins Herz gestoßen. Aber wenn wir noch ein bisschen warten könnten und nicht, wie du wolltest, am Weihnachtsta...

»Schockschwerenot! Da lese mal einer ein solches Geschmiere von neun und einer halben Seite ... Und dabei kann mir der Junge über den Hals kommen ... Wie heißt die Person? Haha, ›Deine treue, dich ewig liebende Marie‹ steht da am Rande der neunten Seite. Sehr aufklärend! Dahin geht heute vielleicht die ›Jagd‹. Das Kuvert! Hm! Der Stempel unserer eigenen Poststation!«

Und wie eine Rakete sauste der alte Baron in den Saal zu seiner Frau hinunter.

»Malvine, Malvine!«

»Ja, liebes Pontuschen.«

»Kennst du irgendein Weibsbild hier in der Gegend, das Maria heißt?«

»Ja-a ... Maria aus der Seebüdnerei, die uns beim Schlachten hilft, und Korporals Mi...«

»Was redest du für dummes Zeug! Ich meine natürlich ein junges, hübsches Mädchen?«

»Aber was fällt dir ein, Pontus? Ja, der Schmied hat eine Tochter, die Maria heißt und gar nicht so übel aussieht, aber ...«

»Herr Gott, Malvine, begreifst du denn nicht! Ich meine eine Maria, die unsern Jungen verhexen, verderben, ruinieren konnte. Verstehst du mich nun?«, schrie der Baron und lief im Zimmer umher, dass Tannenbaumlichte und Konfektschüssel in die größte Gefahr gerieten.

Mama begriff auch jetzt noch nicht recht; aber nachdem man sich in den Salon begeben, sie der Haushälterin gesagt, dass sie jetzt nicht durch Wirtschaftsangelegenheiten gestört werden wollte, und der alte Baron ihr die Sache auseinandergesetzt hatte, erklärte Mama, dass die, welche Malcolm verhext hatte, keine andere als des alten Fahnjunkers

Alms Maria in Håkanstorp sein könnte, und das wäre allerdings ein nettes und auch hübsches Mädchen. Aber, du lieber Gott, der Vater war doch nur ein einfacher Fahnjunker und ihre Mutter hatte auf dem Distinger Markt in einer Bude Bonbons verkauft ... Der alte Baron verbarg wie zerschmettert seine kleine rote Nase in den Händen.

»Malvine, dass unser einziges Kind, unser lieber Junge uns solchen Kummer bereiten muss! Und dass Fahnjunker Alm, der früher ein so guter Kerl war und bei meiner eigenen Kompanie gestanden hat, eine solche Schlange zur Tochter haben kann! Aber dies hier mit Malcolm ist doch gewiss erst nach der Pensionierung des Alten geschehen, Malvine?«

»Tröste dich, Pontus. Eine Jugendneigung ist nicht immer ernst zu nehmen. Ich werde Malcolm übermorgen vornehmen, lass uns nur erst unsern Heiligabend in Ruhe und Frieden verleben.«

»Ja, Gott gebe, dass du ihn zur Vernunft bringen könntest! Ja, Gott gebe es ... hm ... hm ... Doch wenn der Junge von dem Mädchen artig und bereitwillig ablässt, nachdem er ihr nachgelaufen, ihr natürlich alles Mögliche gelobt und vorgeredet und geschworen hat ... hm ... Schockschwerenot! Dann ist er kein echter Silberlanz!«

»Bist du von Sinnen, Pontus? Willst du denn, dass unser eigener Sohn des Fahnjunkers Mädel heiraten soll?«

»Was sagst du, Malvine? Er sollte die Traditionen seiner Familie, seine Pflicht und Schuldigkeit gegen seine armen, alten Eltern vergessen, sie ins Grab bringen und die da heiraten? ... Schockschwerenot! So etwas tut doch kein echter Silberlanz!«

»Aber, Pontus, Pontus, sag' mir um Gottes willen, was tut denn ein echter Silberlanz?«

»Still, Malvine, mache mich nicht toll!«, schrie der alte Baron und stürmte hinaus.

In die Weihnachtsstimmung auf Ramsjöholm war ein Misston gekommen. Die Baronin weinte verstohlen, während sie umherging und farbiges Papier für den Tannenbaum kräuselte, und sie schob ihre Tränen auf einen Schnupfen, sobald sie beim Weinen ertappt wurde. Der Baron war kurz angebunden und bissig, sobald er mit seinem Sohne sprach, und hielt lange Vorträge über den Knappen Silber, der einst das Leben seines Königs gerettet hatte und dafür als Silberlanz geadelt worden war; von dem Major Silberlanz, der in der Schlacht bei Klissow ganz allein von seinem Bataillon übriggeblieben und dafür baronisiert worden war; von dem Silberlanz, der ein Krönungspferd geführt hatte und dem Silberlanz, der als Gefangener in Sibirien gewesen war. Und wie sie alle, alle das Ansehen und die Ehre der Familie aufrecht erhalten hatten.

»Und dann der Silberlanz, dem Malcolm für die zärtlichste Vaterliebe, für seine Erziehung zu Glauben und Ehre, für alles, alles zu danken hat!«, sagte der junge Baron warm und schloss den Vater liebevoll in seine Arme und blickte ihm treuherzig in die guten Augen unter den buschigen, grauen Brauen.

»Hm ... hm ... lass mich los, Junge! Einen solchen armen Alten, wie mich, gibt man gern für die erste, beste Waldfrau, Nixe oder Dirne hin!«, murmelte der alte Baron, und seine Stimme klang ein wenig gepresst.

Der junge Baron seufzte und sah wehmütig aus. Dann ging er auf sein Zimmer und betrachtete unter häufigen Küssen lange die Fotografie eines blühenden Gesichtchens unter wallenden Locken.

Heiligabend fuhr der Baron vormittags zu seinem alten Freunde, dem Präpositus, der ganz verblüfft über das eigensinnige Interesse wurde, das der Herr von Ramsjöholm an seinem Beichtkinde, der Tochter des Fahnjunkers Alm, zeigte. Armes Mädchen, sie musste sich wohl etwas Arges haben zuschulden kommen lassen, denn bei jedem Lobspruche, den ihr der Präpositus erteilte, sah der alte Baron immer grimmiger aus und stieß zornig mit dem Stocke auf den Boden. – Doch nach dem Mittagbrot, als Papa und Mama eine lange Unterredung in der Speisekammer gehabt hatten, die Lichter angezündet und die Rollos niedergelassen waren, kam eine bessere Weihnachtsstimmung über Ramsjöholm. Der milde Weihnachtsengel schien mit seinen weißen Flügeln Frieden ins Haus gefächelt zu haben, und nur bei dem alten Baron, der immer wieder die Gardinen zurückschlug und in den Hof hinausblickte, verspürte man eine gewisse Unruhe.

Da ertönten Schlittenglocken, ein schlichter Einspännerschlitten fuhr in den Hof, stampfende Füße ließen sich in der Halle hören, und ein großer, stattlicher Greis mit der Verdienstmedaille auf dem sauber gebürsteten Rocke trat in den Saal; ihm zur Seite ging ein junges, blondes Mädchen, das Bild einer Ingeborg.

Die Baronin errötete über das ganze Gesicht, und der junge Baron stützte sich auf die Sofalehne. Sein Herzschlag verdoppelte sich.

Doch der alte Baron bot seinen Gästen mit artiger Verbeugung die Hand zum Willkommen und führte sie zu der kleinen Gruppe beim Sofa in der Ecke des Salons.

»Meine Frau und mein Sohn ... Herr Fahnjunker Alm, Mams ... hm ... Fräulein Alm. So, du kennst Fräulein Alm, Malcolm? Mein alter Regimentskamerad hier ist Witwer und sitzt mit seiner liebenswürdigen Tochter allein zu Hause; ich war daher so frei, ihm vorzuschlagen, dass wir der größeren Gemächlichkeit halber zusammen Heiligabend feiern wollten ... hm ...«

Zwischen den beiden jungen, glänzenden Augenpaaren begann ein eifrigeres Telegrafieren als auf dem Staatstelegrafen am Oskartage. Die braunen Augen fragten: »Verstehst du dies?« Die Blauen fragten: »Hast du es schon gewagt?« Die Braunen signalisierten: »Ich bete dich an!« Die Blauen antworteten: »Du bist mein Alles auf der ganzen Welt!« Aber während der ganzen Zeit hielten sich der junge Baron und Fräulein Maria so weit wie möglich voneinander entfernt, und die alte Baronin musste allein für die Konversation sorgen. Sie war sehr artig und da, wo ihre Freundlichkeit durch eine Verbeugung quittiert werden musste, richtete sich der alte Fahnjunker allemal zum Honneur.

Der alte Baron hatte seine erste Sicherheit verloren; er war zerstreut und unruhig; maß den Fußboden mit großen Schritten, und der Schweiß trat ihm auf die Stirn. Alle fünf Minuten erhob er sein Punschglas und stieß mit dem Fahnjunker an, alle zehn Minuten bot er Fräulein Maria die silberne Fruchtschale. Schließlich trat er mit noch längeren Schritten als vorher zum alten Alm und sagte: »Herr Fahnjunker ... ich möchte ergebenst ... das heißt, wir sind ja alte Freunde ... ich will daher ... hm ... ich meine, dass wir beim Regiment gut miteinander auskamen ... Herr Fahnjunker, wollen Sie meinen Sohn haben? Schockschwerenot! Ich meine, Herr Fahnjunker Alm: Ich bitte gehorsamst für meinen Sohn Baron Adolph Christian Malcolm Silberlanz um die Hand Ihrer liebenswürdigen Tochter anhalten zu dürfen ... puh!«

Der alte Alm war einst mit dabei gewesen, als eine Kanone beim Manöver zersprang; doch da war er jung und stark und jetzt alt und pensioniert. Daher nahm ihn diese Gemütsbewegung auch viel ärger mit. Er richtete sich auf, so dass es in den Rückennähten krachte, und konnte kein Wort hervorbringen. Aber es war ja auch keiner da, der danach hinhörte, was er zu sagen haben könnte.

Der junge Baron schloss den Vater so fest in die Arme, dass der Alte beinahe erdrückt wurde: »Papa, für diesen Augenblick werde ich dich bis zu meinem letzten Atemzuge segnen!«

Über Marias Wangen strömten die Tränen warm und dicht. So war nun der Kampf entschieden und die Angst zu Ende! Sie stand als Tochter in diesem gefürchteten Heim, sie durfte ihrem Malcolm mach Herzenslust öffentlich ihre Liebe zeigen!

»Gib ihr doch einen Kuss, Junge! Bist du ein echter Silberlanz, so geschieht es – Schockschwerenot! – gewiss nicht zum ersten Male.«

Der alte Alm taute auf. Wo es das zukünftige Glück seiner Tochter, seines einzigen Kindes galt, war er ebenso gut Hauptperson, wie der Baron auf Ramsjöholm. Ruhig und mit Würde trat er zu den Jungen und ergriff Malcolms Hand:

»Sie glauben nun alle gewiss, dass Sie dem alten Alm eine große Ehre erwiesen haben. Darin haben Sie recht, und ich danke Ihnen von ganzem Herzen dafür, dass meine Maria einen so guten und ausgezeichneten Mann bekommt, den ich aufrichtig lieben gelernt habe. Und das ist mehr, Maria, als der Baronstitel und ganz Ramsjöholm. Und Sie, meine Herrschaften, müssen nicht glauben, dass Alms Tochter, so arm sie auch ist, jedem ersten besten Baron ihr junges Herz geschenkt haben würde. Ja, ja, ich drücke mich schlecht aus, aber ich meine es gut, und ich nehme Ihren Antrag mit ergebenstem Dank an.«

Als auch die Baronin ihren Anteil an den Umarmungen bekommen hatte, ging man zu dem Tannenbaum und den Festgaben, die Dienstboten wurden hereingerufen und nahmen mit vergnügten Gesichtern ihre Geschenke in Empfang.

Frühlingslieblich, in jener Schönheit, die noch durch jubelnde Freude erhöht wird, lehnte Maria das Haupt an die Schulter ihres Geliebten, und er sah die kleinen Weihnachtslichter sich in ihren strahlenden Augen spiegeln.

Allerdings sah »der Silberlanz, der das Krönungspferd geführt hatte«, ein wenig finster aus, wie er so von der Wand auf das junge Paar herniederblickte. Doch das kam wohl nur daher, dass er so schlecht gemalt war, denn er wäre kein echter Silberlanz gewesen, wenn er nicht von diesem blonden Köpfchen mit seiner süßen, jugendfrischen Anmut entzückt gewesen wäre.

Die Baronin küsste Maria auf die Wange und fragte:

»Will die künftige Baronin zum ersten Mal auf Ramsjöholm den Tee bereiten?«

Und an der andern Seite des Baumes stand der alte Baron und schämte sich förmlich, dass er das große Opfer, welches er, wie er sich einbildete, gebracht hatte, nicht im Geringsten bitter fand, und dass die kleine Mamsell drauf und dran war, sich mit voller Fahrt in sein altes, eitles, gutes, schwaches Herz hineinzustehlen.

Es machte ihm eine ganz gotteslästerliche und eines Adligen unwürdige Freude, die beiden jungen, schönen Liebenden dort dicht aneinander geschmiegt stehen zu sehen; er trank sein eigenes Wohl in einem großen Glase Punsch und flüsterte:

»Du, Malvine, streng genommen kann das kleine Mädchen doch auch nicht dafür, dass sie Alm heißt. Von den beiden kommen mit der Zeit doch noch echte Silberlanzen!«

Inspektor Bergmann

»– – – – und so hoffe ich denn, mein lieber Bergmann, dass ich mit Ihnen zufrieden sein werde. Missgriffe und Dummheiten verzeihe ich gern, aber was ich verlange, ist Treue, unwandelbare Treue.«

»Wie der Herr Graf befehlen ...«

Das war der junge Inspektor Bergmann, der beim Grafen auf Härensborg Anstellung erhalten hatte.

Und er diente sein Probejahr und der Graf war zufrieden, und er diente zwei Jahre und der Graf gab ihm von selbst Gehaltszulage, und als er die Ernte des dritten Sommers hereingebracht hatte, wurde im Inspektorhause hübsch tapeziert und neue Fußböden gelegt. Und die Tapeten nahmen sich so nett aus, dass die Haushälterin jedes Mal, wenn sie über den Hof ging, durch das offene Fenster nach ihnen hinschielen musste. Und wenn die Erzieherin spazieren gehen wollte, ging sie erst immer hinein und fragte den Inspektor, in welchem Hagen der böse Stier gerade wäre.

Man wird doch wohl das Recht haben, um sein Leben bange zu sein, wenn man auch nur eine arme Lehrerin ist!

Besonders wenn der Inspektor mindestens ebenso hübsch ist wie die Tapeten. Drei Ellen[1] und zwei Zoll, hoch und schlank, braunes Haar und braune Wangen. Und dabei dunkelblaue Augen, die so treuherzig aussahen, wenn er beteuerte: »Ich versichere Sie, Mamsell, dass der Stier heute gar nicht hier in der Gegend ist.«

Denn dazumal nannte man die Erzieherinnen noch »Mamsell«.

»Aber, Herr Bergmann, wenn Sie doch mit mir durch die Pforte kommen und nachsehen wollten ...«, schlug die Mamsell vor.

Und dann lächelte er und begleitete sie höchstens 500 Ellen weit, aber dann musste er stets nach der Dreschmaschine oder den Kartoffeln oder den Füllen sehen, denn treu war er, unwandelbar treu.

Als das kleine Fräulein Julia reiten lernen sollte und der alte Graf sie nicht immer begleiten konnte, hatte Inspektor Bergmann mehr Zeit. Da konnte es vorkommen, dass Knechte und Tagelöhner sich ordentlich verschnaufen konnten; da konnte es vorkommen, dass Inspektor Bergmann zwei ganze Stunden fortblieb. Er konnte ja ebenso gut mit wie der Kutscher. Der Abstand zwischen ihnen beiden und Fräulein Julia war gleich unmessbar. Aber wie unvorsichtig Fräulein Julia auch war und wie mutwillig auch »Gabriele« unter ihrer federleichten Bürde tanzte, immer brachte Bergmann sein Fräulein sicher heim. Und ihr loses, langes, braunes Haar wallte ungeordnet um das weißrote, pfirsichweiche Gesichtchen, die fünfzehnjährigen Augen glänzten und die Wangen des Inspektors brannten und sein Herz klopfte. Doch sie sagte nichts und er sagte nichts, denn treu war er, unwandelbar treu.

Dann als Fräulein Julia sechzehn war, und die jungen Adligen der Provinz ihren Adelskalender durchgelesen und sich über das Areal an bestellbarem Feld auf Härensborg informiert und herausgebracht hatten, dass die Gräfin viel zu kränklich sei, als dass man hoffen konnte, sie würde Fräulein Julia noch Geschwister schenken, da brauchte sie Inspektor Bergmann immer seltener auf den Spazierritten zu begleiten. Da kamen junge Vettern und Halbvettern und andere junge, wohlgestaltete, sportliebende Herren aus der Gesellschaft, und alle wollten sie Fräulein Julia Gesellschaft leisten, so dass manchmal selbst die Arbeitspferde gesattelt werden mussten.

---

1   1 schwedische Elle = 59 cm

»Darf man fragen, wer der junge Mann da in den Runkeln ist?«, konnte da einer der Kavaliere, der nach der Seite des Weges blickte, ganz plötzlich fragen.

»Oh, das ist Bergmann, Inspektor Bergmann, ein sehr netter Mensch«, versicherte Fräulein Julia.

»Hm ... aber sollte nicht diese große Besitzung einen erfahreneren Inspektor erfordern?«, meinte Vetter Georg, klemmte das Monokel fester ins Auge und meinte innerlich, dass Inspektor Bergmann durchaus nicht wie ein Inspektor aussähe.

»Oh gewiss nicht! Bergmann ist so treu, unwandelbar treu«, fiel Fräulein Julia ein.

Und mehr erfuhren die jungen Herren nicht von Inspektor Bergmann, denn diesem wurde natürlich nicht gestattet, »mit bei Tisch zu essen«.

»– – – – und dann müssen wir die Türen ein bisschen mit Grün verzieren und Girlanden zu den Balkonpfeilern haben. Ordentlich fein, denn ... ja, Ihnen, Herr Bergmann, kann ich es ja heute schon sagen: Morgen verlobt sich Komtesse Julia mit meinem Neffen, dem Grafen Georg; aber still davon bis morgen.«

»Wie Herr Graf befehlen«, sagte Inspektor Bergmann und verbeugte sich tief.

»Herr Gott, sind Sie krank, Herr Inspektor?«, sagte die Haushälterin, die Herrn Bergmann auf dem Hofe begegnete und ihm aus ihren kleinen, braunen Augen warme, liebevolle Blicke, zuwarf.

»Wieso, Mamsell Grete?«

»Herr Jesses, Sie sind ja so bleich, dass man sich darüber erschrecken kann«, sagte die Mamsell und eilte in die Küche, um ihrem Günstling etwas recht Stärkendes zu Mittag zu kochen.

Ehrenpforten und grüne Girlanden auf Balkon und Verlobung und seiner Zeit auch Hochzeit, und die durfte sogar Bergmann mitmachen!

Eine alte, adlige Witwe begegnete ihm auf der Treppe, als er hoch und stattlich in seinem neuen Gesellschaftsanzuge ankam.

»Einer der Trauzeugen, vermute ich?«, lächelte die verwitwete Gnädige.

»Oh, Tante, das ist ja nur der Inspektor«, erklärte eine der Brautjungfern.

»Nun, das muss ich sagen, das ist doch wieder auch so eine von Vetter Heinrichs philanthropischen Ideen, einen solchen Menschen zur Hochzeit zu laden«, flüsterte die Gnädige.

Und alles ging seinen ebenen, herkömmlichen Gang, Trauung und Diner, Reden und Hochrufe und Verse auf die Brautjungfern, Nachfeier, Hochzeitsreise und Heimkehr des jungen Paares, das sich im Flügel von Härensborg einrichtete. Und dann kam da ein Söhnlein, und wie Saat und Ernte miteinander abwechseln, so kamen ihrer Zeit auch feine Särge mit silbernem Wappen für das alte gräfliche Paar.

»Sie bleiben wohl bei uns, Herr Inspektor?«, sagte Graf Georg, als Bergmann bei ihm war, um die Inventaraufnahme mit zu unterschreiben.

»Ich weiß nicht ... ich habe ein kleines Gut von einem Onkel geerbt und ...«

»Nun, nun, Herr Bergmann, tun Sie uns das nicht an!«, bat Gräfin Julia und klopfte ihm auf die Schulter.

Der Inspektor blickte das milde, schöne Gesicht in der Trauerhaube einen Augenblick lang an, sah auf die kleine weiße, nun ein bisschen rundliche Hand, die auf seiner Schulter ruhte, nieder. Sie regierte ihn damit ebenso leicht, wie sie einst »Gabriele« gezügelt hatte; er verbeugte sich und antwortete:

»Wie Euer Gnaden befehlen.«

Und dann ging er in seine einsame Wohnung, wo die hübschen Tapeten verblichen waren, und in die jetzt keine warmherzigen Haushälterinnen mehr verlangende Blicke warfen, und als er sich dort an den Tisch setzte und ins Wirtschaftsbuch blickte, da fühlte Inspektor Bergmann, dass er nicht eine Woche würde leben können, ohne sie zu sehen, die ... hm ... »Andreas in Fållen zwei Tage krank. Erich aus der Seehäuslerei das Bein gebrochen und sieben Wochen fortgeblieben. Lenau aus Ekenas ... Pfui, schämt Euch, Ihr alten Augen, wollt Ihr mir das Wirtschaftsbuch nass machen ...«

Der junge Graf auf Härensborg lebte flott und kostspielig. Es ging noch an, so lange Graf Georg lebte, der sich dem widersetzte, aber als er im Alter von nur einigen fünfzig Jahren abgerufen wurde, da versilberte Graf Heinrich alles, was an Korn und Vieh auf dem Gute war. Als das nicht reichte, erhielt Inspektor Bergmann den Befehl, die Wälder zu verkaufen. Als es mit dem Walde zu Ende war, musste der Inspektor mit immer größeren Hypothekenscheinen zum Landtag reisen, und als gar niemand mehr borgen wollte, reiste der junge Graf Heinrich an einem düstern Novembermorgen nach Amerika ab. Am selben Morgen überdies noch, wo es entdeckt werden musste, dass er ganz auf eigene Hand einen Wechsel mit drei Unterschriften ausgestellt hatte.

Gräfin Julias Haar ist so weiß, so weiß geworden. Die rot und weißen, pfirsichweichen Wangen sind gelb, sehr, gelb, und der Rücken, der gerade und schlank einst auf »Gabriele« geschaukelt hat, ist sehr krumm.

Inspektor Bergmann ist auch alt. Der Schädel ist kahl und die Augen fangen an trübe zu werden. Aber der Greis hält sich noch grade, und es sieht beinahe aus, als sei er jetzt heiterer als früher.

Aber nicht mehr in den Salons von Härensborg empfängt er die Befehle der Gräfin und erstattet ihr Bericht. Härensborg ist längst unter den Hammer gekommen, und der alte Inspektor hat nun einen kleinen, nur ganz kleinen Hof zu verwalten.

Die Frau Gräfin ist wohl ein bisschen stumpf geworden. Sie begreift nicht recht, wie es mit dem Gütchen eigentlich zusammenhängt.

»Hören Sie, Herr Inspektor Bergmann«, pflegte sie manchmal im ersten Jahre zu fragen, »ist es nun auch ganz gewiss, dass Lilienthal mir gehört?«

»Euer Gnaden haben ja selbst den Bestätigungsschein gesehen.«

»Ist es ganz gewiss, dass es mein Eigen ist, so dass hierauf nicht so schreckliche Hypotheken stehen wie auf Härensborg?«

»Euer Gnaden haben selbst die Belastungsurkunde gesehen.«

»Ja, aber ich kann dies nicht verstehen, Herr Bergmann. Amtsrichter Svensson sagte ja, dass nichts übrigbleiben würde, als wir Härensborg verkauft hatten?«

»Nein, aber nachher, als Euer Gnaden die Güte hatten, die Geschäftsangelegenheiten mir alle zu übertragen, da ... da ... hm ... glückte es mir, von den jungen Herren, für die Graf Heinrich sich verbürgt und statt derer er hatte bezahlen müssen, viel Geld wiederzubekommen.«

»Das war Glück, Herr Bergmann.«

»Großes Glück, Euer Gnaden. Und so kauften wir denn Lilienthal. Ich habe die Rechnungen darüber.«

»Lassen Sie mich die Rechnungen sehen, Herr Bergmann!«

»Ja gewiss ... hm ... sehr gern ... ja gewiss ... hm ... das heißt ... Euer Gnaden hatten früher stets Vertrauen zu mir ... hm ...«

»Nein, lassen Sie die Rechnungen nur, Bergmann. Ich will Sie nicht verletzen. Ich weiß es ja, Sie waren stets treu, unwandelbar treu. Und dann noch eins, hier in Lilienthal, in unserem einfachen Alltagsleben, halte ich es für unnötig, dass Anna zwei Tische deckt. Sie können mit mir essen, wenn ich speise, Herr Bergmann.«

»Euer Gnaden! Wie könnte ich Euer Gnaden genug für so viel Güte gegen einen alten Sonderling danken, der weiter niemand in der ganzen Welt hat, der sich um ihn kümmert als Euer Gnaden!«

Und am Mittag kam der alte Bergmann, stolz wie ein König, um »mit bei Tisch zu essen«. An seinem eigenen Tische!

So wurde er denn zuletzt doch noch glücklich, der alte Bergmann. Er durfte sie lieben und pflegen, so viel er wollte, sie, die ihm alles auf dieser Welt gewesen war von dem Augenblicke an, als er ihr zum ersten Male im Vestibüle von Härensborg begegnete. Es war an einem Sonntagsmorgen und sie trug ein weißes Linonkleid und kleine gelbe Schuhe.

Seine Liebe war heiliger, größer und edler, als sie gewesen wäre, wenn sich die Kluft zwischen dem Inspektor und Komtesse Julia hätte ausfüllen lassen. Es war eine romantische Jugendliebe mit siebzig Jahren. Eine Liebe, die niemals durch übersättigten Genuss geschädigt worden war, eine Liebe, die sich ungeheißen hingab. Eine alte Liebe, aber mit der ganzen Schüchternheit und Reinheit der Wünsche und Gefühle eines eben erwachten Herzens.

Alter Narr! Da saß er den ganzen Abend und betrachtete das weiße Köpfchen, die runzeligen Wangen und die zitternden Hände. Doch nicht »diese« sah er. In der *Camera obscura* jugendfrischer, einschmeichelnder Erinnerungen sah er Fräulein Julia mit losen, braunen Locken um die heißen Wangen mit den schelmischen Grübchen, sah sie auf »Gabrieles« Rücken und sich selbst daneben, jung und stark, aber schüchtern, ach so schrecklich schüchtern ...

»Aber, Herr Bergmann, was machen Sie da?«

»Ich? Nichts, Euer Gnaden ...!«

»Sie sitzen ja und schnalzen mit der Zunge, als ob ein Pferd im Zimmer wäre, und Sie wissen doch, dass wir kein Pferd auf Lilienthal haben.«

Als Frau Malin Großmutter wurde

Der alte Bankbeamte hatte sein ganzes Leben lang gestrebt und gearbeitet, auf der Schulbank und am Pulte, als Knabe und als Mann. Er hatte denn auch sich, seine Frau und seine Maria bisher so ziemlich versorgen können. Die Familie war allerdings nicht größer, aber die Gesellschaft, in deren Dienste er arbeitete, gehörte ebenfalls nicht zu den großen und konnte ihm nicht mehr als 2000 Mark Jahresgehalt geben. Diese respektable Summe erhielt man sogar erst nach zehnjähriger, redlicher Dienstleistung und nachdem zwei Generalversammlungen in endlos langen Sitzungen darüber beraten hatten.

Nun, Herr Gott, es reichte ja auch, wenn man drei Mittage in der Woche Strömling aß und Maria vier Winter denselben Hut trug. »Dieses Jahr nehme ich vorn eine Stahlspange und setze die Feder nach links«, sagte die Frau Sekretär dann wohl mit einem kleinen Seufzer, wenn sie andere Frauen mit neuen, modernen Kopfbedeckungen gehen sah. »Mach' es so, liebe Alte«, antwortete er, »die Feder ist Nebensache, wenn nur das Herz auf dem rechten Fleck sitzt.«

Es mag wunderlich klingen, aber doch gibt es auf der Welt zuträglichere Dinge, als in der nicht ganz reinen Comptoirluft ein Menschenleben lang über einem Schreibpult zu sitzen. Der Sekretär begann zu kränkeln und schwand zusehends dahin, obgleich die Gesellschaft ihm ein neues Pultwachstuch und eine neue Hanfmatte unter den Schreibstuhl ohne Rücksicht auf die Kosten gestiftet hatte und er sich also nicht erkälten konnte.

Der Arzt schüttelte den Kopf und sprach von Kreuznach.

»Lieber Herr Doktor, das liegt ja wohl oben in Dalekarlien?«, sagte Frau Malin. Sie war ja nur Mamsell bei Barons in Stjerninge gewesen und hatte grade nicht übermäßig viel gelernt. Aber als sie hörte, dass es sogar weit außer Landes läge, da erschrak sie zuerst sehr, dann aber versuchte sie doch ihren Mann zu überzeugen, dass die Reise durchaus notwendig sei.

Der Sekretär wollte nicht. Er hatte kein Geld und keine Lust, sich und die Seinen durch Schuldenmachen zu ruinieren.

Der Doktor meinte, nun sei man im Januar und würde für den Sekretär nichts Ordentliches getan, so wäre er nächste Weihnachten so mausetot, wie nur möglich.

Die Gesellschaft bot ihm Urlaub an und wollte ihm dafür nur die Hälfte des Gehaltes abziehen, und der eine Direktor war sogar erbötig, ihm das Geld – zu sechs Prozent und gegen bombensichere Bürgschaft – vorzuschießen. Aber der Sekretär war eigensinnig. Er wollte lieber schuldenfrei in der Heimat sterben und Frau Malin die Lebensversicherung unverkürzt lassen, als sich durch eine Reise ins Ausland an den Bettelstab bringen. Der Arzt prophezeite seinen Tod noch feierlicher; der Sekretär ging nach wie vor aufs Comptoir, rechnete, schrieb, machte seinen Abschluss im Februar, und zu Johannis – war er gesund.

»Eine höchst unbegreifliche Krisis!«, sagte der Arzt.

Es war gar keine Krisis. Frau Malin hatte freilich nicht gewusst, wo Kreuznach liegt, dazu war sie zu unwissend, aber den Weg des Gebetes zu Ihm, in dessen Händen allein Leben und Tod, Kraft und Hilfe liegt, kannte sie dafür umso besser.

Der Sekretär hatte nur drei Lebensideale: seine Malin, eine hübsche, fehlerfreie Ziffernreihe und eine Pfeife Kalmarrose nach Tische. Als er sich verheiratet hatte, entsagte er seiner Pfeife noch nicht. Doch als Klein-Maria geboren war, nahm er sie stets auf den Schoß, sobald er seine Strömlinge gegessen hatte und von der Pfeife war keine Rede mehr.

»Nun habe ich sie gestopft, Papa!«, sagte Frau Malin.

»Wo denkst du hin? Soll ich das Kind mit dem Tabaksrauch krank machen?«, antwortete der Sekretär, und von dieser Zeit an rauchte er nur noch eine Sonntagspfeife und einmal im Jahre, wenn die Revisoren kamen, eine Zehnpfennigzigarre.

Als die Sekretärin zu Weihnachten gründlich rein machte, fand sie auf seinem Schreibtische eine lange, äußerst verwickelte Berechnung, die ihr vollkommen unverständlich war; doch am Rande stand geschrieben: Drei Pfeifen täglich macht in 365 Tagen 45 Kronen ins Sparkassenbuch der Kleinen.

Frau Malin wollte keine weiteren Überredungskünste versuchen und gewann es über sich, von dieser Entdeckung nichts verlauten zu lassen. Doch wenn sie nun ihren Andreas nach Tisch so mit der Kleinen auf dem Schoße sitzen sah und wahrnahm, wie seine Unterlippe an der linken Seite, wo die Pfeife fünfzehn Jahre lang im Mundwinkel gesessen hatte, ein wenig heruntergezogen war, da fühlte sie, wie die neuen Herzensfibern, die das Kindchen immer dichter einspannen, sie und ihren Andreas noch fester verknüpften. Mia wuchs mit der Zeit auf, wurde gut und niedlich, ging in die Schule und lernte so viel, dass sie mit ihren unaufhörlichen Fragen Mama schier in Verlegenheit setzte. Aber gar manche wuchsen so in der Stadt heran, unter andern eine entsetzliche Menge Buben, die natürlich alle aufs Gymnasium sollten, und so kann man sich nicht wundern, dass schließlich ein Extraordinarius erforderlich wurde.

Dieser »besondere« Lehrer kam mit Universitätsschulden, Seehundsfellkoffer, Schnurrbart, *Henri quatre* und den treuherzigsten, blauen Augen, die man sich nur denken konnte. Und als er Mia mit diesen Augen ansah, da meinte er, sie sei auch etwas ganz Besonderes, und beide überfiel eine der Liebeskrankheiten, die sich weder durch augenblickliche Armut, noch durch die Aussicht auf künftige Strömlingsmahlzeiten heilen lassen.

Der Sekretär war ein viel zu bescheidener, ergebener Mann, um sich den elementaren Naturkräften zu widersetzen, und als der junge Mann mit seiner Absicht herausrückte, bekam er Mia, die die Alten neunzehn Jahre lang geliebt und behütet, für die sie gesorgt und gedarbt hatten ... Und der Magister hatte sie erst vor fünf Monaten kennengelernt! ... Ja, wir Männer haben es gut! Froh und sorglos gehen wir an den Fensterreihen vorbei. Kleine Nähtische, zierliche, weiße Finger, die sich hinter den hübschen, reinen Gardinen fleißig mit einer Handarbeit beschäftigen, junge strahlende Augen, sinnbetörende Stirnlöckchen, alles das sehen wir durch die hellen Scheiben. Alles dies wächst heran, wird behütet, geliebt und verzogen und für uns allein, und beliebt es uns, dann zu erscheinen und uns anzubieten, so nehmen wir den Alten ihr Alles. Sie bleiben allein und müssen sich hinfort mit dem zweiten – bald dem dritten – Platz in dem Herzen ihres Lieblings begnügen.

Was weiter! Wir müssen's ja einst mit Zinsen bezahlen, wenn unsere Eigenen groß sind, und dann denken wir vielleicht mit ganz anderen Gedanken an die Alten, denen wir selbst den Sonnenschein ihres Heims geraubt haben, ohne dabei etwas anderes als unsere eigene, jubelnde Freude zu empfinden. Der Magister erhielt eine Anstellung an einem anderen Gymnasium, so weit fort, dass es 23 Mark 75 Pfennige kostete, wenn man dritter Klasse dorthin reisen wollte. Das Sparkassengeld wurde erhoben, Konfekt und Muskat Lunel gekauft, ein Kistchen Revisionszigarren besorgt, und Mia trug den Brautkranz in den weichen, braunen Locken.

»Papa, wir wollen es uns erlauben, wir müssen doch Mias Heim sehen«, sagte Frau Malin vier Wochen nach der Hochzeit.

»Wir können es jetzt nicht, Mama. Hin und zurück würde es uns mit den allernotwendigsten Extrausgaben an 100 Mark kosten«, seufzte Papa.

Nun kamen liebevolle, lange Briefe; Briefe, die dem Gezwitscher aus einem neuerbauten Vogelnest glichen, wenn der Frühling in unserem Norden Einkehr gehalten hat. Die drei kleinen Zimmer waren auch gar zu reizend. Mama sollte nur einmal sehen, wie die Stickereien, die Tante Anna zur Hochzeit geschenkt hatte, die Korbstühle in der guten Stube zierten und wie hübsch sich der rote Sofabezug in Adolfs Zimmer machte. Und erst die Küche! Alles hinge geputzt an seinem Haken und Riegel, genau so, wie Mia es bei Mama gelernt hatte. Den Kaffee brenne sie gleich für die ganze Woche und verwahre ihn dann in der verschließbaren Blechbüchse, damit das Mädchen nichts davon mausen könnte. Dort wären die Mädchen ebenso hinter dem Kaffee her wie daheim. Ob sie die neumodische Sodaart zur Wäsche nähme? Nein, das täte sie nicht. Die Wäsche würde freilich schön weiß davon, aber Mia meinte doch, es müsse dem Gewebe auf die Dauer schaden. Ach, wenn doch Mama kommen und Mias Leinenschrank sehen könnte!

Später wurden die Briefe ein wenig ängstlich. Mia hätte jetzt zu gern selbst mit Mama gesprochen. Es gab so manches, was sich brieflich nicht mitteilen ließ, worüber man wirklich nicht schreiben konnte. Es war doch eigentlich schrecklich eng; nur drei Stuben und Küche. Jetzt ging es ja noch, aber für später wäre ein wenig mehr Raum doch sehr erwünscht. Ob Mama noch Mias kleine Wagendecke hätte?

Ein paar Monate darauf kam eine Depesche:

Sekretär Stenqvist
Westköping.
Heute Mittag, 12 Uhr, wohlgestaltetes Mädchen. Mia nach Umständen wohl. Sehnt sich sehr nach Euch.
Adolf.

Als Papa vom Comptoir kam und ihr die Depesche überreichte, zitterten Mutter Malins kurze, dicke Finger so, dass das Papier ganz zerknittert wurde. Sie vermochte kaum zu sprechen, sie umarmte nur ihren Mann, sah ihm fragend ins Auge und flüsterte: »Andreas?«

»Ja, Malin, wir reisen mit dem Abendzuge; ich habe mir schon Urlaub verschafft.«

In der Etagentür stand Frau Svensson, fett und mundfertig und behauptete, es ginge auf keinen Fall an, die junge Frau zu stören.

»Sie Frauenzimmer, mein Name ist Malin Stenquist«, sagte die kleine grauhaarige Dame im grünseidenen Umhang und schob sie energisch beiseite.

Da wurde Frau Svensson eitel Sonnenschein und meinte, nichts könnte der jungen Frau wohl heilsamer sein, als dieser liebe Besuch. Sie wollte sie nur erst ein wenig vorbereiten. Zu große Freude könnte auch schaden.

Der alte Sekretär stand draußen und fühlte sein Herz klopfen. So schnell hatte es nicht wieder gepocht, seit damals, als er um Mama anhielt. Er sah sehr gerührt aus, der Alte!

Frau Malin war auch gerührt, aber ihre Augen gebrauchte sie doch. Nein, wie reizend war Mias beste Stube! Aber Kinder sind und bleiben Kinder; da legte Mia sich nun auf einige Wochen ins Bett und vergaß anzuordnen, dass die Möbel zugedeckt werden müssten. Bei solchem Wirrwar! Das moosgrüne Zeug war doch so empfindlich! Also das war nun das Dienstmädchen. Nun ja, sie sieht recht nett aus, das Kind!

»Was in aller Welt hast du da auf der Untertasse, Kind? Das geht nicht an; den Spiegel darfst du nicht mit Pommeranzbranntwein polieren! Doppeltdestillierter gehört dazu, aber nimm du nur Essig, das wird am klarsten. Ja, sieh mich nur an, ich bin die Mutter der Frau, musst du wissen.«

Frau Svensson öffnete die Tür der Schlafstube mit einer so großartigen Handbewegung, als wären es die Flügeltüren des Weißen Saales an einem Hofballabende.

Drinnen lag Mias liebes Köpfchen auf weißen, spitzenbesetzten Kissen. Mit dem Myrtenkranz in den reichen Locken und den Orangeblüten an der Brust war sie eine liebliche Erscheinung gewesen, doch jetzt war sie es noch viel mehr, meinte Mutter Malin.

Es liegt immer etwas Eigentümliches in der ersten Umarmung zwischen Mutter und Großmutter. Grenzenlose Liebe, Freude sondergleichen liegt darin. Aber nicht diese beiden allein: auch das Gefühl, als träten Mutter und Tochter einander durch die überstandene Gefahr und die Schmerzen noch näher; das Kind wird jetzt ebenfalls in die

Mysterien der Mutterliebe eingeweiht, es hat den Ritterschlag des hehrsten Gefühls empfangen und kann dadurch nun auch voll und ganz verstehen, was es seiner eigenen Mutter ist.

»Drücke sie nicht tot, Mama! Lass mich auch – hm – die Sonne blendet so – lass mich auch Mia begrüßen«, stammelte der alte Vater.

Hinter ihnen stand der junge Magister mit der Kleinen auf dem Arm; ein bisschen verlegen sah er aus, aber seine Augen strahlten vor jubelnder Vaterfreude.

»Guten Tag, Großpapa und Großmama«, sagte er.

Der Sekretär wandte sich um, und im Nu drängten sich alle um die Kleine. Dies stimmte ja wie seine eigenen Kontoabschlüsse, und die kleine Folionummer lag in den Windeln und zeigte deutliches Missvergnügen über die Anstalten, die doch augenscheinlich nur zu ihrer eigenen Bequemlichkeit getroffen worden waren.

»Darf ich sehen, wem sie ähnlich sieht? Mias Augen, meine Nase, aber die überhängende Unterlippe hat sie von Andreas. Oh, Adolf, sei nicht betrübt, dir sieht sie auch ähnlich«, meinte Frau Malin.

Frau Svensson ging hinaus in den Salon und wischte sich die Augen. Dazu glaubte sie sich verpflichtet, denn sie hatte selbst eine Tochter, die sich zu Maria Himmelfahrt mit einem Fassbinder aus Gothenburg verheiraten wollte.

Frau Malin nahm die Kleine auf ihre fleischigen Arme und wiegte sich mit geübter Bewegung sachte hin und her, so dass der grünseidene Umhang, den sie abzunehmen vergessen hatte, leise knisterte.

Die Kleine war nun ganz still und lächelte. Ich weiß wohl, dass verständige Leute nichts auf solches Säuglingslächeln geben, weil es ihrer Meinung nach nur durch eine minder poetische Muskelzusammenziehung (nicht einmal im Gesichte) hervorgerufen wird; doch ich glaube bestimmt, dass die Kleine Großmama anlächeln wollte, und Großmama glaubte es mit mir!

Durch Eis und Schnee

Die schmalspurige Zweigbahn war nur elf Meilen lang. Sie hatte drei Lokomotivführer und schlechte Einnahmen. So ging es nicht an, diesen viel zum Leben zu geben, da der Direktor selbst mit blankgescheuerten Ärmeln herumlaufen musste und seine Frau Handschuhe auf Provision verkaufte.

Ungefähr in der Mitte der Linie lag eine kleine, kleine Stadt, wohin das Scharlachfieber zwei Mal im Jahre kam, aber die neueste Mode erst ein ganzes Jahr später, nachdem sie in Stockholm abgelegt worden war. In der schmalsten Straße dieser kleinen Stadt, in einem freundlichen, gelbangestrichenen Häuschen, das durch stets blankgeputzte Augen von Ausschussglas in die Welt blickte und üppige Geranien als Augenlider hatte, wohnte Zugführer Lindahl von der schmalspurigen Eisenbahn. Und hinter den Geranien neigte sich das hübsche, bleiche Antlitz seines lieben, kleinen Weibes über endlose Leinensäume, und um die Füße der Nähmaschine spielte ihr dreijähriger, blauäugiger Gustav. Wenn die Mama das Schwungrad der Maschine einölte und es herumsausen ließ, stand Gustav keck und breitbeinig dabei, streckte sein rundliches Händchen aus und kommandierte: »Zug ab!«

Es war nun vier Jahre her, seit Papa und Mama zusammengekuppelt wurden und zusammen »Zug ab!« ins Leben fuhren. Richtung und Fahrplan kannte man freilich nicht vorher, doch es scheint, als ob der Zug nur wenig Güter mit sich führte, gut um die Kurven kam, aber sich lange, lange aufhalten musste, ehe er eine Wasserstation auf der Fahrt erreichte. Aber vorwärts ging es doch, denn die Liebe fuhr mit und feuerte treu an, wenn die Nahrungssorge die Linie undeutlich machen wollte.

Lindahl wurde von seiner Verwandtschaft geradezu als verrückt betrachtet, als er bei der Schmalspurigen eintrat. Er hatte ja die Prima des Gymnasiums durchgemacht und hätte vielleicht in fünfundzwanzig Jahren eine wirklich feine Stellung einnehmen können, wenn er studiert hätte. Aber Lindahl hatte zu tief in die liebevollen Augen von Fahnjunker Blomvalls munterer Maria gesehen, und fühlte, dass er nur eine Stelle brauche, die ihm schnellen, wenn auch knappen Verdienst verschaffe. So war es gekommen, dass diese beiden und noch ein Kleiner dazu in zwei Zimmern des freundlichen, gelben Hauses mit den Geranien wohnten. Es war dort niedrig, aber gemütlich und warm.

Die Wange wurde rußbedeckt und die Brust kalt in dem Schneetreiben draußen auf der Bahn, aber hier drinnen taute sie auf in Marias runden Armen und an Gustavs liebem, goldblondem Köpfchen, das sich so dicht an Papas Lederwams schmiegte, wenn er abends heimkam.

Lindahl musste einen Tag den Zug nach Süden bis zur Endstation führen und ihn am Abend wieder zurückbringen. Den folgenden Tag war er dann dienstfrei, und in seiner Sehnsucht nach diesem Augenblick stieg er mit Lust und Liebe auf sein Dampfross und freute sich wie ein Kind über jedes Abfahrtssignal; es brachte ihn ja dem Kleinen und Maria näher.

Darum wunderte sich auch der Bahnhofsinspektor, als er den Führer eines Morgens bleich und düster, mit schwarzen Ringen unter den Augen auf die Maschine steigen sah.

»Fehlt Ihnen etwas, Herr Lindahl?«

»Unser kleiner Gustav wird wohl sterben müssen, Herr Inspektor.« Und damit ging der Zug ab.

Die ganze Woche war es hartes Frostwetter gewesen. Heute schneite es wieder und stürmte dazu. Der Zug kam auf jeder Station zu spät an, bei jeder wurde es später und später, und als man umkehrte, war es ungewiss, ob man die kleine Stadt abends überhaupt noch erreichen würde. Es glückte, und mit einer Verspätung von zwei Stunden fuhr der kleine Zug in die Station ein. Er sah wie ein Spielzeug aus, wie alles Material auf unseren schmalspurigen Zweigbahnen. Mit einem »Gott sei Dank!« sprang Lindahl hastig auf den Perron und wollte heim eilen zu den Seinen.

»Lindahl!«

»Herr Inspektor?«

»Wir sitzen in einer verteufelten Klemme. Der Mittagszug nach Norden musste ein und einen halben Kilometer von hier wegen einer gewaltigen Schneewehe die Fahrt einstellen. Nun haben fünfzig Mann das Geleise dort freigeschaufelt und es ist jetzt möglich, den Zug durchzubringen. Er muss nun abgehen, aber Jensen liegt besinnungslos und der Doktor hat Typhus konstatiert. Er hat ihn sich bei diesem Hundewetter auf der Maschine geholt. Sie müssen den Zug übernehmen.«

»Was, jetzt – zur Nacht? – Herr Inspektor – ich bin erkältet – überanstrengt – ich habe keine übermenschlichen Kräfte.«

»Es ist hart, das weiß ich; aber im Reglement steht nichts von ›Überanstrengung‹. Sind Sie so krank, dass die Sicherheit der Passagiere und des Materials in Frage gestellt wird, wenn ich Sie fahren lasse?«

»Vielleicht nicht – aber Herr Inspektor – mein kleiner Gustav stirbt gewiss in dieser Nacht – wenn es nicht schon geschehen ist –«

»Es tut mir leid, Lindahl, aber über kranke Kinder steht gewiss kein Wort im Reglement. Können Sie fahren oder nicht?«

»Wann soll der Zug abgehen, Herr Inspektor?«

»Sieben Uhr fünfzehn.«

»Karlsson, anheizen! In zehn Minuten bin ich zurück.«

Zu Hause stand es schlecht. Feucht klebten die blonden Locken an der Stirn des kleinen Gustav, es rasselte im Halse und die kleinen Hände mit den Grübchen waren krampfhaft geballt. Die Brust hob sich mühsam und der Blick war so angstvoll, wie der eines verwundeten Vogels. – Der Mutter Tränen waren versiegt; bleich, mit fest zusammengepressten Lippen trocknete sie den Fieberschweiß von den Wangen ihres Lieblings. Aber als der Vater kam, brach es wieder los, bebend und schluchzend hing sie an seinem Halse und rief: »Er stirbt! Er stirbt! Aber er darf nicht sterben, er kann nicht sterben! Der Doktor sagt, es sei kaum ein Schimmer von Hoffnung. Aber Gott kann nicht so grausam sein! Gusti, hier ist Papa, er bleibt nun die Nacht über bei seinem lieben Jungen. Gusti, du kennst doch deinen Papa wieder?« Mühsam teilten sich die blutunterlaufenen Augenlider, das Rasseln verstummte einen Augenblick, der Schatten eines Lächelns fuhr über die Wangen und die kleinen Lippen stammelten: »Lieber Papa, du sollst an Gustis Bette sitzen!« –

Wieder stand er auf der klappernden Maschine, wieder ging es durch Eis und Schnee. Er wusste nicht, wie er sich aus Marias Armen losgemacht hatte und auf die Lokomotive gekommen war. Aber nun stand er da und sein Blick heftete sich fest auf die Schneewehen im Geleise. Die Schaufeln durchschneiden eilig die weißen Hügel und werfen weiße Wolken nach jeder Seite. So, gerade so gefühllos schneidet der Schmerz in seine Brust ein. Wie kalt es dort unten ist in dem harten Boden unter dem tiefen Schnee! Und dort soll sein kleiner Gustav bald gebettet werden, tief, tief hinein! Nie sollte er wieder spielen: »Zug ab!«, nie wieder würden seine kleinen Schritte auf dem Fußboden er-

schallen, wenn er den Papa die Tür öffnen hörte. Nie würde er sein: »Guten Abend, lieber Papa!« wieder zwitschern. Oh! –
»Was gibt's?«
»Nichts, Karlsson!«
»Es kam mir so vor, als ob Sie so unheimlich aufschrien, Herr Lindahl.«
»Stehen Sie nicht da und träumen. Ich sage ja kein Wort. Nachheizen!«
Bei der nächsten Station stieg der einzige Passagier des Zuges aus. Der dicke Herr fuhr erster Klasse und im Biberpelz. Sein Schlitten hielt am Perron und der Kutscher empfing ihn. Der Zug war nur kurz und so hörte und sah der Führer alles.
»Wie steht's zu Hause, Blomqvist?«, sagte der dicke Erstklassige.
»Alles wohl, gnädiger Herr!«
»Meine Frau und Kinder gesund?«
»Jawohl. Alle gesund!«
Es schnitt dem Führer ins Herz. Der dort im Biberpelz und dem eigenen, bedeckten Schlitten, reich, froh und zufrieden, eilte in sein warmes, schönes Heim. Ihn würden Weib und Kinder gesund und froh empfangen und ihm jubelnd die Arme öffnen; wahrend er, der arme, halberfrorene Zugführer auf der kalten Maschine morgen nur ein gebrochenes Weib und eine starre, kleine Leiche im Korbwagen finden würde.

Weiter durch Schneewehen und Nordwind. Letzte Station! Mehr Kohlen! Erst am folgenden Tage sollte der Zug zurückgehen, um als Zug Nr. 3 wieder die regelmäßigen Fahrten nach dem Schneesturm aufzunehmen. So lautet die telegrafische Ordre.

Die Naturgewalten hatten ausgetobt und feierten Sabbat. Ein weißes Tuch lag über ihrem Altar ausgebreitet und die Sonne strahlte vom Firmament. Schneediamanten glitzerten auf den dunkelgrünen Tannen, die sich unter der Last beugten, die Bahnlinie lag frei und offen da, und an den Fenstern, an denen man vorbeieilte, saßen frohe und zufriedene Menschen, schauten den kleinen Spielzeugzug an und freuten sich, dass die Züge nun wieder wie gewöhnlich gingen. Der Führer wandte sich hastig zur Seite. Zwei große Tränen rollten langsam die über die schwarzen Wangen nieder. Schnitt der Wind heute auch so scharf? Oh – nein – da saß nur eine Frau mit ihrem kleinen Jungen auf dem Schoße an dem Fenster der kleinen Hütte dort an der Bahnlinie. Endlich

– da! Er will keinen der Kameraden auf der Station fragen, wie es steht, er will es nur von den einzigen Lippen auf der Erde hören, die ihm die Bitterkeit mildern können, und so stürmt er nach Hause, ohne mit jemand zu reden.

In dem gelben Hause hingen die feinen, weißen Gardinen wie gewöhnlich und die Geranien standen wie immer dahinter. Es schien ihm, als ob sie ihm zunickten: »Klein Gustav ist tot! Klein Gustav ist tot!« Er flog die Treppe hinauf und riss die Tür auf. Maria fiel ihm schluchzend, aber unter Tränen jubelnd um den Hals, und im Korbwagen saß Klein-Gustav bleich und schwach, aber frei von Schmerzen und dem Leben wiedergegeben! Er spielte mit einem kleinen, roten Zeuglappen an einer kleinen Stange und lallte: »Zug ab, Zug ab, lieber Papa!«

Der Bäuerin Freier

Feine Leute haben »in denselben Kreisen verkehrt« oder eine Saison in Lysekil miteinander verlebt, sich auf dem Balle bei Geheimrats getroffen oder sind »auf Vetter Ottos Hochzeit Trauführer und Brautjungfer« gewesen.

Einfache Leute haben »zusammen beim Gerichtsbauer gedient« oder »sind gleichzeitig konfirmiert worden«.

Feine Leute haben »*fliertations*«, einfache Leute »mögen sich leiden«. Aber eigentlich ist es doch dieselbe Geschichte: Herzen, die ersehnen, hoffen, sich freuen, genießen, leiden und – entsagen.

Johannes und Stafva waren zusammen »zum Prediger gegangen«, hatten einander beim alten Präpositus gegenüber gesessen, sich gegenseitig mit Kringeln und Zuckerstengeln traktiert und waren auch zusammen vor den Altar getreten.

Warmblütig und rotwangig, gut im Katechismus und der biblischen Geschichte waren sie beide; aber Stafva war »die Dirn' des Kirchenvorstehers« und Johannes nur ein »Häuslersohn«. Es hatte nie etwas zwischen ihnen gegeben, sie waren ja noch Kinder; aber Stafva wünschte im Herzen, dass die jungen Bauernsöhne, die ihresgleichen waren, wie Johannes aus Fållen ausgesehen hätten, und Johannes, ja … Johannes plagte sich tagsüber tüchtig als Knecht ab und ließ sich die nötige Nachtruhe durch kein hoffnungsloses Sehnen stören.

Als Stafva neunzehn Jahre alt war, hielt der Sohn des Freibauern aus Grönåkra um sie an. Er war schmächtiger als Johannes, hatte etwas schiefe Beine und seine Haare waren aus Versehen ein bisschen rot geraten, aber er war doch ein guter Junge, und da auf dem großen Gute nur zwei Geschwister waren, so war es eine gute Partie, und Stafva heiratete ihn am zweiten Weihnachtstage.

Im Herbst zuvor hatte er zufällig Johannes als Knecht gemietet; aber Stafva fürchtete Gott, webte Drell, hielt ihren Sven in Ehren und stellte keine Vergleiche an. Doch ist es wohl möglich, dass die Käsescheiben auf dem Vesperbrote des Konfirmationskameraden dicker wurden, als es nötig gewesen wäre.

Einmal im Spätherbst, als das Korn und die Kartoffeln schon eingeerntet waren, erkältete sich Sven und starb. Die Trauer und die Zwölflöcherkringel waren groß, und Stafva ließ ein prächtiges, schwarz und weißes Holzkreuz malen mit seinem Namen und dem des Hofes und vielen schönen Sprüchen und brennenden Herzen, denn Sven war immer gut zu ihr gewesen. Ein einzig Mal nur hatte er gemeint, ein Rahmkäse, ein Pfannkuchen und drei Brote von Roggensichtmehl wären genug zum Vorsetzen beim Begräbnis der Tante, während Stafva doch noch einen frischen, gerösteten Käse hinzuzufügen für nötig hielt, sonst hatte es in ihrer Ehe niemals Zank oder Meinungsverschiedenheiten gegeben. – Johannes blieb auf dem Hofe, hieß Oberknecht und besorgte alles aufs Beste.

Als der Sommer ins Land gekommen war, meldeten sich Freier bei der Witwe, denn sie war erst Vierundzwanzig; Svens Schwester war aus dem Hofe »herausgezahlt« worden, und da auch keine Kinder da waren, so war sie, wie man sich denken kann, die beste Partie in sieben Kirchspielen.

Zuerst war es Ephraim, der Sohn des alten Präpositus, der die landwirtschaftliche Schule besucht hatte, eine Weste aus sämischem Leder, Stulpstiefeln und alles, was zu einem guten Landwirte gehört, besaß. Außer dem Acker natürlich.

Herr Ephraim jagte jeden zweiten Tag und stets wurde er müde und musste sich ein bisschen ausruhen, wenn er auf den Hof der Witwe kam. Und dann saß er auf dem Schlafsofa und streckte die Beine mit den Stulpstiefeln lang aus, zupfte an der Lederweste und seufzte: »Ach, Mutter Stafva, wenn Sie wüssten, was ich hier empfinde ...«

Und Stafva hielt den Spinnrocken an, sah Herrn Ephraim sehr freundlich an und sagte zur Magd:

»Stina, hole die Flasche und rühre Herrn Ephraim einen Bittern an! Der arme Kerl hat sich den Magen erkältet. Der Pfeffer steht vor'm Fenster, du Blindschleiche!«

Da wurde Herr Ephraim traurig und ging nach Hause, wo er zum alten Präpositus sagte: »Papa, ich kann nicht! Sie ist viel zu roh, sie versteht mich nicht!«

Herr Ephraim hatte sich kaum der Stulpstiefeln entledigt und sich zu Mama in den Saal des Pfarrhauses gesetzt, so kam der Adjunkt in Gemeindeangelegenheiten bei Grönåkra vorbei und musste sich notwendigerweise einmal nach Mutter Stafva umsehen. Da wurden denn Pfannkuchen mit Gelée, Rippenbraten und Himbeersaft aufgetischt. Und der Adjunkt schnitt sich ab, legte den Kopf schief auf die Seite, pfefferte und salzte das Gelée und sprach von der Notwendigkeit, »das Herz mit Fleiß zu bewahren, denn daraus entsprießt das Leben«, aß ein paar Löffel Pfannkuchen und meinte dann, dass es doch gar schwer sei, das Herz zu bewahren, wenn man jung und hübsch und mit irdischen Gütern gesegnet sei.

Wenn er Mutter Stafva beim Kampfe gegen die Versuchungen dieser Welt als Stütze dienen könnte, so würde er es so herzlich gern ...

Wenn er mit seinen »Betrachtungen« so weit gekommen war, schlug Mutter Stafva gewöhnlich die Hände zusammen und rief:

»Herr Gott! Entschuldigen Sie, Herr Pastor! Das Mutterschwein ist ausgerissen!«

Und damit lief sie fort und ließ ihren Seelsorger allein, und ich will Euch sagen, dass, wenn sie bald darauf wiederkam, weder vom Rippenbraten, noch von der liebevollen Stimmung viel mehr übriggeblieben war.

Und Johannes arbeitete, ordnete und besorgte alles auf dem Hofe, der mit jedem Sommer eine reichere Ernte gab. Und jeden Herbst kam eine neue Kuh in den Stall, und sonntags saß er in seinem schwarzem Tuchanzuge und braunem Filzhut auf dem Bock und fuhr die Bäuerin zur Kirche. Und ein flinker Oberknecht war er, gut und freundlich gegen seine Leute, nur manchmal nicht; da fuhr er sie an und schalt ganz ohne Grund, und wären die Knechte und die Mägde ein bisschen bessere Psychologen gewesen, als sie es waren, so hätten sie es bald herausgehabt, dass die schlechte Laune des Oberknechts sich stets gleichzeitig mit einem neuen Freier der Bäuerin einfand.

Dann pflegte der neue Freier stets die Ställe, die Koppel, die Äcker und den Wald zu besehen und Johannes musste ihm alles zeigen. Wenn der zukünftige Bräutigam dann manchmal redete, als wäre schon alles sein und meinte, dass der Eichenhagen zur Weide ausgerodet werden müsse, dass die Abflussgräben zu breit und die Erdfüllung des Moores zu seicht sei, dann fühlte Johannes, wie sich ihm das Herz umdrehte, und er nahm sich bestimmt vor, zum Herbst abzugehen.

Doch wenn die Bäuerin im Sommer auf das Flachsfeld kam, wo sie beim Jäten waren, und Speck und Rührei zum Vesperbrot mitbrachte, wenn sie dann vor ihm stand mit den leinenen Hemdsärmeln, von den runden, sonnenverbrannten, schwellenden Armen zurückgeschlagen, ihn mit ihren großen, braunen Augen so freundlich und herzlich anblickte und fragte:

»Johannes, du bleibst doch nächstes Jahr bei mir? Über den Lohn werden wir uns schon einigen.« – Ja, hätte es da sein Leben gegolten, er hätte nichts anderes antworten können als:

»Ja, wenn die Bäuerin mit mir zufrieden ist, so denke ich nicht ans Abgehen.«

Dem guten Johannes kam nie der Gedanke, Stafva für sich zu gewinnen. Er dachte eigentlich gar nicht über seine Stellung zu ihr nach, aber wenn er es getan hätte, so hätten sich seine Wünsche nicht weiter erstreckt, als in Ruhe und Frieden vor den Freiern der Konfirmationskameradin sein ganzes Leben lang treu und fleißig dienen, für sie sorgen und arbeiten und sie sich bei Tisch täglich drei Mal gegenüber sitzen sehen zu dürfen, wo sie ihn freundlich und mild anlächelte, so dass die weißen, breiten, hübsch geformten Zähne durch die dunkelroten, schwellenden Lippen glänzten.

Schließlich wurde Ernst aus der Heirat der Bäuerin. Der Skepplinger Bauer war in blaugemaltem Wagen, mit jungen, braunen Pferden davor, auf den Hof gekommen und hatte in sausender Fahrt die Allee hinauf kutschiert. Er war ein schmucker Bursche, und als er eine Wendung um den Süßapfelbaum an der Holzstallecke machte und dabei mit der Peitsche klatschte, dachte Mutter Stafva bei sich selbst: »Jetzt oder nie!«

Und es sah aus, als sollte es »jetzt« werden. Der Bauer und Stafva kamen gut überein, und dem Freier gefiel alles, was er auf Grönåkra sah. Die Bäuerin war gerade nicht so »arg verliebt«, denn das konnte sie wohl nicht werden, sie war innerlich ja so eigentümlich ruhig. Aber einmal musste es doch sein, und sie wusste, dass sich ihr kein passenderer Freier bieten würde. Nach gewöhnlicher Bauernweise wurde beim ersten Besuche weder Ja, noch Nein gesagt. Jetzt war Pfingsten, und Johannis sollte Stafva sich Skepplinge »besehen«, ob es ihr dort gefiele.

Und der Sommer kam und das Laub hing kräftiger als zuvor über die weißen Stämme der Birken herab, der Faulbaum blühte und in den Bienenkörben vor dem Hause summte neues Leben. Die Sonne schien so warm, südwestliche Winde spielten um Hals und Wange, das Blumenvölkchen der Wiesen erhob grüßend seine bunten Köpfe über das saftige Gras, und drunten am See konnte man die blaue, stille, glänzende Oberfläche hier und da durch einen spielenden Fisch durchteilen sehen, und hübsche kleine Kreise plauderten aus, dass auch dort unten in den kühlen Wogen Sommer, Leben und Liebe herrschten.

Da fuhr Johannes Mutter Stafva in der blankgeputzten Tirolerkarre nach Skepplinge, und der junge Bauer stand auf der Vortreppe und nahm seinen Gast lächelnd und mit frohem Stolz in Empfang.

Alles war so prächtig, stattliche Häuser und große Leinenschränke, grünende Saaten und üppige Wiesen, viel Kupfergeschirr an der Küchenwand, viel Silberzeug in der Kommode, viel Wärme in den Blicken des jungen Besitzers.

Am nächsten Vormittag wollte Mutter Stafva wieder nach Hause fahren. Dann wollte der Freier endgültigen Bescheid haben. Den sollte er auch bald erhalten, und Stafvas freundliche Worte ließen ihn das Beste hoffen, aber sie wollte sich nicht eher ganz entscheiden, als bis sie sich einige Tage zu Hause genau geprüft hatte.

Während der Bauer seine junge Schwester antrieb, ein kleines Abschiedsmahl zu rüsten, ging Mutter Stafva den Hügel hinauf, um Johannes zu suchen und ihn zu bitten, das Pferd anzuspannen.

Plötzlich blieb sie stehen, trat einen Schritt zurück und blickte dann geradeaus, während sie lautlos den Kopf nach dem Haselstrauche am Fuße des Hügels vorstreckte.

Da lag Johannes, der Oberknecht, und stützte die Wange in die grobe, schwielige Hand. Aber, was in aller Welt, war das mit ihm? Die breiten Schultern zuckten konvulsivisch, der ganze Körper bebte, und schwaches, unterdrücktes Schluchzen presste sich aus der breiten Brust.

Mutter Stafva erbleichte. Ja so, deshalb war es ihr so schwer geworden, sich zum Wiederheiraten zu entschließen! Der Konfirmationskamerad liebte sie still, schüchtern und hoffnungslos; er hatte nie etwas für sich selbst begehren wollen, aber nun trauerte er, weil er sie bald einem andern angehören sehen würde.

Und diese demütige, nichts fordernde Hingebung hatte sie selbst mit starken, unsichtbaren Fäden umsponnen. Ja, nun fühlte sie, nun da gleichsam ein Blitz ihr das eigene Innere erhellte, dass sie den Jugendfreund wiedergeliebt hatte, ohne darum zu wissen. Wie lange? Ja, das wusste Gott allein, vielleicht ... schon seit sie damals zusammen konfirmiert worden waren.

Mutter Stafva hatte achtundzwanzig Jahre auf die Liebe gewartet. Nun wurde es ihr zu eng ums Herz. Leise trat sie näher und legte die Hand auf seine Schulter:

»Johannes!«

Johannes, der Oberknecht, fuhr zusammen, wurde rot wie Blut und stotterte:

»Pfui doch, Bäuerin, wie habt Ihr mich erschreckt! Dass Ihr so herkommt und einem armen Kerl so nachspioniert ... ja ... ja ...«

Doch da setzte sie sich zu ihm ins Gras, legte den Arm um seinen braunen Nacken, zog ihn an sich und flüsterte wieder: »Johannes!«

Und dann flüsterte sie noch mehr, viel mehr, und es war Johannes zumute, als wollte ihm eine wilde, übernatürliche Freude die Brust zersprengen, als ob er vor lauter Seligkeit den Abend nicht würde erleben können; und als er endlich etwas sagen konnte, wurde es nur:

»Aber liebe, gute Bäuerin, ... Sta ... Stafva wollt' ich sagen, was werden nur die Bauern und die Knechte daheim dazu sagen? Und was soll der Bauer hier denken?«

Mutter Stafva richtete sich auf, ihre volle Brust hob sich unter einem tiefen Atemzuge, die stolzen, braunen Augen blitzten auf und sie kommandierte grade so, wie wenn sie auf der Vortreppe daheim stand:

»Spann' an, Johannes! Mutter Stafva von Grünåkra ist reich genug, um sich selbst einen Freier in ihrem eigenen Wagen ins Haus zu holen!«

Silberhochzeit

Das kleine, bescheidene, enge Heim in der Hinterstraße hatte sich vergrößert und den Platz gewechselt. Nun lag es an der breiten, hübschen Esplanade und blickte aus einer langen, glänzenden Fensterreihe auf dieselbe hernieder. Die alten, einfachen Möbel existierten freilich noch, doch die Wiener Stühle waren aus dem Esszimmer in die »Stube der Jungen« und das Sofa der früheren »guten Stube« in das Zimmer der Töchter hinaufgebracht worden, und drunten in der eigentlichen Wohnung glänzte es von Nussbaum- und Birnbaumholz, da bauschten sich Plüsch und Seidendamast, da gaben große Pfeilerspiegel eine elegante und komfortable Einrichtung wieder.

Und dies war in fünfundzwanzig Jahren geschehen, und nun war die silberne Hochzeit!

Der hübsche Kassierer, der so reizend auf der Flöte blies, war Direktor geworden, war dick und fett und viel weniger hübsch und blies nie mehr auf der Flöte, und die kleine, schlanke, sylphidenhafte, blauäugige, schmachtende Modistin mit den roten Rosen auf den sammetweichen Wangen und den goldgelben Locken über der blendendweißen Stirn, sie war Frau Direktorin geworden, hatte jetzt ein Doppelkinn und raue und etwas zu rote Wangen. In die goldenen Locken war Silber gekommen und Falten in die blendendweiße Stirn, und willst du dort im Hause eine Sylphide sehen, so musst du dich vorsichtig nach oben schleichen, durch die Türspalte in das Zimmer der Mädchen gucken und dir Ida, Jenny und Katharine ansehen. Drei Sylphiden für eine!

Und das war alles in fünfundzwanzig Jahren geschehen und nun war die silberne Hochzeit!

Es hatte nicht immer Sonnenschein und klaren Himmel gegeben. Ein Kassierergehalt ist klein, und Ida, Jenny und Katharine waren rasch aufeinander gefolgt, und diese Reihenfolge war nur durch Karl, Adolf und Franz etwas unterbrochen worden. Es hatte Tage gegeben, wo die Speisekammer leer war, wo sich eine kleine, blendendweiße Stirn bedenklich runzelte und in stillen Grübeleien über dem Wirtschaftsbuch sich wehmütig auf die fleischige Hand senkte. Und obgleich sie sich liebten, war doch die junge Frau nicht so ganz ein Engel, wenn sie auch so aussah, und der Kassierer nicht so ganz ein Philosoph, trotzdem es so aussah, wenn er steif und ernst an seinem Comptoirpulte saß.

Und ehe es so weit gekommen war, dass beide ihre Eigenheiten abgeschliffen hatten, prallten die Launen manchmal aneinander, und da geschah es zuweilen, dass der Kassierer mit solcher Hast seinen Überzieher vom Nagel riss, dass das Anhängsel entzwei ging, und seine Frau so weinte, dass die Tränen auf die kleinen, weißen Sachen tropften, die sie gerade für die zu erwartende Jenny, Ida oder Katharine nähte.

Aber der Kassierer war tüchtig. Jede neue, kleine Stimme im Kinderstubenkonzerte verlieh ihm doppelte Kraft und Energie, jedes neue Rosenmündchen, das »Papa« entgegenlächelte, schien ihm neue, vortreffliche Geschäftsideen zuzuflüstern, und so kamen denn die guten Tage, Tage des Wohlstandes und Komforts. Und während Mamachen ihre Schönheit immermehr einbüßte, wuchsen ihr dafür unsichtbare Flügel an den Schultern, mit denen sie der Häuslichkeit Frieden und Frohsinn zufächelte, und sie wurde innerlich immer mehr dem Engel gleich, den sie in ihrer Jugend äußerlich vorgestellt hatte. Und während Papa auf dem Comptoir immer bestimmter und energischer wurde, machte ihn die Herzensmassage der kleinen, runden Arme zu Hause immer weicher und milder. – Als man dann einen ganzen Monat lang für Jennys Leben zusammen gezittert und miteinander an dem weißen Sarge des kleinen Adolf gekniet hatte – da war man wirklich erst, was man nach der Trauformel (die leider gelogen hatte) schon am Hochzeitstage sein sollte: ein Herz und eine Seele, eine Harfe, deren Saiten stets im selben Ton erklangen.

Und dies war in fünfundzwanzig Jahren geschehen, und heute strahlte der schöne Julitag, der Tag der silbernen Hochzeit!

Katharine erwachte zuerst. Mit einer schnellen Handbewegung warf sie eine glänzend braune Haarwelle aus der Stirn zurück, erhob sich, sah die Blumenkörbe, die das Dienstmädchen am Morgen leise gebracht hatte, lächelte und rief: »Jenny!«

Und dann wurden oben im Zimmer der Mädchen hübsche Sträuße und Girlanden gebunden, und man zerbrach sich den Kopf darüber, was Papa dazu sagen würde, oder was Mama nur dazu meinen würde, und ob Papa wohl heute ein bisschen freundlich gegen Ingenieur Sköld sein würde und ob Ida bald mit den Kindern käme.

Denn um eine richtige Silberbraut sein zu können, muss man auch Großmutter sein; der junge Frühling muss mit den Herbstblumen auf den Wangen der Silberbraut spielen.

Mama pflegte sonst morgens die Erste im Esszimmer zu sein, aber heute beschloss sie, die Zeit zu verschlafen. Die Töchter wollten doch am liebsten alles selbst arrangieren.

Papa hatte lange wach gelegen, aber seine Frau nicht stören wollen. Schließlich richteten sich zwei kleine, weiße, kugelrunde Gestalten auf einmal in dem großen, breiten Alkoven in die Höhe. –

»Lina.«

»Andreas.«

»Heute ist es, Lina!«

»Ja, heute ist es, Andreas.«

Und dann beugte sich die eine kleine, weiße Kugel über den Bettrand nach der anderen hinüber und sagte:

»Dank, Dank für alles, Lina!«

Und darauf erwiderte die andere kleine, weiße Kugel: »Gott segne dich, Andreas!«

Draußen im Esszimmer wurde es allmählich hübsch. Blumen und Grün, wohin man blickte, sogar um Papas und Mamas Kaffeetassen. Und die Geschenke! Eine Meerschaumpfeife für Papa von Kandidat Franz, natürlich eine silberbeschlagene Pfeife zur silbernen Hochzeit! Eine Fruchtschale von Jenny und Katharine für Mama. Natürlich auch von »Silber«, wenn auch nur von Neusilber, denn zu dem anderen hatte das Taschengeld nicht gereicht. Und dann kam Ida mit Mann und Kindern und einem großen Etui, das geöffnet und mit dem Ausrufe: »Entzückend!« begrüßt wurde. Darin lag ein Haarschmuck von Silberähren für Mama. Es wäre freilich naturgetreuer gewesen, wenn die reifen Ähren aus Gold gewesen wären, doch die Bedeutung des Tages und die Kasse des Schwiegersohnes harmonierten besser mit Silber.

Die alte Johanna öffnet die Tür so feierlich, als sei sie wenigstens Hofzeremonienmeister, und zwei kleine Kugeln, aber nun nicht länger in Weiß, sondern in Schwarz, rollen in die Arme ihrer Kinder und Kindeskinder. Die Mädchen werden geküsst, der Sohn und Schwiegersohn umarmt, und Idas kleiner Junge strengt sich an, zu sagen, wie ihn Mama gelehrt hat: »Gott segne Großpapa und Großmama!«

Papa und Mama strahlen vor Freude. Wie viel glücklicher sind sie nicht heute als vor fünfundzwanzig Jahren! Für wie viel haben sie nicht zu danken, und dennoch fährt plötzlich ein Schatten über die milden Gesichter, und dennoch zucken ihre Lippen unmerklich wie von unterdrücktem Schmerz, als sie sich im Kreise am Kaffeetische umsehen. – Da schleicht sich Katharine leise hinter die beiden, legt ihnen den Arm um den Hals, hält ihnen einen Brief mit brasilianischer Postmarke vor die Augen und flüstert: »Karls Geschenk zur silbernen Hochzeit für Papa und Mama!« – Und der Schatten weicht und die Augen glänzen wieder freudig. Mit bebender Stimme liest Papa den Brief laut vor, liest Worte der Liebe und der Reue, der Hoffnung und Teilnahme, des Kummers und der Dankbarkeit.

Karl war das Sorgenkind; alle Liebe um ihn schien umsonst und schließlich musste er fort, weit fort, um dort zu versuchen, ein neues Leben zu beginnen. Sein leerer Stuhl am Tische hatte den silbernen Hochzeitstag bewölkt, aber von weit her sandte er nun die Botschaft übers Meer, dass die Elternliebe doch nicht vergeblich war. »Gott sei Dank!«, seufzen Eltern und Geschwister. »Will Onkel Karl jetzt wieder artig sein?«, fragt der kleine Andreas und blickt mit seinen großen, klaren Augen der Großmutter ins Gesicht.

Zu Mittag kommen Gäste im Frack und mit Orden geschmückt, mit Juwelen und in Schleppkleidern; zu Mittag kommt Ingenieur Sköld und pflanzt abwechselnd Rosen und Lilien auf Katharinens Wangen. Zu Mittag kommt der Pastor und hält eine Rede im Kanzelton über Silber auf dem Scheitel und Silber im Silberschrank, über den Herbst des Lebens und die frischen Blumenkränze, die ihn dem Silberpaare erheitern. Beim Mittagsmahle soll auch Kandidat Franz eine Festrede im höheren, poetischen Stil halten, und er sollte es eigentlich wohl können, denn in Upsala glückt es ihm stets; doch als er nun hier steht, in dem alten Esssaal, und die lieben, alten Gesichter sich gerade gegenüber sieht, und alle Kindheitserinnerungen ihm die Brust zu zersprengen drohen, da verfliegen die eingelernten, feinen Redensarten, da wird es ihm trübe vor den Augen und Kandidat Franz hält eine sehr, sehr »schlechte« Rede. Aber Papa und Mama murmeln: »Gott segne dich, Junge!«

Die Gäste gehen, und die Kinder sagen Gute Nacht. Der kleine Andreas hat gebetet »Gott, der du die Kinder liebst« und ist auf dem Sofa in dem Zimmer der Tanten eingeschlummert. Papa und Mama sitzen ein bisschen müde im Salon.

Da kommen wieder die Erinnerungen, und die »Alten« möchten sich so gerne ein paar warme, herzliche Worte sagen.

Papa möchte gerne sagen, dass sie beide zwei alten, entlaubten Bäume glichen. Die Töchter würden sie sicher nicht mehr lange behalten. Wie hatte Ingenieur Sköld sich heute um Katharine bemüht! Grade wie ein gewisser Kassierer vor fünfundzwanzig Jahren um eine kleine Modistin. Dann wären sie wieder allein wie zuerst, aber er würde sich doch reich und glücklich fühlen, wenn er nur die kleine Mama behalten dürfte.

Etwas Derartiges möchte er sagen, aber es ist so lange her, dass der Direktor in dem Tone sprach, dass er es nicht herausbringen kann und stattdessen sagt:

»Hast du die Lampe im Kabinett ausgelöscht, Lina?«

Es braust und siedet in der Brust der Direktorin unter dem Silberbrokat. Es ist ihr gerade, als müsste sie von den Kahnfahrten des Kassierers und der Modistin an den warmen Sommerabenden unter Flötenspiel reden, von dem ersten, kleinen Heim mit der Flickendecke im Schlafzimmer und den Wiener Stühlen in der Essstube. Sie hätte sagen mögen, wie viel mehr sie den alten, plumpen Großvater mit dem kleinen Mondschein im Nacken jetzt liebte, als einst den jungen »schneidigen« Kassierer. Aber sie ist so müde und sagt nur:

»Andreaschen, du hast doch den Benediktiner eingeschlossen?«

Doch als dann die beiden kleinen Kugeln zugleich die Sofatischlampe ausbliesen und nach der Schlafstube rollten, und der Silberhochzeitstag zu Ende war, die Flügeltür und die Portieren sich schlossen und alles still wurde … still … ganz wie vor fünfundzwanzig Jahren, da wurde es dem Silberbräutigam zu eng ums Herz; stürmisch, jubelnd schloss er seine Lina in die treuen Arme, und der alte, strenge, barsche Direktor schluchzte:

»Gott segne dich, liebe, kleine Mama!«

Die alte Mama

Die alte Mama und Schwester Julia wohnten in einem Städtchen in der armen Gegend, zu der keine Eisenbahn führte, wo keine Diva sang und die Moden erst anlangten, nachdem sie in Paris und Wexiö alt geworden waren.

Die alte Mama hieß eigentlich Frau Stark und ihre Julia folglich Mamsell Stark und die alte Mietze »Starkens Katz'«. Sie hatten nur zwei kleine Stuben und Mitbenutzung der Küche, denn Papa Stark, der Vater der Familie, beanspruchte keinen Platz. Er hatte seit vier Jahren sein Schlafzimmer draußen im Westen der Stadt, wo die Schlummernden nie in ihren Träumen gestört werden und die Sonne in jedem Frühlinge neue grüne Gardinen um die Stämme der Ahornbäume webt.

Papa Stark war Tischler gewesen und hatte unverdrossen gearbeitet. Besonders seit Emil, der Sohn, nach Upsala ging. Es ist schrecklich, wie viel Geld draufgeht, bis man so gelehrt ist, dass man ein richtiger Referendar werden kann. Und Papa wollte nicht von den lumpigen Hellern nehmen, die er für Mama und Julia erspart hatte, aber es sollte Emil doch an nichts fehlen. Was konnte er da wohl anderes tun, als für zwei arbeiten und seiner teuren Pfeife nach dem Mittagessen entsagen und den alten Sonntagsrock, der schon zwei Pastoren und drei Bürgermeister in Knåpköping überlebt hatte, wieder wenden lassen. Und wenn sein guter Freund Meister Falk, der Schuhmacher war und seinen eigenen Jungen auf den Schusterschemel gesetzt hatte, Sonnabend abends vorsprach und fragte, ob Stark mit in den Ratskeller käme, um einen Grog zu trinken, da konnte er nicht anders als Nein sagen.

Während der alte Stark Stühle und Tische anfertigte und nachts noch spät in der zugigen Werkstatt stand, fing er so allmählich an, seinen eigenen Sarg zu hobeln, ohne dass er es merkte, und bald war dieser fertig, und die Bewohner von Knåpköping sahen das gefurchte Gesicht und das weiße Haar des alten Tischlers nicht mehr durch das Werkstattfenster.

Emil kam nach Hause und machte sich außerordentlich gut in dem neuen schwarzen Frack, der mit Papas letztem Arbeitslohn bezahlt war. Er weinte sehr, zog Mama und Julia in die Arme und versprach, fleißig in seinen juristischen Studien zu sein, damit er ihnen eine Stütze werden könnte.

Da saßen nun die beiden, Mutter und Tochter, an dem kleinen, mit Geranien geschmückten Hoffenster. Eine Nähmaschine stand zwischen ihnen; sie summte so fleißig und sang so munter: Emil studiert ... nickenickenick ... Emil kommt ... nickenickenick ... Emil macht bald sein Examen ... nickenickenick ... nicketennicketennicketenick. Die Geranienblüten fielen ab und knospeten wieder, und die alte Mama fiel ab, ohne wieder zu blühen, und Mamsell Julia wurde bleich und mager und bekam so grässliche Schmerzen im Rücken vom jahrelangen Sitzen an der Maschine.

Manchmal verstummte diese, und mitten am hellen Vormittage wurde ein angezündetes Stearinlicht auf den Tisch gestellt. Und dann kam Mamsell Julia von der Sparkasse mit großen, feinen Bankzetteln, die die alte Mama wie liebkosend und segnend mit der Hand streichelte und sie dann mit einem Seufzer in ein großes Kuvert steckte, das Mamsell Julia mit fünf Siegeln verschloss.

Wie lang und schwer doch das Studium der Rechtswissenschaften sein muss!

Die Briefe erregten wirkliche Freude, wenn sie in der Vaksalastraße 24 ankamen, wo sich gewöhnlich irgendein guter Freund nach Emil umsah.

»Nein, ein solcher Glückspilz! Moos mitten im Semester! Deine Alte ist die Perle aller nordischen Familienmütter, das muss ich sagen.«

»Ja, gut ist sie, das lässt sich nicht leugnen. Nun müssen wir aber hin und uns etwas Essbares zu Gemüt führen. Heute Abend treffen wir dann die anderen Jungen im ›Bienenkorb‹. Doch wenn Mama den großen Brief mit den schönen Zetteln abgeschickt hatte, seufzte sie wieder und gab Mamsell Julia zwölf Pfennige:

»Wir nehmen auch heute wieder Strömling zu Mittag, mein Kind!«

Als das Sparkassengeld immer mehr zur Neige ging, konnten die Knåpköpinger, die abends durch die Gasse gingen, die Köpfe der beiden Frauen noch bis spät in die Nacht hinein an der Nähmaschine am Fenster sehen; und der alte wurde immer weißer und runzeliger, der junge immer eckiger und bleicher und ein nie endender Strom weißen Leinens wälzte sich durch die blanke Maschine. Doch die Maschine war gewiss auch müde geworden, denn sie sang gar nicht mehr so munter. Glückliche Bräute kamen und brachten einen wonnigen Frühlingshauch von Licht und Freude in das kleine Zimmer. Mamsell Julia sollte ihnen die Aussteuer nähen und erhielt obendrein noch einen kleinen Überschuss ihrer übersprudelnden Freude. Doch wenn ihr die jungen, strahlenden, sonnigen Mädchengesichter einen Abschiedsgruß genickt und die Tür hinter sich geschlossen hatten, dann kamen Mamsell Julia viele Gedanken, während sie die Leinenballen zu Tischtüchern, spitzenbesetzten Kopfkissen und allem Möglichen zuschnitt.

Da war ein kleines Teegedeck mit roter Borte, gerade für zwei passend. Wie müsste es sein, wenn man in einem hübschen Zimmer dies Tuch über den kleinen Tisch vor dem weichen Sofa ausbreiten dürfte, während aus der Sofaecke zwei liebevolle Augen gierig jeder Bewegung der kleinen Hand, die das Gebäck und die Tassen ordnete, folgten?

Feinstes holländisches Leinen, reiche Spitzen, farbige Stickerei um Hals und Ärmel! Ach, unter ihnen würde ein junges, glückliches, sehr glückliches Frauenherz pochen!

Nanu, Mamsell Julia, alte Närrin! Blick' auf, du brennendes Auge; die Naht muss grade werden! Tritt rasch, du schmerzender Fuß! Emil braucht Geld ...

Ihr gegenüber, an der anderen Seite des Tisches, tummelten noch frohe, rosige Träume unter dem schneeigen Scheitel. Die alten Augen blicken immer weiter in die Zukunft, je schwächer sie werden. Wovon träumt die Alte? Welches Gaukelspiel der Fantasie kräuselt wohl die welken Lippen zu einem Spätsommerlächeln?

Ja, Emil hat seine Studien mit Glanz durchgemacht und ist nun Bürgermeister in einer großen, großen Stadt, viel größer als Knåpköping mit ganzen 4–5000 Einwohnern. Die alte Mama wohnt im wärmsten Zimmer der großen Bürgermeisterwohnung. Heute ist Gesellschaft. Ein Bürgermeister »muss« ja hin und wieder eine Gesellschaft geben. – »Komm jetzt, Mamachen!« – »Nein, Emil, ich will nicht hinein zu deinen feinen Gästen.« – »Was denn, Mama! Der Herr Präsident wartet auf meine Mutter.« – »Oh ... Emil ... Emil ...« Und dann legt er liebevoll ihre kleine, welke Hand auf seinen starken Arm, führt sie mit strahlenden Blicken und erhobener Stirn in den Saal und schämt sich seiner alten Mama gar nicht. Und die feinen Herren verbeugen sich vor der Mutter des Wirtes, und zuweilen erhebt der eine oder der andere sein Glas und sagt: »Darf ich auf Ihr Wohl trinken, Frau Stark!« – Oh, Emil ... Emil!

»Mama, unsere Feuerung ist zu Ende, und ich habe noch nicht die Bezahlung für unsere letzte Arbeit.«
»Ach, Kind, was sagst du? Ich träumte so schön ...«

»Beim Becher, beim Becher
Sieht man den Dritten gern – – –«

lallt eine schläfrige Stimme aus dem trotz der Winterkälte geöffneten Fenster des Dachstübchens, Vaksalastraße 24. Müde, mit glühenden Wangen und verglasten Augen begibt sich Emil Stark auf die Entdeckungsreise nach Schwefelhölzern und Licht. Sieh' da! Nun, – ging es vielleicht nicht schließlich doch! Aber – was Tausend ... ein Telegramm! Und er war fortgewesen und hatte »den ganzen Tag gefrühstückt«!

»Mama krank. Will dich sehen! Komme sofort! Julia.«

Er wurde totenbleich, und seine Lippen zuckten. Aus dem armen Hause ein Telegramm, das eine ganze Mark kostete! Das war nicht zum Frühesten abgeschickt, das wusste er. Oh, das war der Tod ... der Tod, der sie, die ihm alles geopfert, dahinraffte, ehe er ihr etwas anderes als Sorge bereitet hatte! Und er hatte sie seit drei Jahren nicht gesehen ...

Er besaß keinen Pfennig zur Reise. Er versetzte, er bettelte, er weinte, tobte und flehte. Man zuckte die Achseln und murmelte: »Wir kennen dich, Freundchen!«

»Sie haben ja Ihre Uhr noch nicht eingelöst, Herr Kandidat.«

»Nein, Stark, komm' mir nur nicht mit solchen Geschichten!«

Schließlich hatte er die ganze Summe erbettelt.

Welche Fahrt! Er war allein im Coupée und kroch mit aufgeschlagenem Rockkragen in eine Ecke, presste die Lippen zusammen, damit der Schaffner ihn nicht schluchzen hören sollte, und sah jede Minute nach der Uhr, um auszurechnen, wann er wohl da sein könnte. Und dann zwanzig Kilometer im Schlitten! Die Gedanken eilten ihm voraus, er sah Julia verweint in der Tür stehen und stumm ins Zimmer deuten; und dort sah er so deutlich seine alte Mama starr und kalt liegen. Der Schweiß trat ihm auf die Stirn, und jede Fiber erschauerte vor Angst.

Da lag endlich die kleine Stadt, und da war das gelbe Haus. Die Geranien standen wie sonst vor dem Fenster, – aber die beiden Köpfe waren fort, der alte und der junge.

Mit dem um Gnade flehenden Blicke eines zum Tode Verurteilten begegnete sein Blick dem Auge Julias und las darin, dass das Leben noch nicht entflohen war.

»Aber leise, Emil, Mama fantasiert! Es wird bald zu Ende sein ...«

Er schwankte zum Fußende des Bettes und verbarg das Gesicht in den Kissen.

»So ... da bist du ja ... Emil ... geliebter Junge ... fass ... fass an ... Emil ... es liegt mir ein schweres Gewicht auf der Brust ... und Julia kann es nicht heben ... fass an ... lieber Junge ... dann geht es schon ... Es ... war gut ... dass du nun kommst und deine alte Mama ... zu ... dir nimmst ... denn weißt du ... wenn ich noch länger ... hätte warten müssen ... so glaub' ich ... wäre mir ... das Herz ... gebrochen. Hebe den Balken ... der mir auf der Brust liegt ... ein wenig auf ... Emilchen! Danke ... mein lieber ... guter Junge! Julia ... geh' ... geh' gleich zu Frau Berglöf und sage ihr: ›Nun ist Herr Emil wirklich ... wirklich Assessor!‹ ... Ja so ... Du kommst und willst uns holen ... ich will kein großes Zimmer haben, Emil ... nur einen kleinen ... kleinen Winkel ... wo ich liegen und Gott bitten kann, die Liebe meines Jungen zu belohnen ... und dann musst du gut gegen Julia sein ... armes Mädchen! ... Sie kann ja nichts dafür, dass sie ... nicht ... so hübsch und ... so begabt ist ... wie du ... Nein, Julia ... nicht Hering heute ... wo der Herr Assessor gekommen ist ... Wissen sie in der Stadt ... dass du nun ... wirklich ... Assessor bist? Oh ... nun will ich ein bisschen schlafen ... Nein danke ... ihr lieben Leute ... jetzt kein Holz mehr ... jetzt ziehe ich ... zu ... meinem Sohn ... dem ... As ... sess ...« –

Auf einmal wurde es still. Emil erhob sein verweintes Gesicht. Die alte Mama war dahin gegangen, wo keine Hoffnung mehr getäuscht wird.

Doch sie hat Schwestern hienieden. Geduldige, leidende, sich auf die Zukunft vertröstende Schwestern. Habt Erbarmen mit ihnen, ihr Jungen!

Die Blau-Gelbe

Sven Peter hatte, um bei der Wahrheit zu bleiben, sehr dunkle Begriffe von dem Worte »Vaterland«. In seinen Knabenjahren, so um 1850 herum, waren die Volksschulen noch nicht, was sie jetzt sind. Man las, mit Ausnahme des Schulzen und des Reichstagsabgeordneten, keine Zeitungen in Bauernhäusern, und damals gab es noch keinen Palm und keinen Strindberg, die das Volk durch ihre Schmutzschriften das Vaterland von der schlechten Seite kennen lehrten. Aber Sven Peter wusste, dass das Land, in dem seines Vaters Häuslerei lag, Schweden war und dass der König Oscar der Erste hieß. Schwedens Fahne war gelb und blau, das hatte er auf Ränneslätt gesehen, jener großen Ebene, wo die Grenadiere stampften, dass der Boden zitterte, und mit den Büchsenkolben aufstießen, dass man glaubte, der Tag des Jüngsten Gerichts bräche herein. Auf jener großen Ebene, wo die Generale und Obristen und Käck, der für Skantebro diente, um die Wette ritten, so dass man nur Himmel und Pferdefüße sah.

Wie schon oft, war wieder einmal eine schwere Zeit für das arme Småland. Seit lange vor Johannis stand die Sonne wie ein glühender Kupferkessel am Himmel und weder Morgen- noch Abendtau fiel auf die dünnen, verkümmerten Strohhalme, die sich mühsam durch die dichten, heißen Steine des Ackers emporgezwängt hatten. Die Brotnahrung war schon seit Weihnachten zu Ende, denn in der Häuslerei waren zu viel Esser. Sven Peter musste in die Welt hinaus.

In brennender Junihitze saß er in seiner steifen, dicken Kleidung von grobem Wollenzeug und einem großen, wollenen Halstuch zwei Mal um den mageren, braunen Hals gebunden, saß und aß seine Abschiedsmahlzeit in Kartoffeln und saurer Milch auf der alten, glatten Holzbank. –

Am anderen Ende der Bank lagen die großen Zwillingsschafe der Familie. Ihre Füße waren mit den Strumpfbändern der Mutter zusammengebunden, und die Mutter schnitt und schnitt in den üppigen Pelz der Zwillingsschafe und weinte, wenn sie Sven Peter ansah, der nun in die Welt hinaus sollte. Und wenn die Schafe strampelten und mit den Köpfen auf den Tisch schlugen, ging die saure Milch in der Blechschüssel in richtigen Wogen auf und nieder.

Es war schon reichlich spät zur Schafschur; doch als sie im Frühling herausgelassen wurden, waren sie so mager gewesen, dass die Mutter sie nicht zu scheren gewagt hatte.

Es war recht frühzeitig, Sven Peter in die Welt zu schicken, doch draußen auf der Bank krochen noch vier Stück herum, die noch zarter waren als er und sich von dem schlechten Korn am Abhang ernähren mussten, dessen Halme so bleich und dünn und verkümmert aussahen, als hätte man sie mit einer Zange aus der Erde gezogen. Der Vater war frühmorgens auf Tagelohn gegangen. Seine Abschiedsrede war nicht lang. »Nun, lebe wohl, mein Junge! Die Stiefeln musst du im Sack auf dem Rücken tragen!« Das war alles. Aber die Mütter gleichen sich alle, ob nun ihre Tränen in ein Batisttaschentuch oder auf eine alte Bank fallen. Mutter Kaijsa legte die Schafe auf den Fußboden, zog Sven Peter in ihre Arme und sagte: »Gott sei mit dir! Magst du nicht noch das bisschen Milch essen, das noch in der Schüssel ist?«

Und so zog er denn nach Süden mit sechzehn Schillingen in der Westentasche und seinen Alltagskleidern in einem Bündel auf dem Rücken.

In Schonen waren die Felder grüner, das Korn dichter und die Bauern dicker, aber leider hatten sie keine Lust, einen kleinen, ausgehungerten Småländsjungen in Lohn und Brot zu nehmen. Hirtenknaben hatten sie selber. Und so wanderte und wanderte Sven Peter, bis er nach Malmö kam, aber auch dort konnte man einen Burschen nicht brauchen, der, als er um Arbeit bat, keine weiteren Empfehlungen hatte, als zwei große, hellblaue Augen, in denen Tränen funkelten.

Schließlich fand sich ein feiner Herr, der Sven Peter eine ordentliche Mahlzeit mit Kalbsbraten und Kartoffeln gab und ihn mit einer halben Stiege anderer kleiner, magerer, sonnenverbrannter Jungen nach einem Gute in Seeland schickte. Es war viele Jahre, bevor die große, jährliche Auswanderung schwedischer Dienstmädchen nach Dänemark begann, und Sven Peter glaubte, er müsse bis Amerika reisen.

Auf dem großen Gute hatte er es nicht zum Besten. Die Burschen erhielten zu wenig und schlechtes Essen, mussten des Nachts im Kuhstalle liegen und wurden vom Morgen bis zum Abend auf den Rübenfeldern härter zur Arbeit angetrieben als die Tiere. Eines Tages, als die Sonne heiß schien und ihm die Hacke zu schwer wurde, kroch Sven Peter in einen trockenen Graben und schlummerte ein wenig. Er erwachte von dem Gefühle, dass man ein Fuder Holz auf seinen Rücken würfe. Aber es war nur des Verwalters Stock, und der flog auf und nieder, auf und nieder, bis Sven Peter beinahe zerbrochen und halb tot geschlagen sich schließlich blutend in seinen Stallwinkel schleppte.

In der Nacht erhob er sich mit schmerzenden Gliedern, raffte seine Lumpen zusammen und lief fort, als gälte es, sein Leben zu retten, lief ohne Rast und Ruh, wie eben nur ein armer, magerer, geängstigter, småländischer Tagelöhnerjunge laufen kann, lief, bis er sich plötzlich zwischen vielen tausend Häusern und Straßen befand und die Stadt wiedererkannte, in der er mit dem Dampfboot von Malmö gelandet war.

Weinend wankte er durch die Straßen. Er hatte keinen Sinn für die Merkwürdigkeiten der Stadt, er suchte nur ängstlich nach einem einzigen, freundlichen Gesichte, aber alle sahen so fremd und stolz aus und hatten es so eilig, dass er sie nicht anzureden wagte. Doch was glänzt dort auf dem Dache im Sonnenschein? Gelb und blau steigt es aus der Dachluke empor; blau und gelb legt es sich um eine lange Stange, wenn der Wind ruht.

Oh, das ist die Fahne von Ränneslätt!

Und ohne Besinnung, wie wenn ein gehetztes Wild sich ins Wasser stürzt, stürmt Sven Peter von der Straße in das Haus, die Treppen hinauf, in ein prächtiges Zimmer, umfasst die Knie eines feinen Herrn und schluchzt:

»Sind Sie von Ränneslätt, so helfen Sie mir um Jesu Willen!«

Der feine Herr war nun zwar nicht gerade von Ränneslätt, aber er war schwedisch-norwegischer Generalkonsul in Kopenhagen. Er hatte die schwedische Flagge aufgezogen, weil ein königlicher Namenstag war, und er beschützte seinen armen, kleinen Landsmann, der halb unbewusst unter vaterländischer Flagge Schutz gesucht hatte, auf das Beste.

Von diesem Augenblicke an wurde Sven Peter die Fahne teuer; das blaugelbe Zeug hatte in ihm eine Ahnung von dem erweckt, was Heimat und Vaterland sind, und als er nach einigen Jahren als Ausgeloster auf Ränneslätt exerzierte, ging er zu einem wohlwollenden Rittmeister, den er kannte, und bat, ob er nicht für einen Bauernhof, der einen Soldaten stellen muss, reiten könne. Reiten unter den blaugelben Fahnen, für König und Vaterland, an Stelle des alten Käck aus Skantebro, der bald ausgedient hatte. Und so erhielt er Nr. 57 und eine Büdnerei und ein Pferd und eine neue Uniform. Käck sollte er heißen nach dem alten Käck, und keck sah Sven Peter aus, wie er mit seinem großen Schnurrbart und wohlgebürsteten Dolman auf seinem Braunen Kläm mitten im Carré hielt, und wenn es in sausender Fahrt über die Heide ging, dass die Erdschollen flogen und die Bauern, die sich einen Feiertag gemacht hatten, um ihre Pferde zu sehen, vor Angst erbleichten.

Und so ritt er dreißig Jahre auf dem Manöverfelde, und ein Pferd nach dem anderen wurde dienstuntüchtig und musste für Nr. 57 Skantebro ausgeschossen werden, aber Käck war noch immer munter. Das erste war Kläm. Es wurde mit siebzehn Jahren steif und kam zu einem Brauer in Jönköping. Dann kam der liebe Fuchs, der sich in

Bornaps großem Park das Bein brach, und da weinte Käck beinahe ebenso sehr, wie damals, als sein kleiner Knabe beim Scharlachfieber draufging. Und nun war es sein alter, grauer Kalle, und er glaubte wohl, dass er mit ihm zusammen ausgedient haben würde.

Es ging mit den beiden, mit Kalle und mit Käck zu Ende. Grau und etwas steifbeinig waren sie beide. »Was heißt das, Käck? Du sitzest ja so schwerfällig auf?«, hatte der Rittmeister schon im vorigen Jahre gesagt. Als er beim letzten Manöver als Ordonnanz ritt, lachte der Fahnjunker und fragte: »Ist das Käck oder Kalle, der anfängt, alt zu werden?«

Der alte Husar schwieg, biss sich stolz in seinen grauen Schnurrbart und sah auf die blaugelbe Fahne. Bald würde auch sie, die ihn einst unter ihren Schutz genommen hatte, ihn von sich stoßen, weil er zu alt war, um ihr mit Ehren zu dienen. Er sah auf seinen blau-gelben Dolman, bald würde er kräftigere und jüngere Glieder umschließen, die ein blitzschnelles »Aufgesessen!« befolgen konnten und nicht bei einem gestreckten Galopp zitterten.

Der Tag der Generalmusterung kam. Steif und geputzt wie immer erhielt Käck seinen Abschied und die Verdienstmedaille, blickte starr vor sich nieder auf Kalles Mähne und fühlte seine Augenlider zucken, als der General ihm einige freundliche Worte sagte. Ihm, dem alten Husaren, der brav gedient und »blank« im Strafbuche hatte.

Als man ins Lager zurückgeritten war, kam der Gastwirt, der Kalle gekauft hatte, und schrie: »Her mit dem Gaul!« Da brach es los, und nachdem er dem alten Kameraden zum Abschied leise über die Lenden gestrichen hatte, ging Käck aufs Feld hinaus und weinte wie ein Kind und große Tropfen fielen auf seinen Dolman, den blau-gelben.

Froher, junger Husar! Wenn das Regiment auf dem Marsche ist, wenn die Fahne weht und die Hörner an der Spitze schmettern, wenn die jungen Pferde den Birkenhainen »guten Morgen« zuschnaufen, wenn die Muskeln sich anspannen und die Brust sich mit jener kecken, übermütigen Freude erfüllt, die ein richtiger Mann sonst nur empfindet, wenn er ein geliebtes Weib in den Armen hält, ein schaukelndes Deck unter seinen Füßen fühlt, ein blankes Schwert schwingt oder einen tüchtigen Gaul zwischen den Beinen hat – dann sieh auch einmal nach der Seite des Weges hin, und dann wirst du vielleicht eine gefurchte Wange, einen weißen Schnurrbart über dem Holzzaun erblicken und zwei alte schwache Augen deinem stolzen Ritte folgen sehen.

Das ist der alte Husar. Er liebt es, mit seinen trüben Augen seiner alten Schwadron bis zur nächsten Wegkrümmung zu folgen, vielleicht zum letzten Male, und mit bebenden Lippen murmelte er ein Lebewohl für Schwedens stolze Fahne ... die blau-gelbe.

Der Weg der Pflicht

Weit hinten in der fernen småländischen Einöde, wo kein Dampfross schnaubt, keine der Verfeinerungen des Lebens hingedrungen ist, lag die kleine Gemeinde in einem Wald ohne Bäume, an einem See ohne Wasser.

Wohl hatte der Wald Bäume gehabt; doch der hungrigen Mündchen gab es in den kleinen Heimwesen gar viele, und die Ackerstreifen, die sich zwischen den Steinhaufen hinzogen, waren klein und mager, mit kurzen Halmen und vertrocknenden Ähren; so hatten die Bauern, um die vielen lebenden Wesen in den kleinen Hütten ernähren zu können, eine Last nach der andern den fünf und eine halbe Meile langen Weg zur Bahnstation fahren müssen, erst dicke Balken, dann dünne und zuletzt Reisig! Und jetzt sah es gar unheimlich aus auf den weiten, steinigen Feldern voller Heidekraut, wo die Eulen auf halb verfaulten Baumstümpfen saßen und sich vom Tode der Waldesriesen erzählten.

Wohl war einmal Wasser in dem See gewesen, aber als der Wald zu Ende ging und die Äcker zwar noch ebenso klein, aber noch magerer und ausgesogener waren und sich wegen des gebirgigen Terrains und des Gesteins nicht vergrößern ließen, als man sich doch verheiratete und Kinder bekam, die auch essen wollten, als das Brotkorn nicht länger als bis Weihnachten reichte, da legte man den See mit großer Mühe und drückenden Schulden trocken, um ein Feld zum Säen, eine Wiese zum Mähen zu bekommen.

Doch auch der See selbst lag so voller Steine, dass Saat und Gras dort kaum wachsen wollten, und den trostlosen, grauen, steinigen Ufern dieses Sees, der nicht mehr da war, entstiegen Fieber und Seuchen, unter den kümmerlichen Porschbüschen und Zwergbirken lauerten Krankheit und Tod. Die Natur rächte sich grausam für das Stören ihres Haushaltungsplans, sie strafte die Gewalt, die man ihr angetan hatte, ohne Schonung, und endlich – verringerten sich der Hunger und die

Zahl der Esser in diesem baumlosen Walde, an diesem wasserlosen See.

In diesem armen Stückchen von Småland lag ein Pfarrhaus unter einem geteerten Lattendach, während die Hütten der Bauern nur mit Rasen gedeckt waren. Im Stalle war Platz für vier Kühe, aber auf der Wiese kaum Futter für drei, und die sechs Stachelbeerbüsche, die an der Südwand des Wohnhauses standen, trugen jeden Frühling kleine, farblose Blätter, hatten aber nie eine Beere für die Kinder des Pastors. Hinter dem Hause standen acht schlanke Birken in einer Gruppe zusammengedrängt, und dies nannte die Pastorin ihren Park.

Der Pastor Olof Wallander lebte natürlich in sehr dürftigen, armseligen Verhältnissen, aber er war auch ein Mann mit geringen Gaben. Junge, vielversprechende Diener des Herrn, die je nach Bedarf weihevoll oder grob und scharf reden konnten, die jeden Zuhörer zu Weihnachten und bei der Kollekte für den Prediger zu Tränen rührten, die bemühten sich nicht um eine Pfarre wie Westanskog. Deshalb wurde der Sieg bei der Wahl leicht für Pastor Wallander, der eine Versorgung, so kümmerlich sie auch war, brauchte, da er sich schon als Adjunkt auf Gottes Vorsehung hin verheiratet hatte, die freilich noch nie einen Hilfsprediger hat ganz verhungern lassen, ihn aber zuweilen fühlen lässt, wie es dabei zugeht.

Es war ein armes Hirtenzelt ohne viel Freude und Sonnenschein. Die drei Zimmer unten waren recht klein, sahen aber trotzdem noch leer und kahl aus; Stühle und Tische waren vom einfachsten, gebeizten Birkenholz; die Ersteren trugen verblichene Bezüge, die zu Hause gewebt waren, und standen so weit voneinander, wie die Infanteristen bei der Schützenkette, und es sah aus, als wollten sie einander fragen: »Wie in aller Welt bist du hierher gekommen?« Oben in dem kleinen Giebelzimmer, das der Pastor bewohnte, sah es etwas gemütlicher aus. Ein paar Bücher, drei einfache Pfeifen, eine Wandkarte und ein Schreibtisch von Tannenholz gewährten dem Auge etwas mehr Abwechslung.

Doch was hier Leben und Sonnenschein verbreitete, das waren die Kinder. Ich glaube gern, dass, wenn es darauf ankommt, man die Kleinen im reichen Hause ebenso heiß und innig liebt. Doch dort macht ihnen so vieles andere den Rang streitig, Ölbilder und Statuen, Pfeilerspiegel und Seidenplüsch, Eitelkeit und Prahlerei, und dann weiß man dort auch nicht recht, was sie kosten, wie viel Sorgen und Entbehrungen sie repräsentieren. Doch bei dem armen Pastor in Westanskog, wo alles außer den blauen Augen und den kleinen, roten Plappermäulchen hässlich und geschmacklos, wo alles außer den weißblonden Köpfchen düster und alles außer dem Trippeln zerrissener Stiefelchen still war, wo der Papa oft auf den zweiten Teller Milchsuppe verzichtete, weil der kleine Gustav so begehrliche Blicke nach der Suppenschüssel warf; wo man die Kleinen Jahr für Jahr mit Sorgen, Kummer, Angst und Entbehrung erkaufte, da machten sie den ganzen Inhalt des Daseins aus und verbreiteten Freude, wie man sie anderswo selten findet.

Als die Westanskoger Pastor Wallander ein paar Jahre gehabt hatten, fanden sie seine Gaben nicht mehr so gering. Er sprach nicht ganz so schön, wie der Pastor der Muttergemeinde, das war allerdings richtig, aber er sprach als Mensch zu Menschen und nicht wie ein Kronvogt Christi, der in den Seelen rückständige Steuern eintreiben will, und wenn man sich nicht nur von dem »schönen Gotteswort« in einen Gefühlsdusel einwiegen lassen wollte, sondern versuchte wirklich auf das zu hören, was der Pastor sagte, so war es ganz merkwürdig, wie gut man ihn verstehen konnte und wie seine Worte auf alle Lebensverhältnisse passten. Und wenn Pastor Wallander ans Krankenlager und ans Totenbett trat, dann schritten Trost und Frieden mit ihm über die Schwelle, sein liebevoller, vertraulicher Gruß war allein eine halbe Predigt, und die geringen Gaben brachten auf den starken Armen warmen Gebetes untrügliche Schätze dar in der Stunde der Not und dem Tale der Todesschatten. – Zuletzt widerstand ihm nur noch ein Herz in der Gemeinde, und das war ja auch gerade nicht so wunderbar, denn das Herz war hinter den Wänden eines stattlichen, zweistöckigen Hauses verwahrt und durch fünfzigjährige Arbeit im Dienste des Mammons verhärtet. Ein Pelz von Waschbärfell und ein dickes Taschenbuch schützten es auch noch, und so konnte man ihm nicht leicht ankommen; im Übrigen glaubte der Pastor fest und sicher, dass dieses Herz nicht schlechter als andere sei, obgleich es dem Gerichtsbauern in Holma gehörte. Der Gerichtsbauer war der einzige wohlhabende Bauer im Kirchspiel, er war allmächtig in der Gemeindeversammlung und hart gegen die Armen. Nicht dass der Pastor mit diesem Matadoren Streit angefangen oder ihm sein Missfallen deutlich gezeigt hätte! Er fühlte, dass dies vielleicht eigentlich seine Pflicht gewesen wäre, aber die Armut und die geringen Gaben hatten ihn demütig gemacht. Der humanisierende Einfluss seiner Wirksamkeit hatte es jedoch zuwege gebracht, dass die Kleinbauern selbst über die Anmaßung des Gemeindekönigs zu murren begannen und einige Male eine barmherzigere Ansicht, als die des Gerichtsbauern, im Punkte der Armenverpflegung durchgesetzt hatten. Das hatte diesen für immer zum Feinde des Predigers gemacht.

Mit dem Frühling kam das Scharlachfieber ins Dorf. Ein Grab nach dem anderen wurde gegraben; kleine weiße Särge wurden oft am Pfarrhause vorübergetragen, und Frau Karin erbebte, wenn sie ihren Mann des Sonntags inmitten dieser Särge im Kreise der Leidtragenden stehen sah, die in so enger Gemeinschaft mit der gefährlichen, ansteckenden Krankheit gewesen waren. Andere waren vorsichtig und schlossen sich ab, aber der Priester durfte ebenso wenig weichen wie der Arzt. Und oft ging er selbst ins Trauerhaus, um eine verzweifelnde Mutter zu trösten oder mit den leidenden Kleinen in einer für sie verständlichen Weise zu sprechen. Und wenn er dann des Abends Gustav auf dem einen Knie und Anna auf dem anderen hielt und Gretchen auf dem Fußboden umherkroch und sich manchmal dicht an die Gruppe schmiegte und die kurzen, dicken Ärmchen nach dem Vater ausstreckte, da wurde Frau Karins Herz von schmerzlicher Unruhe ergriffen. Wo würde der bleiche Gast zunächst anklopfen?

Endlich kam er auch ins Pfarrhaus. Sein Besuch galt Ännchen, und nach einigen Stunden lag sie glühend rot im Bette und streckte die fieberheiße Hand unaufhörlich nach dem Wasserglase aus. Als Pastor Olof eines Abends nach Hause kam, trippelten ihm nur zwei Paar zerrissener Schühlein in der Tür entgegen.

Das wurde ein Kampf zwischen dem Tode und der Liebe. Wir wissen, dass die Liebe die Stärkere von beiden ist, aber nicht hienieden. Nachdem der Streit zwischen Hoffnung, Furcht und Verzweiflung eine Woche gedauert hatte, schüttelte der kleine Engel des armen Heims den Staub von den Flügeln, und wieder wurde ein kleiner, weißer Sarg in die dichte Reihe der frischen Gräber um die kleine Kirche auf dem Hügel niedergesenkt.

Bist du je in einem Hause gewesen, aus dem ein Kind eben fortgegangen ist? Dort ist das Leben ein Spiel auf einem Instrumente, dessen Saiten zerrissen sind. Das Unbedeutendste reißt die Wunde wieder auf. Die Zuckerdose, nach der das Kind immer das Händchen ausstreckte, macht die Augen überfließen. Der Vater starrt mit verzogenen Zügen in eine Ecke der Kammer, wo kein Fremder etwas Merkwürdiges sehen kann. Aber er sieht einen kleinen, zerbrochenen Kreisel, der unter dem

Sofa vergessen worden ist. Er sieht kleine, tappende, eifrige Hände, die sich nie, nie mehr rühren werden. Er hört ein Lachen, wie Vogelgezwitscher über den summenden Tanz des alten Kreisels, ein Lachen, das in dem weißen mit Blumen geschmückten und mit Tränen benetzten Särglein verstummt ist. Die Mutter sitzt stumm da und blickt immer wieder nach der Schlafkammertür. An der Tür ist ja gar nichts zu sehen! Ach, siehst du denn nicht links im Rahmen eine kleine Stelle, wo das Holz dunkler und die Farbe verschwunden ist? Dort haben sich die dicken Fingerchen mit den Grübchen immer festgehalten, um den kurzen, unsicheren Beinchen über die Schwelle zu helfen. Und hinten in der Garderobe, neben Mamas Sonntagskleid, die kleine Bluse mit den Flecken, für die es Schelte bekam! Und noch nach Monaten und Jahren oben auf dem Boden im Flickenkorbe ein kleiner Strumpf mit einem Loch in der Ferse und Erinnerungen in jeder Masche!

Der Sommer verging und der Herbst kam, kam mit kühlen Tagen und Stürmen, die sausend über die öden Hungerfelder von Westanskog fuhren. Grau und düster, noch düsterer als gewöhnlich lag das Pfarrhaus im Schneeregen und in der Novemberbeleuchtung da. Doch im Kamin des Esszimmers knackte das Birkenholz und Papa und Mama saßen mit ihren Kleinen vor dem Feuer.

Die giftigen Nebel aus dem See ohne Wasser hatten ihre Ernte fortgesetzt, die gleich schnell vor sich ging, ob die Sichel nun Ruhr oder Typhus hieß. Nun hatte die gefährlichste Seuche von allen, die Diphtheritis, ihren Feldzug in den Hütten begonnen, hatte sich aber bisher nur auf die Kinder beschränkt. Frau Karin schloss Gustav fester in die Arme und wandte sich bebend und schüchtern an ihren Mann:

»Olof, kleinen Kindern brauchst du doch wohl keine Krankenbesuche zu machen? Ach, Olof, ich zittere für Gustav und Grete!«

»Wir wollen nicht davon sprechen, Karin!«

»Es sind uns nur noch zwei geblieben, Olof! Bis jetzt haben ja nur Kinder Diphtheritis. Wenn es Gottes Wille ist, dass keine Älteren erkranken, so braucht doch der Prediger nicht zu den kleinen Kindern zu gehen, die gar nicht fassen können, was er sagt? Alle anderen hüten sich davor, alle andern meiden die Häuser, in denen Ansteckung droht. Du brauchst doch nicht zu den Kindern zu gehen, sprich?«

Pastor Olofs Stimme klang weich und traurig, als er antwortete:

»Zu ihnen vielleicht nicht, aber zu den gebrochenen Müttern und Vätern, du weißt selbst, Karin, dass Vater und Mutter in der Zeit der Prüfung des Trostes und der Liebe bedürfen.«

Frau Karin wagte nicht, noch mehr zu sagen, doch sie presste den Knaben krampfhaft an sich, als wollte sie ihn dadurch vor allem Bösen und Gefährlichen auf der Welt schützen.

»Hier ist ein Bote, der mit dem Herrn Pastor sprechen will«, schallte es aus der Küchentür.

Der Pastor ging in die Küche und schloss die Tür zum Esszimmer.

»Was willst du, mein Junge?«

»Ja, ich soll vielmals von der Bäuerin in Holma grüßen und Herrn Pastor bitten, auf der Stelle zum Gerichtsbauern zu kommen, denn er liegt im Sterben an der Diphtheritis! Es eilt, Herr Pastor!«

Der Pastor ging wieder hinein.

»Lebewohl auf ein paar Stunden, Karin! Ich muss fort, und es lohnt sich nicht, dass du aufbleibst und auf mich wartest.«

Frau Karin fuhr zusammen und starrte regungslos in das Feuer. Dann sprang sie auf, schlang die Arme um seinen Hals und fragte heftig, halb schluchzend:

»Wohin gehst du, Olof?«

Leise strich er über ihr weiches, braunes Haar und blickte zu den Kindern hinüber, die vor dem Feuer spielten. Und dann antwortete er mit warmem, aber festem Ton:

»Den Weg der Pflicht, Karin!«

Pelle Strömboms Freien

Pelle Strömbom gehörte zu den ernsten, bestimmten Naturen, und was er einmal begonnen hatte, das führte er gern zu Ende.

Als er geboren wurde, war er der hässlichste kleine Junge, den man sehen konnte, und er entwickelte sich so konsequent in derselben Richtung weiter, dass, als er das zwanzigste Jahr erreicht hatte, alle jungen Männer auf zehn Meilen in der Runde besser als er aussahen.

Als er zwölf Jahre alt war, kam er in ein Eisenwarengeschäft und als er seinen fünfunddreißigsten Geburtstag feierte, war er einer der renommiertesten Eisenhändler der Provinz.

Als er achtzehn Jahre alt war, verliebte er sich in Lina Svahn und als er sich den Vierzigern näherte, machte er mit ihr Hochzeit.

Mit einem Wort, Pelle ließ nie etwas nach, wenn er sich bestimmt vorgenommen hatte, es durchzuführen, aber Zeit musste man ihm dazu lassen.

Lina Svahns Mama wohnte über dem Eisenladen von Pelles Prinzipal und hatte einen »Mittagstisch für Schüler«. 67 Pfennige pro Tag. Kaffee 6 Uhr 45 morgens, gutes Frühstück 9 Uhr 15, reichliches Mittagessen 2 Uhr 15, Kaffee um 5 und Abendbrot um 8 Uhr. Von dem Verdienst sollten sowohl Mama wie Lina und der kleine Bruder Jacob leben, doch wenn wir den Appetit der Knaben bedenken, so können wir es kaum wunderlich finden, dass Mamas Toiletten ein wenig verblichen aussahen und Linchen beständig mit schiefgetretenen, zerrissenen Stiefeln ging.

Das einzige Mal, dass Pelle an seiner Bestimmung in dieser Welt zweifelte, war, als Lina, die sechs Jahre jünger war als er, über den Hof trippelte und freundliche Blicke nach dem Comptoirfenster warf. Ach, wäre er doch lieber Gewürzkrämer geworden, wie leicht hätte er dann dem netten Dirnchen nicht eine Tüte Feigen oder ein bisschen Marmelade zustecken können! Er begann die Manufakturbranche, besonders den Eisenhandel, zu verabscheuen, denn obgleich die Verdauung in den ersten Frühlingstagen des Lebens gut ist, kann man einem kleinen Mädchen doch nicht gut Nägel und Messingstifte anbieten, selbst wenn sie und ihre Mama für gewöhnlich von etwas so Schwerverdaulichem wie Schulknaben leben.

Aber er wollte ihr doch durchaus eine Freude machen und so kaufte er denn für seine paar armseligen Stüber Süßigkeiten und gab sie ihr. Und dankbar war sie, denn Schulmädchen und alte Herren gleichen einander darin, dass der bequemste Weg zu ihrem Herzen durch – bitte um Entschuldigung! – den Magen geht.

Als Lina 16 Jahre alt war, sah Pelle zu seinem Erstaunen ein, dass er in seinem kinderfrommen Herzen einen eingewurzelten Groll gegen alle Gymnasiasten hegte. Neid über deren größere Kenntnisse kam dabei nicht mit ins Spiel. Freilich hatten sie eine ganze Menge von Cäsar, Marius, Antonius und Alexander dem Großen gelernt, wovon Pelle nichts wusste, aber hätte man sie nach dem Kassenrabatt auf Eisschränke und gerillte Schlittschuhe oder nach den Töpfen zu einem Küchenherd Nr. 2 gefragt oder von ihnen wissen wollen, welche Fabrik die feinsten Regenschirmhalter lieferte, so wären sie sofort durchgefallen.

»Wissen gegen Wissen« meinte Pelle, und da Eisschränke, Schlittschuhe und Kochherde sowohl nützliche wie angenehme Dinge sind, während weder Cäsar noch Alexander bei ihren Lebzeiten und nach ihrem Tode friedliebenden, netten Leuten je etwas anderes als Verdruss und Sorge gemacht haben, so hätte er nicht mit seinen Kenntnissen tauschen mögen.

Nein, aber sieh, die Gymnasiasten aßen bei Frau Svahn und hatten mit Lina zusammen Tanzstunde, und in ihrer Gegenwart kümmerte sich Lina nicht mehr um Pelle als um einen verrosteten, drei Zoll langen Nagel.

Lina wurde konfirmiert, die Feigenperiode nahm ein Ende und Pelle musste mit zerrissenen Vorhemden gehen, um ihr Konfekttüten und Theaterbillette schenken zu können. Doch das Theater fing um sieben Uhr an und der Laden wurde nicht vor acht geschlossen, und Pelle hatte den Kummer, Lina zu dem Vergnügen, das er ihr verschafft hatte, in Begleitung der gefürchteten Nebenbuhler gehen zu sehen. Allerdings nickte sie ihm zu, wenn er so traurig in der Ladentür stand, aber dennoch ... dennoch glühte der Groll in ihm wie ein Gurney'scher Ofen Nr. 4.

Dann wollten die jungen Leute eine Schlittenpartie machen und Pelle mietete den schönsten Schlitten, den er bekommen konnte (zwei Pferde, Schlittennetz, Tigerdecke und Rentierfelle) und ging nach oben, um Lina aufzufordern. Lina lächelte, nahm dankend an und klopfte ihm auf die Achsel. Und Linas Mama sagte, dass sie ihm Limonade vorgesetzt haben würde, wenn sie nur welche im Hause gehabt hätte.

Pelle lächelte und jubelte; er holte Kleiderhaken hervor, wenn die Kunden Präsentierteller verlangten, verkaufte doppelköpfige Nägel für sieben Pfennig das Hundert, beging alle möglichen Verrücktheiten und beschloss, Lina mitten im großen Sküttüngewalde zu sagen, dass sein Herz so fest an ihr hinge wie der Henkel am Topfe.

Aber am Abende kam Frau Svahns Dienstmädchen und bat Herrn Strömbom, gütigst zu entschuldigen, dass die Herrschaften es ganz vergessen (!) gehabt hätten, dass Fräulein Lina schon vorher (?) von Herrn Oberprimaner (!) Jansson eingeladen wäre.

Da ging Pelle in die Ecke, wo die Revolver zu hängen pflegten, und wollte sich auf eigene Rechnung einen davon nehmen, um sich tot zu schießen; aber es war nur noch einer da, und er konnte seinen Prinzipal doch nicht in Verlegenheit setzen, wenn zufällig jemand käme und grade diesen einen haben wollte!

Dann, als Lina zwanzig Jahre alt, gesetzt und für die Courmachereien der Gymnasiasten zu erwachsen war, kam für Pelle eine ruhigere Zeit. Freilich gab es ja auch »ausgewachsene« Herren in der Stadt, aber die waren vorsichtig in Liebessachen, dachten an die Folgen und umarmten Lina wenigstens nicht, wenn sie ihr auf der Treppe begegneten; auch küssten sie sie nicht hinter der Essstubentür.

Pelle begann wieder frei zu atmen, ging mit einem halben Dutzend vergoldeter Teelöffel in einem Seidenetui zu Frau Svahns Namenstage hinauf und fragte sie, ob er ihr nicht auch noch ein Dutzend Krebsmesser verehren dürfte. Da zog Lina das Mündchen zusammen und sagte: »Sie sind doch immer zu liebenswürdig, Herr Strömbom.« Und Frau Svahn meinte, es sei ihr doch grade so, als müsse Pelles Mama ihre Schulkameradin gewesen sein, und fügte hinzu, dass sie Pelle zum Abend gebeten haben würde, wenn ihr Dienstmädchen nicht grade das gastrische Fieber hätte.

An dem Abende rechnete Peter den Inhalt seiner drei Sparkassenbücher zusammen und sieh, die Summe belief sich auf 3479 Mark und 25 Pfennige. Sechs Monate später musste Pelles Prinzipal einen neuen Kommis suchen, und in der nächsten Straße konnte man auf einem großen Schilde lesen:

Peter Strömbom.
Eisenwaren, Neusilber, Öfen, Pflüge, alle Arten Manufakturen und Gusseisen.

Die Erste, welche in dem neuen Laden erschien, war Frau Svahn. Eine ganz neue Garnitur Messer und Gabeln und eine kleine Teemaschine, aber von den allerfeinsten!

»Glück auf, lieber Freund! Aber bitte, schreiben Sie die Kleinigkeit an, Herr Strömbom!« –

»Dan – danke ganz ergebenst!«

Und Pelle schrieb an und notierte die Messer eine und die Gabeln zwei Mark per Dutzend unter dem Selbstkostenpreis, und dieses Opfer konnte er seinen Gefühlen überdies ganz gut bringen, denn von Bezahlung war doch nie die Rede.

Glücklicherweise waren nicht alle Kunden so; das Geschäft ging gut, und nach einiger Zeit trat Pelle in Frack und weißer Krawatte in Frau Svahns Esszimmer, bat um eine Unterredung mit ihr und fragte sie, ob sie Fräulein Linas Glück in seine Hände legen wollte. Die Aussichten in der Eisenbranche wären nicht schlecht und seine Liebe könnte Dacheisen schmelzen.

Doch Fräulein Linas Herz musste wohl aus prima Bessemerstahl sein, denn es ließ sich nicht erweichen, aber sie versicherte ihn ihrer größten Hochachtung und treuen Freundschaft, obschon sie keine Lust hatte, ihn zu heiraten.

Tief niedergedrückt, mit dem blaukarrierten Taschentuch vor den Augen, stürmte Pelle ins Vorzimmer. Doch da stand in der gegenüber liegenden Wohnung bei Sekretär Ahls die Küchentür offen und die Köchin presste da mit solcher Gewalt Himbeersaft aus, dass sie die Mundwinkel bis zu den Ohren emporzog.

Hastig trocknete Peter seine Tränen und sagte:

»Bitte, empfehlen Sie mich der Frau Sekretär und sagen Sie ihr, dass im Strömbom'schen Eisengeschäft jetzt grade prima Kasserollen zum Einkochen von Früchten angekommen sind. Dieselben kochen schneller, ersparen Zucker, geben dem Eingemachten das schönste Aroma … Oh, Herr Gott, welche Qual!«

Die Zeit ging dahin, die Marktpreise stiegen, und die Väter der Schüler wollten den 67 Pfennigen nichts zulegen. »Von Schülern zu leben«, das blieb immer eine magere Kost. Die jungen Herrn in der Stadt tanzten mit Lina Svahn, machten ihr die Cour, schrieben ihr ins Poesiealbum, wandten ihr die Notenblätter um, und im Winter mieteten sie Schlitten und schoben sie von dem einen Seestrande zum anderen, aber sich mit ihr auf das stürmische Meer der Ehe begeben … nein, danke, das wollten sie nicht, die Ungeheuer.

Aber Pelle Strömboms Geschäft ging. Die Kunden strömten aus und ein, es rasselte nur so in der Kasse, und die Steuerkommission taxierte Pelle jährlich ein paar Tausend Mark höher. Alle Bürger, die erwachsene, heiratsfähige Töchter hatten, nickten ihm zu, wenn er in der Ladentür stand und sagten: »Kommen Sie doch heute Abend ein bisschen zu uns, Pelle, und trinken Sie einen Grog bei uns!«

Und Frau und Fräulein Svahn begannen auch in Pelles Laden hinein zu gucken, nickten ihm freundlich und herablassend zu und taten, als ob nichts vorgefallen wäre. Und als Pelle einmal bei ihnen in einer

Geschäftsangelegenheit vorsprach und nach einer Adresse fragte, die er übrigens ganz genau wusste, setzten sie ihm Himbeersaft zweiter Güte und prima Wasserleitungswasser vor und dazu Zwieback, mit denen man die Festung Karlsborg hätte in Grund schießen können, und erzählten ihm dabei von dem traurigen und schweren Los, das zwei alleinstehende Damen auf dieser Welt hätten.

Als Pelle heimkam, holte er seinen Rasirspiegel hervor und wollte nachsehen, ob er vielleicht in der letzten Zeit hübscher geworden wäre, weil die Damen so schrecklich freundlich gewesen waren. Oh, der Tausend! Das Haar war ebenso rot, die Sommersprossen lächelten ihn freundlicher als je an und die Nase war noch ebenso umgestülpt, wie wenn der Schöpfer sie nur dazu gemacht hätte, um das Regenwasser darin aufzufangen.

Doch – vielleicht waren Lina jetzt die Augen für sein treues Herz, seinen redlichen Sinn und sein gutes Geschäft geöffnet worden. Pelle fing wieder an zu hoffen, und als die Svahn'schen Damen in den Ferien ein paar Tage auf dem Lande waren, ließ er in ihrer Küche einen guten Kochherd (Nr. 1) einmauern.

Und als sie wieder zu Hause angekommen waren, machte er Lina einen Antrag und – bekam wieder einen Korb. Pelle konnte das nicht begreifen, aber ich begreife es recht gut, denn Lina hatte bei Onkel Johannes einen jungen Gutsbesitzer aus der Nachbarschaft kennengelernt, einen jungen Herrn ohne rotes Haar und Stülpnase, der des Troubadours Sterbearie zum Klavier sang und sie gefragt hatte: »Ob sie das Landleben liebe.«

Seht, bei Hymens Armee ist es gerade umgekehrt wie bei der Kaiser Wilhelms. In Kaiser Wilhelms Heer dient man erst bei der Linie, bei den aktiven Truppen, dann kommt man zur Reserve und zuletzt zum Landsturm, und zu allerletzt ist man ganz militärfrei. Aber bei Hymens Armee, wo unsere jungen, praktischen Fräulein das Kommando führen, steht man erst beim Landsturm, zu dem nur im alleräußersten Notfalle gegriffen wird, dann rutscht man in die Reserve, aber man dient nicht eher aktiv als glücklicher Bräutigam, als bis das alte stehende Heer der Herren, die »bessere Partien« sind als wir selber, fahnenflüchtig geworden und desertiert ist.

Pelle rückte vom Landsturm in die Reserve.

Der Landwirt hatte keine ernsten Absichten auf Lina; er sang die Sterbearie des Troubadours allen Mädchen vor, mit denen er zusammentraf, und fragte jede dann, ob sie gern auf dem Lande sein möchte. Er machte schließlich Bankrott, während Fräulein Lina ihr einunddreißigstes Jahr zurücklegte und Pelle Strömbom sich einen größeren Laden und zwei neue Lagerkeller mieten musste.

Unter diesen Umständen kann es ja kein Erstaunen erregen, dass Frau Svahn das Bedürfnis fühlte, sich eines der prächtigen, neuen Waffeleisen zuzulegen, mit denen man fünf Waffeln auf einmal backen kann. Und während sie sich das Waffeleisen aussuchte, fragte sie, ob Herr »Großhändler« Strömbom sich gar nicht mehr um zwei arme, alleinstehende Damen kümmern wollte, die seine erfolgreiche Laufbahn mit Anteil und Freude verfolgt hätten, seit er als kleiner Ladenschwengel Lina Tüten mit Feigen geschenkt hatte.

Und Peter eilte wieder die neunundzwanzig Treppenstufen zur Wohnung seiner Herzliebsten hinauf, schenkte dem kleinen Jakob im Vorbeieilen einen Instrumentenkasten und wurde von Fräulein Lina mit Erröten empfangen. Da das Dienstmädchen diesmal zufällig nicht mit einer epidemischen Krankheit behaftet war, durfte Peter sogar mit ihr, an der sein Herz hing, zusammen Sülze essen und Eierbier trinken.

Und von da an wurde er jede Woche einige Male zu Abend gebeten. Immer dasselbe Souper; die Sülze schien ebenso wenig ein Ende zu nehmen, wie Pelles Liebe, und das Eierbier war so schwammig wie seine Figur.

Als Pelle dort elf Mal zu Abend gegessen hatte und sah, dass noch ein großes Stück von der Sülze übrig war, fragte er Fräulein Lina, ob sie nicht achtzehn Jahre treuer Neigung für genug hielte und nun sein geliebtes Weibchen werden wollte.

Und Lina brach in Tränen aus, legte die Arme um Pelles Hals und erklärte schluchzend, dass sie ihn innig, wirklich schrecklich gern hätte, doch – sein Weib wollte sie nicht werden.

Seht, beim Telegrafenamt der Stadt war kürzlich ein neuer Kommissarius angestellt worden, ein großer, hübscher Mensch, mit einem *Henri quatre* und einer Tenorstimme, und er hatte Lina auf dem letzten Balle im Rathaussaale so eigentümlich angesehen. Aber mit diesem Telegrafiekommissarius war es auch nichts, denn in der Stadt, wo er vorher als Assistent gewesen war, hatte er sich heimlich verlobt, und er hatte Fräulein Lina nur angesehen, weil es ihm, der in einer Pietistenfamilie aufgewachsen war, so vorkam, als wäre sie zu stark dekolletiert.

Die Folge davon war, dass Fräulein Lina zu Anfang Februar, als es auf den Straßen am glattesten und gefährlichsten war, auf dem scheußlichen Trottoir vor Pelles neuem Laden hinfiel, nachdem sie sich vorher vergewissert hatte, dass Pelle selbst im Laden war. Und als sie hingefallen war, blieb sie liegen und stöhnte, dass sie sich beide Füße verstaucht habe und nicht gehen könne. Da nahm Pelle sie liebevoll und behutsam in seine sehnigen Arme, trug sie nach Hause und dort die neunundzwanzig Stufen hinauf, und dort fanden sie Linas Mama im Esszimmer in ihrer besten Blondenhaube und im Sonntagsstaat, und wie man sich wohl denken kann, erschrak und verwunderte sie sich natürlich sehr.

Als Pelle vierzehn Tage darauf wieder anhielt, schlug Lina in lieblicher Verwirrung die Augen nieder und ließ (in Gedanken an den neuen Lehrer der Naturwissenschaften, den sie einige Male in dem städtischen Leseklub getroffen hatte) durchblicken, dass sie noch viel zu jung wäre (erst 34!), um ihr eigenes Herz genau genug zu kennen, wenn aber Pelle noch einige Zeit warten wollte, so ...

Doch da verdunkelte sich Pelles Gesicht und er sagte mit ganz eigentümlichen Tone:

»Ja oder nein, Lina! Ich habe dich beinahe so lange geliebt, wie ich zurückdenken kann, doch nun halte ich es nicht länger aus. Ja oder nein, Lina!«

Da fasste Lina einen heroischen Entschluss, kniff die Augen zu, als sollte sie Medizin einnehmen, und bot Pelle den Mund zum Kusse.

Und auf diese Weise ging Pelle Strömbom endlich von der Reserve zu Hymens aktivem Armeecorps über, bei dem man auf Lebenszeit angeworben wird, und wo es ganz unmöglich ist, auf Avancement zu dienen.

Fünf Mark für ein Mittagessen, drei Mark fünfzig für ein Souper

Ehe die »Familienfeste« im Phönixhotel und Berzeliuskeller bei dem besseren Mittelstande Mode wurden, ehe die Stockholmer Mieten den größten Teil der mäßigen Einnahme eines Familienvaters verschlangen und ihn zwangen, wie die Bienen in ihren Zellen zu wohnen, als bei den Hausfrauen noch gutes Silberzeug und der gefüllte Leinenschrank gleich hinter Ruf und Ehre kam; als die Mütter noch dem Küchendepartement vorstanden und die Töchter ein bisschen Bekanntschaft mit den Gottesgaben machten, bevor diese auf den Tisch kamen: – da hatte man auch in den anspruchsloseren Familien der Hauptstadt genug Platz, Tafelgerät und weibliche Tüchtigkeit, um wenigstens nur mit Hilfe einer erfahrenen Kochfrau die Familienfeste und herkömmlichen Gesellschaften im eigenen Hause feiern zu können. Damals hatten die Lohndiener ihre Glanztage, damals war der stets gleich dekorierte Wirtshaussaal und die faden Gesichter der unten im Restaurant pokulierenden Stammgäste nicht die letzte Erinnerung, die junge Neuvermählte mit sich auf die Hochzeitsreise nahmen.

Doch nein – die Hochzeitsreise selbst gehörte dazumal zu den Erfahrungen, die nur der hohe Adel und die Millionäre machten, – die gewöhnlichen, einfachen Leute, deine und meine Großeltern, Eltern, Onkel und Tanten, sie ließen das eigene, neue, schmucke Heim, auf das sie zehn Jahre lang sehnsüchtig gewartet hatten, auch den Eindruck des Mysteriums der siegestrunkenen, von der Kirche geweihten Liebe in sich aufnehmen, der jetzt in der Regel dem Hotelzimmer und der Eisenbahn anheim fällt.

Damals war, wie gesagt, die Zeit der Lohndiener.

Und von allen Kalfaktoren der Gerichte Stockholms »innerhalb der Brücken« besaß »Herr Klingbom« das größte Ansehen, den feinsten Frack, die flinkesten Finger und die größte Geschicklichkeit, durch eine nur eine viertel Elle breite Öffnung zwischen einem mit dem Nordstern geschmückten geistlichen Würdenträger und einem höheren Gardeoffizier sich selbst, vierundzwanzig Gläser Rheinwein und drei Pfund Konfekt durchzuwinden. Er blieb sich stets gleich bei traurigen und bei freudigen Gelegenheiten, nur dass er sein Gesicht bei den ersteren in drei oder vier große, tragische Falten legte, die einen zu der Veranlassung der Feier passenden Ernst ausdrücken sollten, und dass er bei den letzteren ungestraft etwas mehr Konfekt in die Fracktaschen und statt der traditionellen einen Flasche Wein zwei in den Überzieher stecken zu können glaubte.

»Fünf Mark für ein Mittagessen, 3,50 für ein Souper« war seine Taxe, und es war ihm ganz einerlei, ob er das fünfundzwanzigjährige Dienstjubiläum eines Pastor Primarius oder die Hochzeit einer Zinngießertochter feierte oder ein kleines Kind anständig zu Grabe bringen

63

half. Doch wenn die Feste zu Ende, die Lichter ausgelöscht und die Gäste fleißig dabei waren, bei sich zu Hause über Wirt und Wirtin herzuziehen, dann herrschte Jubel und Freude in zwei kleinen Mansardenstübchen weit hinten im Süden, da trat dort eine lustige Gestalt in Hemdsärmeln und mit weißer Halsbinde auf, hüpfte, nickte, tanzte, sang, plauderte und lächelte einem kleinen, stülpnasigen Weltbürger in einer Wiege zu; und eine junge, hübsche Frau saß dabei, lächelte mit ihm um die Wette und betrachtete bald den jungen, bald den älteren Klingbom mit liebevollen, bewundernden Blicken.

Bei den Festen, bei denen Klingbom aufwartete, war die Stimmung sehr verschieden, aber das Nachspiel bei ihm zu Hause »zeichnete sich stets durch angenehme Animiertheit aus und verlängerte sich bis weit in die Nacht hinein«, wie es in den Zeitungsberichten heißt.

Und Klingbom kam immer mehr in Aufnahme und konnte kaum einen einzigen Abend zu Hause verbringen, und Hänschen entwuchs der Wiege und konnte Papa schon unten an der Haustür entgegen kommen und anfangen, die Taschen des Fracks nach Süßigkeiten zu durchsuchen.

Hans sollte studieren; er sollte, mit Gottes Hilfe, mehr werden als sein Vater. Denk' nur, wenn er ihn eines Tages als einen der jungen Referendare vom Kammerkollegium sehen könnte, die bei allen Räten zum Souper gebeten wurden und Mittags so wichtig auf dem Norrbro umher spazierten, als stände Europas künftiges Geschick auf den meist unbeschriebenen Papierrollen, die aus den Überziehertaschen hervorschauten!

Lohndiener Klingboms stets glatt gebürstetes Haar begann an den Schläfen zu ergrauen, es fing an, ihm ein bisschen schwer zu werden, wenn er nach einem Souper, das erst gegen eins endete, noch bis zur Katharinenstraße heimtraben und am andern Morgen um halb acht Uhr dann schon wieder auf dem Gericht sein musste, aber Hans studierte jetzt in Upsala und brauchte viel Geld, und Papa Klingbom war jetzt mehr dahinter her, so oft wie möglich »5 Mark für ein Mittagessen und 3,50 für ein Souper« einzunehmen, als je zuvor.

Und Hans machte sein Examen und wurde »Referendar« und verbrauchte Lackstiefel und handhabte den *Chapeau claque* mit so ungesuchter, natürlicher Grazie, als hätte sein Papa ein Regiment statt eines Präsentiertellers geführt. Selbstverständlich konnte er nun nicht im Elternhause wohnen, aber seine Besuche bei Vater und Mutter waren für die beiden Alten umso größere Feste. Der alte Lohndiener, setzte die Brille auf und musterte den »Referendar«; er wusste ja genau, wie ein feiner, moderner, junger Mann aussehen musste. Ganz recht, grade solche Kragen hatte der Referendar bei »unserm« Gericht, der der Sohn des Präsidenten selbst ist, und ebensolche Handschuhe hatte er gestern selbst dem Kammerrat gekauft. Und Mama strich mit ihren kleinen, runzligen Händen über den seinen Tuchanzug und blickte in das liebe, jugendliche Gesicht. Sie sagte grade nicht viel, grübelte aber darüber nach, ob wohl in Stockholm noch ein solcher Junge, wie ihr Hans, zu finden wäre.

Aber – es ist so weit nach dem Südviertel – und Hans bekam so nach und nach schrecklich viel zu tun! Die Besuche im Elternhause wurden immer seltener und kürzer. Einmal machte sich der alte Lohndiener auf und besuchte seinen Sohn in seinen beiden hübschen Zimmern in der Friedensstraße. Doch er tat es nicht wieder. Da waren zwei junge Assessoren von »seinem eigenen Gericht« gewesen, auf dem Tische hatte Punsch gestanden, und Hans hatte ein verlegenes Gesicht gemacht.

Am Heiligabend pflegte er vormittags stets ein Stündchen zu kommen. Da war er wieder der frühere Hans, der dem alten Vater so warm die Hand drückte und Mama in die Arme zog. Doch diesmal war er Weihnachten nicht gekommen. Mama hatte abends bis elf Uhr aufgesessen und aus ihn gewartet, Vater war auf und ab gegangen, etwas über die Bratwurst, »die gar nicht wie sonst schmeckte«, zwischen den Zähnen murmelnd, und hatte alle fünf Minuten nach dem Vorplatz geguckt.

Am ersten' Festtage kam eine Karte, auf der Hans Vater und Mutter ein vergnügtes Weihnachtsfest wünschte. Er hätte sich nicht frei machen können, denn er wäre den ganzen Tag bei Kammerrat B. eingeladen.

Schließlich war ein Jahr vergangen, ohne dass Hans seinen mit Lackstiefeln bekleideten Fuß in die Tür seiner Eltern gesetzt hatte. Er hatte so viel zu tun, »im Dienste, mit Schlittenpartien, Kostümbällen, Diners und Abendgesellschaften«. Klingbom Senior ging auch auf seine Weise zu Diners und Abendgesellschaften, aber zwei hatte er absagen müssen, um nicht mit seinem Sohne zusammenzutreffen, nachdem ihm der Lohndiener, der die Einladungen zur Gesellschaft ausgetragen, mitgeteilt hatte, dass Referendar Klingbom auch gebeten worden sei.

Eines Abends ließ ihm ein Freund und Kollege sagen, dass er erkrankt sei, und Klingbom unter allen Umständen für ihn bei einem Souper bei Großhändler Falk weit hinten bei der Adolph Friedrichskirche aufwarten müsse. Klingbom war nie zuvor dort gewesen. Sowie er mit dem Tee in den Salon trat, sah er – Hans neben der Tochter des Hauses am Flügel stehen und in den Noten blättern. Hans blickte auf und errötete.

Doch niemand in der Gesellschaft wusste, dass der alte Lohndiener der Vater des charmanten jungen Mannes war, und der Alte nahm, als er mit seinem Präsentirbrett an dem Sohne vorbeistreifte, die Gelegenheit wahr und flüsterte ihm zu: »Ruhig! Keine Miene!«

Doch mit dem Instinkt alter Aufwärter fühlte Klingbom, dass etwas besonders Feierliches an diesem Abend in der Luft lag; er wusste nicht was, aber der Großhändler war zweimal draußen im Büffetzimmer gewesen und hatte vor sich hin gemurmelt, als bereite er sich auf eine Rede vor.

Beim Souper ging es los. Der Großhändler ergriff sein Glas und bat die Anwesenden, »sich mit ihm zu einem Hoch auf seine Tochter Ida und Herrn Assessor Klingbom zu vereinen, deren Verlobung er hiermit zu verkünden die Ehre habe.«

Das bei solchen Gelegenheiten gewöhnliche Summen im Saale, die Glückwünsche, Ausrufe, die Küsse der Freundinnen und das »Alter Junge!« der Freunde schützten den alten Lohndiener vor Beobachtung, als er am ganzen Leibe zitternd und mit einem Schleier vor den Augen dastand. Verlobt, ohne seinen alten Eltern ein Wort davon zu sagen! Ach, sie würden nicht begehrt haben, sich in den glänzenden Kreis zu drängen; sie wären zufrieden gewesen, wenn sie nur ein bisschen eher von dem Glück ihres Hans erfahren und in ihrem eigenen kleinen Heim hätten an ihn denken können ...

Hans suchte die Augen des Alten. Der Champagner macht Mut; zur Linken in seiner Brust begann sich etwas zu regen, und der glückliche Bräutigam war bereit, der Gesellschaft mitzuteilen, wie nahe der alte Lohndiener dem Helden des Abends stand ... Da legte sich ihm eine Hand auf die Schulter:

»Als Falks alter, langjähriger Freund ist es mir vielleicht erlaubt, nähere Bekanntschaft mit seinem glücklichen, liebenswürdigen Schwiegersohn zu machen ... Auf dein Wohl, mein Junge ...«

»Danke ergebenst, verehrter Onkel ... große Ehre für mich ... hm ...«

Nein, nachdem er eben mit einem diensttuenden Kammerherrn Brüderschaft getrunken hatte, den aufwartenden Lohndiener als seinen Vater vorstellen ... unmöglich!

Der alte Lohndiener sah die junge Braut an. Seine – Schwiegertochter ... Sie sah gut und freundlich aus; ihre schönen Augen sprachen von Glück und Liebe, als sie am Arme des Bräutigams durch den Salon schwebte. Oh, wie klein, wie zart und weiß die Hand war, die sie auf den Frackärmel ihres Hans gelegt hatte. So verschieden von der Hand der alten Mama daheim! »Gott mache sie glücklich!«, flüsterte der Alte für sich.

Die Gäste waren gegangen, und der Alte stand noch wie betäubt am Buffet.

»Was nehmen Sie für den Abend?«

Klingbom fuhr zusammen. Es war der Wirt. Sofort fiel er wieder in seine Rolle:

»Drei Mark fünfzig für ein Souper, Herr Großhändler.«

Früh am andern Morgen kam Hans in einer Droschke zu seinen Eltern. Die Mutter hatte geweint. Der Vater sah ein wenig streng aus.

»Du musst das Aufwarten aufgeben, Papa!«

»Ist das alles, was du mir und Mama zu sagen hast?«

»Nein, ich wollte Euch auch um Verzeihung bitten, dass ich Euch meine Verlobung nicht eher mitgeteilt habe. Es war selbstverständlich meine Absicht, vor der Veröffentlichung ... aber ... ich weiß nicht ... es kam so schnell ... und ...«

»Mache dir unsretwegen keine Sorgen, Hänschen! Gott lasse Euch so glücklich werden, wie Papa und mich!«, schluchzte die Mutter.

»Ja, das will ich hoffen«, sagte Hans und ließ die Blicke ein wenig überlegen über die kleinen Stuben und die ärmliche Einrichtung schweifen.

Der Alte las seine Gedanken.

»Ja, Hans, das Glück hängt nicht von prächtigen Zimmern und feinen Sachen ab. Aber es ist ja wahr, wovon wollt Ihr leben? Dein kleines Gehalt kann doch nicht ausreichen.«

»Mein Schwiegervater gibt uns jährlich viertausend Mark zu.«

»Das ist wirklich nett von ihm.«

»Und nun will ich Euch nur noch sagen, dass ich heute Nachmittag mit meiner Braut herkomme, damit Ihr sie ordentlich sehen könnt.«

»Oh, mein liebes Hänschen, wie gut du bist! Aber glaubst du auch, dass sie will?«, fragte Mama unruhig.

»Nun ja, will sie nicht, so lässt sie's bleiben«, meinte der Alte.

»Natürlich will sie. Nun musst du nicht so unfreundlich gegen mich sein, Papa, du willst doch nicht das Glück deines Hans trüben!«

Nein, das wollte er nicht, und so kam denn das junge, feine Fräulein Falk bei Lohndieners zu Besuch und wurde dort mit Kaffee traktiert. Sie musste auch ein paar Stiefelchen, die Hans als Kind getragen hatte, und seine erste Studentenmütze sehen, die Mama in demselben Auszuge aufbewahrte, wo die trockenen, verwelkten Zweige ihres eigenen Brautkranzes lagen.

»Haben Sie meinen Hans stets gleich lieb, Fräulein!«, flüsterte der Alte, als der Besuch zu Ende war.

»Du musst Ida sagen, Mama«, erklärte Hans.

Nun ja, das war ja freundlich, doch im Übrigen konnte es ganz egal sein, denn mit diesem einen Besuche hatte der Verkehr zwischen den alten und den jungen Klingboms ein Ende. Die Alte konnte sich nicht entschließen, Hans in seiner neuen, feinen Wohnung mitten in der Stadt zu besuchen, und dem Jungen war es zu weit nach dem Süden ...

Der alte Klingbom gab das Aufwarten nicht auf. Jüngere Lohndiener nahmen ihm freilich einen Teil seines Verdienstes, aber nicht den ganzen, denn sie hatten die Taxe erhöht, während der Alte an seinen »Fünf Mark für ein Mittagessen, drei Mark fünfzig für ein Souper« unveränderlich festhielt.

So war er bei der Beerdigungsfeier einer alten Witwe auf dem Ritterholm. Die Gäste waren anfangs schweigsam und ernst, wie es die Gelegenheit erforderte. Später begann man wie gewöhnlich von seinem lieben Nächsten zu sprechen.

»Nun, mit Falk nahm es doch ein Ende mit Schrecken. 600 000 Mark Passiva und 50 000 Mark Aktiva. Es ist fürchterlich!«

»– Ja, und was, der Tausend, soll der Schwiegersohn Klingbom jetzt anfangen? Die haben ja nur von dem teuren Schwiegervater gelebt.«

»Ja, freilich, ich sah Klingbom, als ich hierher ging. Er sah sehr bekniffen aus. Gestern soll seine Einrichtung wegen einer Modistinnenrechnung mit Beschlag belegt worden sein.«

Die Rheinweingläser auf dem Präsentierteller des alten Lohndieners klirrten.

Nach der Beerdigung eilte er direkt zu Hans. Die junge Frau öffnete auf sein Klingeln. Sie hatte rote Ränder um die armen, geschwollenen Augen.

»Nein, sieh, Herr Kli … hm … Schwiegervater! Hans ist aus; bitte, treten Sie näher!«

»Danke. Aber sieh' da, solch' ein kleiner Bube! Wie alt ist er jetzt? Ja so, fünfzehn Monate. Warte, ich habe gewiss etwas Gutes im Frack. Siehst du, da! Sei nicht bange vor dem schwarzen Papier, Kleiner, es schmeckt doch. Heißa, mein Junge, ist das nicht ein netter Großpapa!«

Hinter dem Rücken des Alten wurde ein Schluchzen hörbar. Hans war ganz leise eingetreten, und sein Herz schmolz bei dem Anblick, der ihm begegnete. Ach, er erinnerte sich ja so wohl der vielen Male, wo Papa in dem ärmlichen Hause in den südlichen Bergen ihn bei der Heimkehr geliebkost und ihm Gesellschaftskonfekt mitgebracht hatte!

»Du hier, Papa!«

»Ja, du, es machte mir Spaß, auch einmal her zu kommen und mir anzusehen, wie Ihr es eigentlich hier habt.«

»Ach, wir haben bald nichts mehr! Hast du von dem Unglück gehört? …«

»Ja, ich habe gehört, dass dein Schwiegervater … Session gemacht …«

»Und meine Existenz ist ruiniert, unsere Sachen sind mit Beschlag belegt und alles ist aus.«

»Wie viel Schulden hast du?«

»Oh, die sind gerade nicht groß, denn Ida hat ja alles, was wir brauchten, von zu Hause bekommen; höchstens fünf- bis sechstausend Mark, aber wovon sollen wir leben?«

»Eigentlich soll man sich nicht eher eine Häuslichkeit gründen, als bis die eigenen Einnahmen zum Leben ausreichen, doch davon wollen wir nun nicht sprechen. Vielleicht kann Euch der alte Lohndiener ein bisschen helfen …«

»Du? Papa!«

»Ja, es ist ja eigentlich des einen Schwiegervaters Schuldigkeit einzuspringen, wenn der andere nachlässt, und ich werde auf keinen Fall so freigebig sein können, wie der Vater deiner Frau … hm … wie Idas Vater, aber Eure Einrichtung sollt Ihr behalten und wenn es auf ein paar Tausend Mark jährlich ankommt, so lange bis du befördert wirst, so … Nein, sieh', nun hat der Knirps wirklich das Juckerkreuz aufgegessen! Nun, da hast du noch einen Grabstein von Marzipan mit einem Pommeranzenkranz d'rauf. Lutsche nur tüchtig d'rauf los, Kleiner!«

»Aber, Vater, wie ist das möglich?«

»Ja, siehst du, wenn man vernünftig lebt und Heller auf Heller zurücklegt, summt es sich mit der Zeit an. So, so, nun müssen Sie nicht länger weinen, kleine Fr ... hm ... Schwiegertochter! Klingbom konnte, Gott sei Dank, seinerzeit einen Präsentierteller führen, und alle wollen mich haben, denn ich nehme, wie du wohl weißt, Hans, stets fünf Mark für ein Mittagessen und drei Mark fünfzig für ein Souper.«

Des Pastors Weihnachtsgast

Man muss ziemlich fest in den Netzen der Liebe verstrickt sein und einen starken Glauben an die unmittelbare Fürsorge Unseres Herrn haben, um sich als Pastoradjunkt zu verheiraten.

Beides war der Fall bei Pastor Alm, und deshalb war er auch seit dem vierten Buß- und Bettage glücklicher Ehemann, und jetzt war es Heiligabend.

Er hatte 300 Mark Gehalt und bekam ebenso viel als Kostgeld und Mietentschädigung, seit er nicht mehr beim Präpositus aß und wohnte. Das machte beinahe zwei Mark für jeden Wochentag aus, und sonntags müssen Geistliche wohl von Gottes Wort und etwas Aufgewärmtem leben können.

Später kommt freilich hin und wieder ein kleiner, unbefiederter, zahnloser Engel vom Himmel, aber dann kommt vielleicht auch ein Kalbsbraten vom Freibauern oder ein Käse vom Kirchenvorsteher und damit gleicht sich dann die Sache aus. Aber man darf weder den Gelüsten des Gaumens, noch den Vorschriften des Modejournals folgen, und die fleißige Hand, die die schadhaften Stellen in dem abgetragenen Rock des Pastors ausbessert, muss flink und sparsam mit den schwarzen Töpfen umzugehen wissen.

Doch nun war es Weihnachten mit Schweinebraten, Reisgrütze und Laugenfisch.

In den Salons des Herrn Adjunkten konnte man sich nicht verlieren. Drei Stuben und Küche, das war alles. Im »Saale« ein Tisch von gebeiztem Tannenholz, Wiener Stühle, ein perlfarbener Geschirrschrank, ein altes, verstimmtes Klavier, zwei kleine, birkene Fenstertische und ein großer, lithografierter Martin Luther. Im Zimmer des Pastors ein altes Ledersofa aus dem Hause seiner Eltern, ein birkener Schreibtisch, tannene Stühle mit Bezügen von zu Hause gewebtem Zeug, zwei gut angerauchte Pfeifen und ein magerer Bücherschrank. Dahinter lag die Schlafstube mit wenig Raum auf dem Fußboden und großen Bettgardinen, alten Möbeln und neuen Leuchtern.

Doch nun war es Weihnachten, und zwei Lampen und acht Lichter warfen ihren Schein auf die frischgescheuerten Fußböden.

Die kleine Frau war nicht hübsch. Ihre Nase trotzte den antiken Schönheitsgesetzen und ihr Fuß sprach jeder eleganten Schuhfaçon Hohn. Die Hände waren etwas zu groß und die Augen ein bisschen zu klein; aber die Schönheit der Gesundheit, die Anmut der Jugend und weibliche Milde machten Frau Alm zu einer ebenso lieblichen Saronsrose, wie sie je ihren Kelch in einem neu aufgeschlagenen Hirtenzelt entfaltet hat.

Und nun war es Weihnachten, das kleine Heim in Ordnung, und die beiden saßen dicht aneinander geschmiegt und warfen prüfende Blicke auf ihren ziemlich einfachen Weihnachtsbaum, den ersten im eigenen Heim. Und der Pastor bewunderte den Zierrat, der an der Tanne hing, und konnte nicht begreifen, woher Frau Emma ihn bekommen habe.

Und dann zog er sein Weibchen an sich und fragte sie, ob es ihr nicht grade so ginge wie ihm, wenn er einen eben geschmückten Weihnachtsbaum sähe, könnte er sich eines wehmütigen Gefühles bei dem Gedanken nicht erwehren, dass derselbe nun bald verwelkt, vergessen, beiseite geworfen würde. Wäre das nicht ein Bild aller menschlichen Freude? Müsste man nicht für sein eigenes Glück beben! Wer könnte wissen, was die Zukunft in ihrem Schoße trüge.

Sie lächelte und antwortete:

»Weshalb welkt die Tanne, Gustav? Weil sie von ihrer Wurzel im Waldesschoße gerissen wird. Draußen trotzt sie Sturm und Kälte und wächst umso stärker, je mehr der Nordwind ihre Äste peitscht. Hier drinnen in Licht und Wärme siecht sie dahin und stirbt. Wir sollen uns hüten, unsere Freude von dem Boden loszulösen, in dem sie jetzt erstarkt; wir dürfen nie vergessen, dass keine Weihnachtslichter der Welt der armen Tanne den himmlischen Wind und die Sterne am Himmelszelte ersetzen können.«

Und nun kamen die Geschenke zum Vorschein. Geringfügige Sachen, deren man doch unter allen Umständen fürs Haus und für die Garderobe bedurft hätte, die aber jetzt einen viel größeren Wert hatten, als wenn man sie zur gewöhnlichen Zeit so nach und nach angeschafft hätte.

Frau Emma konnte nicht begreifen, woher Gustav das Geld zu einem neuen schwarzen Kleide bekommen hatte, und Pastor Gustav fragte sich, ob nicht zwei ganze Dutzend neuer Bäffchen auf einmal doch ein strafbarer Luxus wären.

Da öffnete sich die Küchentür.

»Draußen ist ein betrunkener Geselle in der Küche; ich fürchte mich ordentlich vor ihm«, meldete die Magd.

»Wir können ihm kein Nachtlager geben, aber gib ihm Essen und Bier und bitte ihn, nachher zu Peter Olssons zu gehen, da kann er wohl in der Knechtstube liegen«, sagte der Pastor.

Einige Minuten später hörte man in der Küche eine heisere, zornige Stimme, die die Worte nur so herausstieß, in Schimpfen und Drohungen ausbrechen, und das Dienstmädchen stürzte ins Zimmer und bat den Pastor mit von Schluchzen erstickter Stimme, hinaus zu kommen.

Am Küchentische stand ein Mann, der ungefähr im Alter von dreißig Jahren zu sein schien. Sein Gesicht sah schrecklich aus, schmutzig, unrasiert, und der Stempel der Trunksucht war jedem Zuge scharf ausgedrückt. Die Kleidung stimmte mit der Physiognomie überein; es war genau der Typus, der in Schweden auf dem Lande unter dem Namen »reisender Gesell« bekannt ist, obgleich diese Gesellen recht oft die Gesellenprüfung nirgends anders als in Bacchus Werkstatt abgelegt haben.

Sowie der Pastor in die Küche trat, war der »Gesell« wie verwandelt; die aufgedunsenen Züge wurden leichenblass, die Gestalt richtete sich auf, und ohne ein Wort des Abschieds öffnete er die Tür und ging fort.

Es war ein ungemütlicher Gast, von dem man mit Freuden Abschied nehmen konnte, doch dem Pastor war es, als ob seine Weihnachtsfreude getrübt werden würde, wenn dieser Elende an einem solchen Abend ohne einen Bissen aus seiner Tür ginge. Er bezwang darum seinen Widerwillen und eilte auf die Landstraße hinaus, dem Bettler nach.

»Mein Freund, es war nicht meine Absicht, dich fortzujagen. Ich wollte nur, dass du dich höflich und anständig betragen solltest.«

Der Bettler beschleunigte seine Schritte, ohne zu antworten. Er ging nun recht schnell und schien auf einmal ganz nüchtern geworden zu sein.

»Komm und iss ein wenig am Weihnachtsabend!«, bat der Pastor.

»Lass mich in Ruhe!«, murmelte der Bettler zwischen den Zähnen.

»So, werde nun nicht bitter; hier hat dich niemand beleidigt. Komm jetzt!«

»Lass mich in Ruhe, Gustav Alm!«

»Großer Gott, ist das nicht Ljüng?«

»Ja, das stimmt«, sagte der Bettler jetzt wieder in frechem Ton, »ich glaubte der Demütigung entgehen zu können, mich meinem geehrten Verbindungsbruder vorstellen zu müssen, aber da du durchaus den Genuss haben willst, zu sehen, welch' ein Lump dein ehemaliger Kamerad geworden ist, so steh' ich dir gerne zu Diensten, alter Junge!«

»Ich wusste, dass es mit dir abwärts gegangen ist, seit ich Upsala verlassen habe, aber ich glaubte nicht, dass du so weit heruntergekommen wärest«, sagte Alm erbleichend.

»Jawohl, ich habe, wie du siehst, eine feste, etatmäßige Anstellung beim ehrenwerten Landstreichercorps erhalten. Wie steht's mit dir, mein alter Freund, du bist wohl noch Extraordinarius in Unseres Herrgotts Diensten?«

»Lästere nicht, Ljüng! Komm herein und bleibe die Nacht über in meinem Hause!«

»Ja so, du legst dich auf die Wohltätigkeit! Nun, mir kann's recht sein! Aber weißt du, da nehme ich lieber einen Christian (dänische Silbermünze, mit König Christians Bilde) in bar zu etwas Branntwein. Ihr Theologen pflegt manchmal den Appetitsschnaps bei Euren Mahlzeiten zu vergessen.«

Halb mit Gewalt führte Alm seinen seltsamen Gast ins Haus zurück und in sein eigenes Zimmer, bat ihn, seinen Anzug, so gut es gehen wollte, in Ordnung zu bringen, und ging dann hinaus, um seiner Frau zu sagen, wer dieser Landstreicher wäre und dass er ihn eingeladen hätte. Tränen füllten ihre Augen, und sie seufzte:

»Ach, Gustav, dass uns der Weihnachtsabend so gestört wird! Er kann doch wohl in der Küche essen?«

Da streichelte der Pastor sanft ihre vor Verdruss gerötete Wange und sagte:

»Unser Glück wurzelt in Liebe, Liebe nicht nur zu uns selbst, sondern auch zur Menschheit; sieh' zu, mein Kind, dass es sich nicht von seiner Wurzel loslöst und wie der Weihnachtsbaum verwelkt!«

Als Alm wieder bei seinem Gaste eintrat, hatte dieser vermittelst Wassers, einer Bürste und eines Kammes ein etwas menschlicheres Aussehen bekommen und trat ihm mit der spöttischen Frage entgegen:

»Sieh' da, bin ich nun fein genug, um mich der Köchin des Herrn Adjunkten vorstellen zu können?«

Alm schwieg, öffnete die Tür, führte ihn freundlich in den Saal und sagte einfach, ohne jede Affektation:

»Hier, liebe Frau, bringe ich dir einen alten Universitätsfreund, Herrn Ljüng, der zufällig heute Abend hier vorbeikam und nun über Nacht bei uns bleiben will. Er will mit der Bequemlichkeit, die mein altes Sofa ihm bieten kann, vorliebnehmen.«

»Willkommen, Herr Ljüng!«, sagte Frau Alm in so freundlichem Ton, dass der Gast jetzt wirklich ernstlich zu glauben begann, es sei ihre Absicht, ihn als ihresgleichen zu behandeln.

Und mit jeder Minute fiel die Vagabundenmaske mehr von dem alten Studenten ab. Seit langer, langer Zeit hatte er keinen Abend in einer Familie verlebt. Er hatte sich nie viel aus dieser Art Vergnügen gemacht, doch jetzt so aus der Kälte und Dunkelheit der Landstraße in helle, warme Zimmer zu kommen und zum ersten Male seit Jahren nicht als Landstreicher, sondern als Gast behandelt zu werden, das war etwas anderes, als sich in Upsala von dem lustigen Gelage der Kameraden loszureißen, um bei einem Philister zu soupieren, und bald unterhielt er sich ganz ungeniert mit der Wirtin.

Seine Geschichte?

Ach, Ihr habt sie wohl schon hundertmal gehört! Ein froher Bursch' mit einer kleinen, netten Baritonstimme. Abneigung gegen die Arbeit, Mangel an eisernem Willen, lustige Konzerte, lustigere Abende, trübe Selbstbetrachtungen am Vormittage, angenehme Skatpartien des Nachmittags, Schulden machen, kein Kredit mehr, »bemoostes Haupt«, relegiert. Absinth, Punsch, Kognak, Doppelkümmel, Fusel. Restaurant, Bierhalle, Spelunke, Landstraße. Diese Skalen hatte er durchlaufen und stand nun am Anfang vom Ende.

Das Abendbrot kam und schmeckte auch ohne Appetitschnaps.

Als die Mahlzeit zu Ende war, wandte sich Alm zum Gaste und sagte ruhig und ernst:

»Meine Frau und ich wollen den Tag mit einem kurzen Gebet beschließen. Wenn dies aber nicht mit deinen Gewohnheiten und Neigungen übereinstimmt, so will ich dir keinen Zwang auferlegen. Dein Bett ist fertig gemacht.«

Ljüng murmelte etwas wie »außerordentlich angenhm« und blieb. Und der Pastor betete. Bat, dass Weihnachtslicht und Weihnachtsfreude in aller Herzen einziehen möchten, wie Er es gemeint, der das Licht zuerst über die Hirten auf dem Felde zu Bethlehem hatte aufgehen lassen. Und nach dem Gebete setzte sich seine Frau an das alte, heisere Klavier, dessen Saiten resonierten, und

»Sei uns gegrüßet, schöne Morgenstunde!«

tönte es durch das Zimmer.

Ljüng stand halb hinter dem Tannenbaum verborgen. Es war, als ob etwas in ihm schmelze und etwas anderes, etwas Warmes und Weiches dafür aufkeime. Das Eis schmolz mitten im Winter, und große, schwere Tropfen fielen auf seine zerlumpte Weste nieder.

Schließlich wurde es ihm zu viel, und mit leisen, großen Schritten näherte er sich der Tür und eilte in die Nacht hinaus.

Als der Choral zu Ende war, wandten sich der Pastor und seine Frau um. Sie wollten dem Gaste Gute Nacht sagen, aber – er war fort. Man wartete eine halbe, eine ganze Stunde, er blieb verschwunden.

Er schritt raschen Schrittes auf der Landstraße dahin, und die Gefühle kämpften in seiner Brust.

Da fiel ihm ein, dass in der kleinen Flasche, die er in der Brusttasche trug, doch noch ein Tropfen sein müsse. Er zog sie hastig hervor ...

Seine Pulse flogen, sein Herz schlug hörbar ... Sollte er?

Er siegte. – Im nächsten Augenblick flog die Flasche weit über das Feld hin, und der Wanderer eilte weiter.

Fünf Weihnachten sind vergangen, und der Adjunkt hat eine Pfarre bekommen. Die Geschenke bei Alms sind bedeutend zahlreicher geworden, denn nun wollen auch noch drei Alm'sche Sprösslinge ihren Anteil an der Freude haben, die denn auch groß war. Da kam die Posttasche.

»Nein, sieh doch, ein Brief aus Amerika!«, rief Frau Alm aus. »Du hast doch gar keine Bekannten dort, nicht wahr, Gustav?«

Und der Pastor zog die Lampe ein bisschen näher heran, rückte die Brille zurecht und las:

St. Paul, den 13. Dezember.

Bruder! Dank für den Weihnachtsabend! Ich kann mich nicht über die Menschen beklagen, sie haben viel für mich getan, sie haben mir Ratschläge, Ermahnungen, Geld und Beschäftigung gegeben, wenn ich auch alles verbummelte.

Du gabst mir einen brüderlichen Handschlag, einen Einblick in eine glückliche Häuslichkeit und einen Hauch vom Flügel des Weihnachtsengels und – das half.

Ich bin nun ein geretteter Mann, in unabhängiger Lage, sogar von meinen Leidenschaften unabhängig.

Ein andermal mehr. Jetzt ist mir das Herz zu voll. Grüße deine Frau herzlich von

Deinem Freunde

Axel Ljüng.

Gustav Alm bat seine Frau, es nicht übel zu nehmen, wenn er diese Weihnachtsgabe über alle ihre Geschenke stellte, sogar über die neuen gestickten Morgenschuhe.

Die Geschwister

Johann und Peter Strömbom waren leibliche Brüder und glichen einander wie zwei Erbsen aus derselben Hülse. Der Altersunterschied betrug nur 16 Monate, so dass sie gut miteinander spielen konnten. Sie nagten an einer Brotrinde, tranken ihre Milch aus einem Becher, teilten ein Bett, spielten, schlugen sich, schliefen, bekamen gemeinschaftlich Schläge und zerrissen ihre Hosen zusammen auf den Felsblöcken. Das war zu Anfang der zwanziger Jahre.

Dann wurden sie größer, lernten lesen, eine leserliche Hand schreiben und die vier Spezies mit ganzen Zahlen rechnen. Ihr Papa, der ein kleines Anwesen in Småland gepachtet hatte, konnte es nicht ermöglichen, sie weiter auf der Bahn der Wissenschaften fortschreiten zu lassen, und es kam auch nicht darauf an, denn die Büchergelehrsamkeit schien nur mit Mühe in die kleinen, runden, weißblonden Strömbom'schen Köpfe eindringen zu können.

Doch etwas musste doch wohl aus ihnen in dieser Welt werden, und als Papa Strömbom es schließlich so weit gebracht hatte, dass er, wenn auch mit Schulden, das kleine Gut, seine bisherige Pachtung, kaufen konnte, da meinte sowohl Johann wie Peter, dass sie beide ihr ganzes Leben auf der teuren Scholle verbringen könnten.

Doch Papa Strömbom sagte, dass das Gut für zwei zu klein sei und ein Vöglein deshalb das Nest verlassen und sich auf etwas anderes legen müsse. Und da Johann in den vier Spezies am besten beschlagen war, kam er in die Kaufmannslehre, und weil Peter beim Probepflügen einen Preis gewonnen hatte, sollte er Landmann werden. Johann kam zuerst in die nächste Stadt, aber er maß, wog ab, wechselte und ging dort so gut mit den Kunden um, dass ein Malmöer Kaufmann, der in Geschäften durch die Stadt reiste, ihm eine Anstellung hinter seinem großstädtischen Ladentisch gab. Doch zuvor sollte er noch nach Hause fahren, um von den Eltern und Bruder Peter Abschied zu nehmen. – Die beiden Jünglinge drückten sich lange die Hand, und beider Lippen zuckten ein wenig.

»Pfui, ich glaube, du heulst, Johann!«, sagte Peter und blickte dabei aus dem Fenster und biss sich in die Lippen, um seine eigenen Tränen zurückzudrängen.

»Pfui, nicht doch, ich bin ... bin ... so froh«, schluchzte Johann und legte den Rockärmel über die Augen.

»Was kostet die Reise im Einspänner nach Malmö?«

»Zwölf Taler ... und dann ... vier Nachtquartiere ...«

»Dann ... dann ... wird es wohl lange dauern, ehe wir uns wiedersehen«, meinte Peter.

Und es dauerte lange. Ein Jahr nach dem anderen ging dahin, und Johann konnte nicht heimreisen. Der Vater starb, aber es war gerade vor Weihnachten und da war im Geschäft natürlich mehr als je zu tun, und er musste mehr daran denken, den Lebenden Laugenfisch auszuwägen als den Toten zu beweinen. Die Mutter starb auch, aber das war gerade im Herbst, als die Hauptzeit für den Heringshandel war, und wieder konnte Johann es nicht ermöglichen, zu kommen. Einmal hatte Peter dreißig Mark zu einer Reise nach Malmö zurückgelegt, doch der Verstand siegte über das Gefühl, und er kaufte für das Geld eine Kuh.

Aber sie schrieben sich einmal monatlich. Und Johanns Handschrift wurde immer hübscher und fließender, mit richtigen Kaufmannsschnörkeln, und Peters Schrift immer kritzliger und seine Reihen sahen aus wie lückenhafte Zäune, denn es macht einen Unterschied in der

Leichtigkeit der Hand, ob man Rosinen auswägt oder eine Dreschmaschine bedient, das kann ich Euch sagen.

Es war ein einfacher, prosaischer Briefwechsel mit wenig Worten und vielen orthografischen Fehlern; doch das miteinander in inniger Geschwisterliebe verbundene Leben zweier Menschen spiegelte sich alljährlich in diesen Briefen wieder.

Nur ein einziges Mal vergingen zwei Monate ohne einen Brief von Peter. Johann war untröstlich und schrieb an ihn, dass er, wenn er tot wäre, es seinem Bruder doch wenigstens mit einigen Zeilen kund tun möchte. Peter antwortete, er sei nicht tot, sondern habe im Gegenteil eher neues Leben bekommen, da er sich nun endlich mit Pastors blondlockiger Anna verlobt habe. Er habe sie schon lange, lange geliebt, aber nicht darüber sprechen wollen, ehe er wusste, wie er in dem neunzehnjährigen Herzen, das nun nur für ihn schlüge, angeschrieben sei.

Nur ein einziges Mal war Johann nachlässig und schrieb nicht in sieben Wochen. Peter ging seufzend umher, fuhr den Knecht an und wurde erst wieder sich selbst gleich, als er endlich eine kleine Karte erhielt, die so aussah:

Johann Strömbom
Karin Andersson

Aber von da an war die Korrespondenz wieder in Ordnung und wurde in den nächsten zwanzig Jahren durch nichts unterbrochen.

Bruder Johann hatte die Tochter seines Prinzipals geheiratet. Mit Karins runden Händchen bekam er die Laden- und Speicherschlüssel und im Januar schickte er einen großen Ausschnitt aus der Malmöer Schnellpost, den Peter seiner Anna mit vor Stolz und Freude vibrierender Stimme vorlas:

Prima Fetthering, Grauhering und Sprotten bei
Johann Strömbom.

Tuche, Halbtuche, Seidentücher und Kleiderstoffe billigst bei
Johann Strömbom.

Salz von St. Ybes, Rosinen, Zwetschen und Smyrnafeigen zu den
niedrigsten Tagespreisen bei
Johann Strömbom.

Peter hatte sich auf seinem Fleckchen Erde verbessert und hätte jetzt vielleicht ohne zu große Einbuße dreißig Mark opfern können, um Bruder Johann noch einmal zu sehen, doch ach – die Post hatte die Fahrpreise für die Station von 80 Pfennig auf 1 Mark 60 erhöht, und der Kuhstall musste notwendig umgebaut werden.

So wurde denn der Stall umgebaut, doch jedes Mal, wenn in der Wirtschaft etwas erübrigt wurde, zog sich Frau Anna ins Schlafgemach zurück, und bald verkündete eine neue, zarte Stimme mit ausgesprochener Neigung zum Diskant, dass die Strömbom'sche Erbfolge auch fernerhin gesichert war. Bald wurden zwischen neun jungen Strömboms Grüße gewechselt, vier in Malmö und fünf in Träleboda.

Und auf dem Taufzettel, den der Pastor zu St. Petri in Malmö schrieb, standen stets als erste Gevattern:

Gutsbesitzer Peter Strömbom auf Träleboda.
Frau Anna Strömbom *dito*.

Und auf dem Taufzettel, den der Seelsorger der Strömbom'schen Herrschaften auf Träleboda sauber abschrieb, stand stets obenan:

Kaufmann Johann Strömbom in Malmö.
Frau Karin Strömbom *dito*.

Und regelmäßig fragte der Prediger, wenn er sich das Taufkonfekt in die Tasche des Talars steckte:
»Aber kommen denn Ihr Bruder und Ihre Schwägerin nicht einmal her, um sich ihre Patchen anzusehen?«
Und regelmäßig lautete die Antwort:
»Ja, zum Sommer, hoffen wir.«
Doch an der Wand im Salon hingen sowohl auf Träleboda wie bei Bruder Johann in Malmö Bruder und Schwägerin und alle Kinder in prächtigem Rahmen. Und oft standen Peter und Johann, jeder in seinem Heim davor, und betrachteten dies kleine Mosaikbild, bis die Augen

sich feuchteten, aber noch immer mussten die monatlichen Briefe das einzige Vereinigungsband bilden. Es waren auch wirklich liebe Briefe:

»Im Sommer haben wir uns oben auf dem Boden, da, wo früher die Knechtskiste stand, wie du weißt, ein Zimmer bauen lassen. Anna hat selbst feine blaue Tapeten eingeklebt, von denen die Rolle 30 Pfg. kostete. Ach, wenn du, lieber Bruder, doch einmal mit deiner guten Frau zu uns kommen und uns besuchen könntest, dann solltet Ihr in dem Zimmerchen logieren!«

»Dieses Jahr habe ich gute Geschäfte gemacht. Ich hatte vierzig Säcke Kaffee eingekauft, und da stieg er um 5 Pfg. per Pfund. Deshalb soll deine liebe Anna auch ein hübsches Kleid von mir haben.
 Lebt die alte Marie auf dem Waldhügel noch? Gib ihr zwei Mark von mir. Weißt du noch, wie oft wir bei ihr waren und Waffeln aßen, wenn wir die jungen Stiere einfingen?«

»Diesmal habe ich ein gutes Jahr gehabt. Ich bekam allein 20 Tonnen Hafer von dem Quellbaumacker und habe zwei neue Morgen im Kuhhagen urbar machen können. Da, weißt du, wo wir am 1. Mai den kleinen Hasen griffen. Und dann sind zwei meiner Kühe auf der Tierschau preisgekrönt worden.«

Auf diese Art lebte jeder sich in das Leben des anderen ein, auf diese Weise wurde die Verbindung zwischen zwei Brüdern, die sich in dreißig Jahren nicht gesehen hatten, aufrecht erhalten, und sogar die beiden Schwägerinnen, Pastors Anna und die Kaufmannstochter Karin hielten sich beinahe für Jugendfreundinnen.
 Da hörte man plötzlich das Dampfross durch den nordischen Wald schnauben, und die Südbahn erstreckte ihr Eisenband über Berg und Tal. Dreißig Kilometer von Träleboda war eine Eisenbahnstation, und im Kirchspiele wusste man ganz sonderbare Dinge von diesem neuen Verkehrsmittel zu erzählen; doch das Merkwürdigste von allem war, dass man, wenn man auf dieser Station einstieg, für nur sieben Mark in acht Stunden bei Bruder Johann sein konnte! Zuerst hatte man gedacht, dass Johann mit Frau und Kindern nach Småland kommen und das Wiedersehen im alten Heim gefeiert werden sollte, wo Vaters Sofa und Mutters Lehnstuhl schon seit sechzig Jahren auf demselben Platze

standen und von wo man gerade über die Seebucht hinweg die beiden weißen Kreuze in der Stadt der Ruhe, wo die Blumen frisch in dem Garten des Todes aufsprießen und das Gras dicht auf den Gräbern der Eltern wuchs, sehen konnte.

Aber auch jetzt konnte Johann wieder so schwer aus dem Geschäft abkommen, und Frau Annas Sinn stand auch wohl ein bisschen nach Kopenhagen, und so wurde denn beschlossen, dass alle aus Träleboda mit der Bahn nach der großen Stadt am Sunde fahren sollten.

Seit sechs Monaten hatte Johann täglich von seinem Comptoirfenster aus den Zug über die südschwedische Hochebene in den Malmöer Bahnhof rollen sehen und war selbst schon ein langes, langes Stück mit der Bahn gefahren, sogar bis Atarp und Lund (20 Minuten). Er hielt in seiner Überzivilisation eine Reise mit der Eisenbahn für gar nichts, aber die einfachen, fern vom Geräusch und Lärm der Welt lebenden Trälebodaer hatten bei dem Gedanken an die bevorstehende Fahrt das Gefühl, als sollten sie ein langes, schweres Examen bestehen.

Der Zug ging um 12 Uhr 15 vormittags von ihrer nächsten Station nach Süden weiter, aber morgens um acht Uhr waren sie schon an Ort und Stelle. Nach vielen Ermahnungen an Stall-Ola, recht langsam mit den Braunen nach Hause zu fahren, und nach ein paar Dutzend Aufträgen, die er den Mägden bestellen sollte, zog man Hand in Hand – sieben Personen! – nach dem Bahnhofe, um genau vier Stunden vor Abgang des Zuges Billete zu kaufen. Dazumal war der Verkehr auf den kleinen Stationen unbedeutend und der täglichen Züge verhältnismäßig nur wenige, weshalb kein Einziger des Personals, viel weniger der Inspektor selbst, es für nötig befunden hatte, sich in dieser stillen Morgenstunde auf dem Perron einzufinden.

Aber Gutsbesitzer Strömbom hatte keine Zeit, zu warten. Er suchte den Inspektor in seiner Wohnung auf, um mit ihm über die Reise »abzuschließen«.

»Guten Morgen, Herr Inspektor, mein Name ist Strömbom, Peter Strömbom auf Träleboda, wenn Sie von dem Gute gehört haben, und ich wollte gern mit meiner Frau und meinen Kindern zu meinem Bruder, dem Kaufmann Strömbom in Malmö reisen. Johann Strömbom, wenn Sie ihn kennen sollten.«

Gutsbesitzer Strömboms Auftreten weckte in diesen ersten Zeiten der schwedischen Eisenbahnen nicht das Aufsehen in der Familie des

Inspektors, das man heutzutage davon erwarten würde. So etwas kam täglich vor. Der Inspektor antwortete auch sehr freundlich:

»Ja, das lässt sich gut machen, der Zug geht 12 Uhr 15.«

»Ja, aber wir müssen uns wohl über den Preis einigen. Ich habe gehört, dass Sie 7 Mark nehmen, wenn man nach Malmö fährt.«

»7 Mark 15 Pfennige, ja.«

»Nanu, die 15 Pfennige werden Sie doch natürlich ablassen; wir halten uns also an die 7 Mark. Aber nun sind wir sieben, ich, meine Frau und fünf Kinder, da wird es wohl billiger?«

»Ja, Kinder unter zwölf Jahren bezahlen nur die Hälfte.«

»Ja, das versteht sich, das weiß ich, aber wir bekommen doch etwas Rabatt auf das Ganze?«

»Unmöglich, mein bester Herr, wir müssen dem Staate den vollen Betrag für jedes Billet erlegen.«

»Na, man hängt doch unsertwegen keine Wagen an?«

»Nei-ein, freilich nicht, aber ...«

»Denken Sie daran, dass ich Carl und Auguste, meine Kleinsten, die doch nicht so großes Vergnügen von der Reise haben können, noch mit dem Knecht zurückschicken kann!«

»Ja, bewahre, das ist Ihre Sache.«

»Ja, aber dann verliert ja der Staat die Bezahlung für zwei Kinderbillete, Ihrer Albernheit wegen?«

»Die Preise sind bestimmt. Sie reisen oder Sie lassen's bleiben.«

»Nun ja, mag's denn sein, aber dann wollte ich Ihnen noch rechtzeitig sagen, dass der Zug zwischen Hästveda und Hessleholm eine halbe Stunde halten muss, während ich bei meinem Jugendfreunde Olof Holm, der dort auf einem Gute Inspektor ist, vorspreche.«

»Der Zug hält nur an den im Fahrplan angegebenen Stationen«, erklärte der Inspektor.

»Erlauben Sie mir, Ihnen zu sagen, mein Herr, dass Sie der ungefälligste Mensch sind, der mir je vorgekommen ist«, meinte Herr Strömbom.

Schließlich saß man denn im Coupé, die Billete wurden eingeknippst, die Tür geschlossen, der Inspektor pfiff, die Lokomotive pfiff, die großen Kinder freuten sich, die kleinen weinten und Frau Anna fiel ihrem Mann um den Hals, schluchzte und flüsterte:

»Peter, wenn uns etwas zustoßen sollte, so habe Dank für die neunzehn Jahre einer glücklichen Ehe!«

Aber es stieß ihnen nichts zu, und am Abend waren sie in Malmö.

War dieser stattliche, grauhaarige Mann mit dem Zylinder und der goldenen Uhrkette denn wirklich Bruder Johann? War diese feine Dame in eleganter Sommertoilette die Schwägerin? Und erst die Kinder!

Hand schloss sich um Hand, Auge versenkte sich in Auge, im Halse würgte es. Freilich war es rührend und eigentümlich gewesen, aus der Hand des Präsidenten selbst die Preismedaille für Hjelma und Stjerna zu empfangen, aber, Herr Gott, dies war doch noch etwas ganz anderes.

Die jubelnden Gedanken rangen nach Luft, die stürmenden Gefühle suchten Worte, fanden aber keine anderen als: »Bruder Johann, wer trägt unsere Koffer?«

Aber einen Augenblick später auf dem Balkon von Herrn Strömboms großem, dreistöckigem Hause, von Kinderarmen und Sommerlüften umfangen, mit dem blauen Sund und der Limonadenflasche vor sich, da fand man sich selbst wieder und Fragen und Antworten und »Weißt du noch? Weißt du noch?«, und liebevolle Blicke und die Küsse der Schwägerinnen und das Lärmen der Kinder bildeten die schönste Sinfonie.

Manchmal legte sich die jubelnde Freude auf einen Augenblick – da flogen die Gedanken zu der kleinen Seebucht, droben in Smålands Fichtenhügeln, an der Vater und Mutter so still, so still schlummerten.

Und diese dreißig Jahre, während welcher die beiden getrennt gewesen, waren wie nichts. Dreißig Jahre!

Es wurde kühl und dunkel auf dem Balkon; es war auch hohe Zeit, zur Ruhe zu gehen. Johann und Peter sollten im selben Zimmer schlafen. Ganz wie früher. Nach einer halben Stunde war alles still im Hause.

Aber noch einmal, leise, vorsichtig, um nicht den Bruder zu wecken, wenn er schlafen sollte, erhob Johann sein greises Haupt und blickte nach dem Bette des Bruders hinüber. Ja, er wachte.

»Schlaf gut, Peter!«

»Danke, Johann!«

Die schauerlichen Gebrechen des Herren Adjunkten

Byköping, eine Eisenbahnstation, sollte einen neuen Pastorsadjunkten bekommen. Der Pastor war so alt und schwach geworden, dass er das Predigen nicht mehr aushalten konnte, und nur noch so eben an den Sonntagen zu predigen vermochte, an denen begüterte Gemeindemitglieder beerdigt werden sollten und man auf 1 Mark oder 1,50 Mark für die »Personalien« rechnen konnte. Außerdem hatte der Ärmste so zitterige Hände, dass ein Versuch, armer Leute Kinder zu taufen, ganz nutzlos war; doch wenn sich wohlhabende Familien, bei denen man auf ein kleines Extrahonorar rechnen konnte, vergrößerten, dann stärkte Gott die Kräfte des alten Pastors auf so wunderbare Weise, dass er die Taufe wirklich tadellos verrichtete.

Und nun sollte er einen neuen Adjunkten erhalten, denn der bisherige war durch Gottes Gnade und die einstimmige Wahl der Nachbargemeinde dort zum zweiten Prediger erhoben worden.

Die Tochter der Cousine der Bäckerfrau hatte von einer Schulfreundin gehört, dass deren Tante bei dem Fotografen in der Stiftsstadt ein Bild von Pastor Johannesson gesehen habe. Ein Bild mit einem göttlichen Backenbart, träumerischen, blauen Augen, schlanker, hochgewachsener Gestalt und Haaren, die wie ein Strahlenkranz eine hochgewölbte Stirn umrahmten, welche er unmöglich länger als höchstens zweiunddreißig Jahre besitzen konnte.

Als die Frau des Bahnhofsinspektors dies hörte, sagte sie zu ihrer Tochter: »Klärchen, ich bin so ängstlich und unruhig und habe so wunderliche Stiche in der Brust. Gott weiß, ob es wohl ganz recht ist, dass wir so viel in das verflixte Missionshaus laufen? Oh, ich fühle es im Herzen, dass man weit besser im Schoße der teuren Staatskirche ruht, in der ich getauft und konfirmiert worden und die den Segen zum Ehebunde mit deinem Pap ...«

Hier flossen die Tränen in Strömen über die Wangen der Inspektorin, und von nun an begann sie jeden Sonntag mit Klara in den Hauptgottesdienst zu gehen.

Und die neunundzwanzigjährige Schwester des Krämers begann ein Schaukelstuhlkissen mit Glaube, Liebe und Hoffnung in Kreuzstich zu sticken. Sie machte sowohl das Kreuz wie den Anker schon schrecklich fein, zum Herzen aber, das die Liebe vorstellen sollte, gebrauchte sie sogar vier Lot Zephyrwolle. Es heißt ja auch, dass die Liebe die größte unter ihnen ist.

Im Pastorhause wurde das beste Giebelzimmer neu tapeziert. Papa selbst meinte, dass Tapeten zu fünfunddreißig Pfennig genügen würden, aber Fräulein Amalie fiel ihm um den Hals, küsste ihn innig und sagte: »Lieber Vater, nimm welche zu fünfzig Pfennig!« Und später trug Fräulein Anna die beste, geschliffene Wasserflasche, einen selbstleuchtenden Streichholzbehälter und den porzellanenen Spucknapf aus der Eckstube hinauf.

Feldmessers hatten fünf Töchter, die alle schrecklich viel mit Lesezeichen in Perlstickerei, Lampenhütchen und Eckborden zu tun hatten. Und die Mama musterte die Fräulein mit den Blicken einer bekümmerten Mutter und kommandierte und instruierte: »Sitz grade, Annette! – Kichere nicht so, Laura! Wie kannst du glauben, dass du so einem ernsten Manne gefallen kannst! – Mein armes Jennychen, badest du deine Sommersprossen morgens und abends auch fleißig? – Auguste, du musst dir eine richtige Tournure von Moirée mit Federn nähen, du darfst dir nicht länger das Wiegenkissen deines Brüderchens unterstopfen! – Kiki, mein Kind, übst du auch die Choräle fleißig auf dem Harmonium?«

Die Tochter der Frau Hauptmann saß die halben Nächte auf, um einen Schreibtischteppich mit einem Kelch daraus fertig zu bekommen, und die Volksschullehrerin fragte alle, die sie traf, ob sie glaubten, dass es schwer wäre, Bäffchen bügeln zu lernen.

Im Allgemeinen kann man sagen, dass sich mit dem Gerücht von Pastor Johannessons baldiger Ankunft in Byköping sowohl der häusliche Fleiß wie der Kirchenbesuch hob.

Am Morgen des Tages, an dem Pastor Johannesson im Flecken eintreffen sollte, stampfte es derb und schnell auf der Treppe des Pfarrhauses.

»Wer kann so früh kommen?«, fragte die Pastorin.

»Liebe Frau, es ist vielleicht jemand, der mich seines Seelenheils wegen aufsucht« sagte der Pastor und legte sich eine große Käsescheibe auf das Butterbrot.

»Ja, weit gefehlt, dazu haben sie heute gewiss nicht Zeit; heute, da hier Viehmarkt ist«, antwortete seine Frau. »Du weißt ja, dass die

Leute hier nicht anders Seelenkummer haben, als wenn sie die Kirchengebühren bezahlen sollen.«

Man ging nach der Tür, um zu öffnen, aber das war leichter gesagt als getan. Die Tür stieß auf etwas Weiches, Dickes, das nicht weichen wollte, und es bedurfte der vereinten Kräfte der Hausfrau und des Pastors, sie aufzumachen.

Da standen nun vierundzwanzig sonntäglich gekleidete Mägde aus den feineren Häusern von Byköping, knicksten, dufteten nach *Eau de Cologne* und Lavendel, glänzten nur so von Pomade und fragten, welches Zimmer Herr Pastor Johannesson im Pfarrhause beziehen würde.

Und dann gingen sie dort hinein und begannen Bündel aufzuknüpfen und Körbe ohne Ende zu öffnen. Es waren nun zufällig nicht mehr als vier Ecken im Zimmer, aber die Mägde brachten neun Eckborde mit. Ein Sattler wurde geholt und er brachte je zwei übereinander und eine im Vorzimmer an. Ferner waren da Weinflaschen, Zigarrenkisten, Delikatessen, Apfelsinen, Reinetten, Weintrauben, Konfekt, Konserven, Tischdecken, Wonneklöße, einige Dutzend Bäffchen, ein gestickter Stiefelknecht, sieben Ofenklappenschnüre, elf gepolsterte Uhrbehälter, fünf Kissen, unter die Stutzuhr zu legen, und noch andere Dinge, die ich nicht so genau spezifizieren kann, jedes war mit einer Visitenkarte versehen. Und die Mägde knicksten, strichen sich den Scheitel glatt, schoben die Kopftücher wieder zurecht und sagten, das sei alles für den lieben Pastor Johannesson, und damit gingen sie. Zuletzt kam die Kleinkinderlehrerin mit einem halben Kilogramm Brustbonbons, denn sie hatte von einer Bekannten, die dem lieben Pastor Johannesson in der Stadt begegnet war, gehört, dass er mitten auf der Straße gehustet hatte.

Mittags kam Pastor Johannesson und brachte die milden, blauen Augen und das lockige Haar mit. Auf dem Perron war es so voll von Damen, dass selbst der Himmel nicht viel voller von Engeln sein kann. Und der Pastor lüftete den Hut, und der alte Pastor schloss ihn in seine Arme, und die Damen drängten sich heran und sagten:

»Mein Name ist Frau Bergqvist und dies ist mein Töchterlein. Wenn Sie einmal in Amtsangelegenheiten schnell Fuhrwerk brauchen, so lassen Sie es meinen Alten nur wissen. Von Bezahlen ist natürlich keine Rede.«

»Dienerin! Mein Name ist Frau Lindqvist. Meine Töchter: Annette, Laura, Jenny, Auguste und Christine. Die lieben Kinder mühen sich mit ihrer Sonntagsschule rein zu Tode. Ach, helfen Sie ihnen, Herr Pastor, helfen Sie ihnen!«

»Herr Pastor, mein Name ist ...«

»Nein, nun müssen Sie wirklich Herrn Pastor Johannesson mit uns gehen lassen, damit er einen Bissen zu essen bekommt«, sagte die Pastorin ein wenig süßsauer. »Ach, ich habe Ihnen ja noch nicht einmal meine eigenen Töchter vorstellen können: Amalie – ach, Herr Pastor, die müssen Sie auf dem Harmonium spielen hören!«

Und der Pastor ging auf sein Zimmer und bürstete sein lockiges Haar, betrachtete seine Geschenke mit den milden blauen Augen und sagte zu dem alten Pastor:

»Hier im Flecken scheint eine erfreuliche geistige Erweckung zu herrschen.«

»Hm, ja, nicht so ohne«, antwortete der alte Pastor.

In Byköping wohnte auch ein Gutsbesitzer Kohlberg mit Frau und einer einundzwanzigjährigen Tochter. Der Gutsbesitzer war sein ganzes Leben hindurch ein lustiger, leichtsinniger, gottloser Mensch und geistig sehr verderbt gewesen, und wenn seine Magd kurz vor der Grogstunde (sechs Uhr) an die Türen klopfte, so wussten die Herren im Flecken stets, dass ihnen ein vergnügter Abend bevorstand.

Nun kam die Magd wieder, und die lustigen Knaben machten sich schon auf eine gemütliche Skatpartie bei Freund Kohlberg gefasst, doch die Magd bestellte nur Grüße und sagte, »dass Gutsbesitzer Kohlberg und Frau die Herrschaften um sechs Uhr – zur Bibelstunde von Pastor Johannesson willkommen hießen.«

Und Kohlbergs hatten volles Haus, und Frau Kohlberg seufzte gottesfürchtig und spielte Choräle auf dem Klavier, und Herr Kohlberg strahlte vor innerer Befriedigung, und alle waren schrecklich freundlich, fromm und interessiert, als der Pastor seine Handschuhe auszog und seinen Text auswählte.

Er hatte wohl so ein fünf oder sechs Verse gelesen und blickte auf, um seinen freien Vortrag zu beginnen, aber – beinahe wäre er vor Schrecken über das, was er sah, vom Stuhle gefallen:

Alle sahen wenigstens um zehn Jahre älter aus als im Augenblick zuvor, die freundlichen Mienen waren wie fortgeblasen, überall starrten ihm böse, drohende Augen entgegen; die Väter lächelten höhnisch, die Mütter waren bleich und sahen aus, als hätten sie beim Nachzählen der Wäsche gefunden, dass mindestens fünf Servietten vom neuesten Damastgedeck fehlten; die Mädchen verzogen bitter und überlegen den Mund.

Die Bibelerklärung wurde sehr kurz und nach derselben war Pastor Johannessons ganze Liebenswürdigkeit total weggeworfen. Er versuchte umsonst mit dem einen nach dem andern ein Gespräch einzuleiten.

»Liebes Fräulein Lindqvist, wann wollen wir mit der Sonntagsschule beginnen?«

»Pfui, aus der Schule mache ich mir gar nichts. Oh, wenn ich nur an die schmutzigen Gören denke ...«

»Könnte ich wohl morgen eins Ihrer Pferde mieten, Herr Bergqvist? Ihre verehrte Frau Gemahlin hatte die Liebenswürdigkeit, mir anzubie ...«

»Morgen sind die Pferde anderweitig in Anspruch genommen, übermorgen auch und ich glaube, den ganzen Frühling hindurch.«

»Wir wohnen gewiss Stube an Stube im Pfarrhause, Fräulein Anna. Es wird mir ein besonderes Vergnügen bereiten, Sie auf dem Harmonium spielen zu hören. Ihre Frau Mutter erwähnte ...«

»Ich glaube nicht, dass daraus viel werden wird. Ich amüsiere mich eigentlich am liebsten mit meinen Freundinnen. Eine lustige Polka auf dem Klavier, das ist etwas anderes ...«

Der Pastor glaubte zu träumen und kniff sich verstohlen in die Nase, um zu fühlen, ob er wache oder nicht. Ja, wirklich ... Aber wo war die Liebenswürdigkeit der Byköpinger geblieben?

Frau Lindqvist hatte nicht Zeit gehabt, zur Bibelstunde zu gehen. Sie hatte so viel mit den Vorbereitungen zum nächsten Tage zu tun, wo der liebe, liebe Pastor Johannesson zum Souper kommen würde, und sie war gerade dabei, eine Stiege Eier zu all' den leckeren Speisen aufzuschlagen, als ihre Jenny mit hochroten Wangen und schiefsitzendem Hut in die Küche stürmte.

»Spare die Eier, Mama! Er ist kein einziges wert!«

»Kind, was sagst du da!«

Und Fräulein Jenny warf den Hut auf den Spültisch, die Handschuhe in den großen Eisentopf und sich selbst in die Arme ihrer besten Freundin, ihrer Mama, die sie in den Schlaf gesungen und zugedeckt hatte, als sie noch klein war, die so lange mit Papa gezankt hatte, bis er Jenny in das feinste Pensionat der Kreisstadt gegeben hatte, die nun zweimal im Jahre Kleider und Hüte für sie erbettelte und sie glücklich sehen wollte.

Und Fräulein Jenny weinte.

»Mein Liebling, was ist dir?«, fragte Frau Lindqvist.

Da erhob Fräulein Jenny ihre milden Augen, warf ihr hübsches Köpfchen mit lieblicher Grazie zurück, stützte ihre reine, uuschuldsvolle Alabasterstirn in die sammetweiche Hand und flüsterte in echt weiblicher Anmut, so dass man es im ganzen Hause hören konnte:

»Pfui, Mama, der gemeine Kerl trägt einen Verlobungsring!«

Des Kandidaten Christmette. Weihnachten!

Welcher Unterschied zwischen sonst und jetzt!

Doch er müsste ja jetzt viel glücklicher sein? Er war aus dem albernen Faseln und dem engen Gesichtskreise herausgekommen. Dort, wo das Elternhaus auf dem föhrenbekränzten Holm lag dort unter dem niedrigen Dache, innerhalb der roten Wände, hatte er mit den Gedanken anderer gedacht, bis er ein »alter Kerl« war, volle zwanzig Jahre alt! Vaters und Mutters Gedanken, Großtante Annas, der Hilfslehrer und später der Oberlehrer Ansichten über Leben und Natur hatte er geteilt. Welch' ein Gefängnis! Welche Zwangsanstalt für die Seele!

Es sah gerade nicht gefährlich aus, dies Gefängnis, wie es dort im blendenden Schnee und in der Dezembersonne mit seiner hellen Fensterreihe, den weißen Gardinen, dem bläulichgrauen Rauch aus dem Schornstein und den Garben für die Vögel auf dem Zaune an der zugefrorenen Bucht lag.

Und der alte Hauptmann, der Papa des Kandidaten, der trotz seiner siebzig Jahre noch die große Treppe mit raschen Schritten hinaufging, und die alte Frau Hauptmann, die unruhig und beschäftigt unaufhörlich sehnsüchtige Blicke aus dem Saalfenster warf – sie sahen gerade nicht wie strenge Gefängniswärter aus mit ihren treuherzigen, sanften, liebevollen Augen und dem grauen Scheitel.

Doch der Kandidat, der mit Pelz und Bibermütze bekleidet im Schlitten saß und in raschem Trabe dahinfuhr, er wusste es besser. Merkwürdigerweise hatte er »die Fesseln« nicht drückend gefühlt, so lange er sie trug. Er war in seiner Naivität recht glücklich gewesen. Vielleicht ... glücklicher als jetzt ... ja ... vielleicht? Aber als er dann auf die Universität kam, in den Kreis der frei gewordenen Geister, der stolzen Seelen, da erkannte er so recht »die Tiefe seiner Erniedrigung«. Zum Glück kam er noch früh genug dorthin, um mit den fünfundzwanzigjährigen Herren, die das Brot ihrer Väter aßen und in ihren Freistunden Unsern Herrgott absetzten, den Gehorsam der Kinder gegen die Eltern verlachten und die Liebe verspotteten, die den Segen des Priesters für ihr Glück zu bedürfen glaubte, Punsch zu trinken und ihren Reden Beifall zuzujauchzen.

Oh, nun galt es, aufzuatmen! Es war ihm, als hätte er eine Zwangsjacke abgelegt und ein weites, bequemes Gewand angezogen. Im Anfange fror es ihn freilich ein wenig darin; es war so merkwürdig warm bei den beiden alten Herzen gewesen, die ihn in ihrem »Egoismus« und »Despotismus« sein ganzes Leben lang hatten gefangen halten wollen. Und wenn junge, vorurteilslose Damen mit kurz geschorenem Haar und Tintenflecken auf den Nägeln sich halb beschützend und kameradschaftlich mit ihm über »freie Wahl«, »Sittlichkeit« und »Vorurteile« aussprachen, dann trat oft zwischen sie und ihn ein kleines, den andern unsichtbares, jungfräulich mildes Gesicht mit freier Stirn und blauen Augen, die ihm so kindlich, traurig und verwundert erschienen. Das war Julchen, die Pastorstochter von daheim, seine Spielgefährtin aus der Zeit des »Zwanges«, und er wusste, dass sie ihn liebte, obwohl es ihm niemand gesagt hatte.

Dann war der Bruch mit dem Vater gekommen. Es hatte in den Zeitungen gestanden, dass Kandidat Björk auf dem Feste, das der Verein Skulda zu Ehren eines jungen, reichbegabten Volksredners gegeben, die Rede auf den Ehrengast gehalten und ihm die Huldigung der Jungen für seine genialen, mutigen Angriffe auf »Vorurteile und Obskurantismus« dargebracht hatte. Aus den Referaten über die Vorlesungen hatte der Hauptmann gesehen, dass diese Vorurteile, dieser Obskurantismus gerade alles das waren, was er für das Höchste und Beste des Lebens hielt; – und so war es denn gekommen, dass der junge Kandidat drei Jahre lang das Elternhaus nicht betreten hatte.

Aber jetzt zu Weihnachten hatte Mama geschrieben. »Komm' heim, Gustav!«, bat sie. »Papa fängt an, alt zu werden und ich bin auch nicht mehr so stark wie früher. Teueres Kind, du willst doch nicht, dass deine Eltern fortgehen sollen, ehe sie dich noch einmal haben ans Herz drücken können? Nicht wahr, du wirst fügsam und freundlich gegen deinen alten Papa sein?«

Und so reiste er denn zum Heiligabend nach Hause.

Auf der großen Treppe stand Hauptmann Björk, so gerade und stramm wie damals, als er von seiner lieben Kompanie auf dem Manöverfelde Abschied nahm. Doch wie damals bebten auch jetzt sein Herz und seine Stimme, als er die Arme ausbreitete und sagte:»Willkommen, Gustav! Möchte es dir ein paar Wochen bei uns Alten gefallen! Es ist lange her, seit du zu Hause Weihnachtsgrütze gegessen hast, mein Junge!« Mama sagte nichts, doch über die vielen Runzeln und Falten ihres alten Gesichts glitt der Lichtschein sehnsüchtiger, wehmutsvoller Liebe, als sie ihren Sohn an die Brust drückte.

Der Abend verging. Kein Wort fiel über die Verhältnisse, die zwischen die Alten und den Jungen getreten waren. Nur eitel Liebe strahlte dem Sohne entgegen, wohin er sich auch wandte, strahlte unter Papas buschigen Augenbrauen hervor, aus Mamas mildem, sanftem Lächeln; ja, selbst die alten treuen Dienstboten strahlten vor Freude darüber, dass der Herr Kandidat gekommen war und gerade wie früher mit »in die Tunke tauchte«. Und als er auf den Hof trat, um zu sehen, wie die Sperlinge sich an ihren Gerstengarben gütlich taten, da rasselte der alte Karo an seiner Kette, erhob sich auf den Hinterbeinen und zeigte durch sein Freudengeheul, dass er sich auch Herrn Gustavs wohl erinnerte, der den alten Freund stets geliebkost hatte, wenn er an der Hundehütte vorbeigegangen war.

Da kam die Frau Hauptmann und klopfte ihm auf die Schulter: »Gustav, du musst deine alte Mama nicht für kindisch halten; aber ich möchte so gern einen Tannenbaum mit Lichtern haben, wie früher, als du ... noch ... klein ... warst. Ich habe ihn schon in der Vorratskammer stehen. Gustav, sag', dass du einen Baum haben willst wie früher?« Ja, das wollte er. Es war eigentümlich; die Heimat, »das Gefängnis«, schien ihm jetzt gar nicht so eng. Es hatte sich gewiss, während er fort war, erweitert ...

Und der Baum wurde angezündet; und Gustav saß am Weihnachtstisch unter den Weihnachtskerzen zwischen den beiden Alten, und Mama pflückte ihm unermüdlich das Beste von allem ab, und Papa tat lange, tiefe, nachdenkliche Züge auf seiner neuen Pfeife, die ihm der Sohn zu Weihnachten geschenkt hatte. Eigentlich hätte es ihm bedeutend schlechter als aus der Angerauchten auf dem Pfeifenbrette schmecken müssen, doch es schien nicht so; der Hauptmann sah befriedigt aus.

Als Papa und Gustav sich zur Ruhe gelegt hatten, ging Mama noch einen Augenblick umher, räumte auf und verschloss das Eingemachte und die Kuchen. Dann öffnete sie leise, leise die Tür zu Gustavs Zimmer. Er lag noch wach und sah sie mit großen, weitgeöffneten Augen an.

»Mama!«

»Ich danke dir, dass du gekommen bist, Gustav! Es waren zwei lange, einsame Weihnachtsabende für Papa und mich ...«

»Ich ... ich habe oft an Euch gedacht ...«

»Das weiß ich, Gustav; das Band zwischen den Herzen der Eltern und dem des Kindes ist stark. Die Welt und die Menschen und die neuen Eindrücke müssen lange an ihm nagen, ehe es zerreißt. Gott segne dich, Gustav! Schlaf gut im alten Heim!«

Gustav lag lange wach. Was machten sie jetzt wohl im Verein? Es war ja wahr, sie hatten ja beschlossen, sich in Olof Blums beiden Zimmern in der Waksalastraße zu treffen, um dort diesen langweiligen Abend, »wo in den Restaurants nichts Ordentliches zu haben war«, bei einigen Achteln hinzubringen.

Frühmorgens um drei Uhr wurde es im Hause lebendig. Hauptmann Björk hatte seit seinem fünften Jahre keine Christmette versäumt und auch heute sollte das ganze Haus hinfahren. Der Hauptmann nahm das Licht vom Nachttische und ging in den Saal.

»Wohin gehst du, Papa?«

»Ich werde Gustav wecken und ihn fragen, ob er mit will.«

»Nein ... lass sein ... lass ihn schlafen; lass mir den Glauben, dass er uns begleitet hätte, wenn er wach gewesen wäre! Ich könnte ihn nicht ›Nein‹ sagen hören ...«

Der Hauptmann setzte das Licht nieder, umarmte seine Alte und sah ihr liebevoll ins Auge:

»Wir sind ein Paar arme, schwache Eltern, Stafva!«

»Ja, Papa, aber du weißt, dass Gustav einen Vater hat, der stärker ist als wir ...«

Als die Schellen draußen auf dem See, an Gustavs Fenster vorbei, klangen, erwachte der junge Kandidat. Ja so, nun fuhren sie zur Christmette. Dass sie ihn nicht geweckt hatten! Nun, das war doch herrlich, dass sie ihn zufrieden gelassen hatten; er wäre ja doch lieber zu Hause geblieben. – Aber es war doch eigentlich schon recht lange her, seit er die Christmette zuletzt besucht hatte. Nicht, dass er sich etwas aus den qualmenden Lichtern und dem schrecklichen Bauerngesang machte; aber es wäre nicht so dumm gewesen, am frühen Morgen, wenn man doch nicht schlafen konnte, ein bisschen an die Luft zu kommen. Sie hätten ihm doch Bescheid sagen können!

Er sprang aus dem Bette und kleidete sich an. Den alten Ölandspony hatten sie gewiss nicht mitgenommen? Noch kam er vielleicht rechtzeitig hin. Doch was waren das eigentlich für Dummheiten? Weshalb konnte er nicht ruhig liegen bleiben? Denk', wenn Olof Blum ihn jetzt hätte sehen können?

Ja, der Ölandspony war zu Hause und der Rennschlitten auch. Der alte Kuhknecht half dem Kandidaten beim Anspannen, und dann ging es fort.

Denkst du noch an das Kirchlein auf dem Hügel bei der Christmette in deiner Heimat? Zwischen Fichten und Föhren, über See und Bucht sah man die Kirche; von Osten nach Westen lag sie, den Sonnenaufgang bezeichnend, der mit Christus seinen Glanz über die Welt verbreitete, und den Sonntagsuntergang, der uns alle am Lebensende bestrahlt, wo wir bereit sind, uns hinter das Kirchhofsgitter zu flüchten und ein neues Geschlecht über unseren modernden Staub hinweg ins Gotteshaus eilen wird, zu Licht und Frieden, Gesang und brausendem Orgelspiel!

Die Lichter beschienen dichtbesetzte Bänke. Alte, wetterharte Bauern, von den Jahren und der Arbeit gebeugt, einfache, ärmlich gekleidete Frauen aus dem Volke, die das ganze Jahr lang hart gearbeitet und gedarbt hatten, alte, runzelige Weiber, die wohl kaum wieder in einer Christmette ihre trüben Augen auf die Nummertafel richten werden, um den Choral zu suchen, blonde, blauäugige, dünn gekleidete Kinder aus den Hütten der Armut; sie alle saßen da mit ruhigem, friedlichem Ausdrucke in den Gesichtern. Es war, als hätte der Weihnachtsengel alle Unruhe aus ihrem Leben und alle Sorge aus ihren Herzen für einen Augenblick mit seinem Flügel fortgeweht.

Der Kandidat setzte sich aufs Orgelchor. Da vorn saß Papa neben dem alten Pastor. Wie sein Haar, von hier aus betrachtet, weiß aussah! Hatten die sorgenschweren Gedanken an den einzigen Sohn es schneller gebleicht? Da, an der andern Seite des Ganges beugte sich Mama über das Gesangbuch. Wie war das teure Antlitz runzelig und alt geworden! Hatte ihr einziges Kind die Furchen so dicht und tief gezogen?

Und zur Seite der Mutter saß Julia, die Freundin aus den Spiel- und Frühlingstagen des Lebens, das Mädchen mit dem jungfräulich reinen Blick, mit der freien, hohen Stirn, die sicher nicht eines der modernen »Frauenprobleme« der Zeit lösen konnte; – vielleicht nur das altmodische Problem, dem Manne, dem sie Treue gelobt hatte, ein lebenslanges Glück zu bereiten. Um den lieblichen Mund zogen sich ein paar ernste, scharfe Linien, die dort früher nicht gewesen waren. Waren sie während der Gedanken an das lange Schweigen des Jugendfreundes entstanden?

Und die Orgel brauste und jubelte ihr:

»Sei uns gegrüßt, du schöne Morgenstunde!«

Schöne Klänge! Du bist ja ein richtiger Virtuos, alter Dorfküster! Oder kommt es vielleicht daher, dass dein Instrument heute einen so guten Akkord mit dem Saitenspiel in unserer eigenen Brust gibt?

Drunten im Chorstuhle drohten zwei Frauenherzen ihre Bande zu sprengen. Ein altes und ein junges. Das alte bat den Sohn der Jungfrau von Nazareth, er möge ihr den unaussprechlich teuren Sohn zurückgeben, befreit aus den Schlingen des Unglaubens, der Lästerung und des Hochmutes. Das junge sehnte sich nach dem Jugendfreunde, der ihm teurer als alles auf der Welt geworden war.

Da auf einmal wandten beide ihre Blicke nach dem Orgelchor ... Da stand Gustav und blickte sie beide an, als wollte er sie mit dem Blicke in sein Herz schließen, während große, warme, helle Tränen über seine glühenden Wangen rieselten.

Da erbebten die beiden Frauen dort vorn im Schiff der Kirche vor jubelnder Freude. Die Alte gedachte des Tages, als ihr der Sohn zuerst geschenkt worden, als er klein und hilflos an ihrer Brust lag, und sie meinte ihn jetzt noch einmal als Weihnachtsgabe von Ihm bekommen zu haben, der mehr als Mutter und Vater ist. Die Junge sah plötzlich des Lebenslenzes schönste Rosen trotz Schnee und Kälte erblühen und verbarg ihr liebliches Gesicht tief errötend im Gesangbuche.

Und beide, das junge Herz wie das alte, begegneten sich bei dem Gottessohne auf dem Stroh in der Krippe in brünstigem Gebet, in einem innigen:

»Sei uns gegrüßt, du schöne Morgenstunde, als Anfang eines neuen Lebenstages voller Frieden und Liebe!«

Das neue Pferd des Herrn Majors

Meine geehrten Leser mögen einen noch so großen Umgangskreis haben, sie können doch keinen ehrlicheren Kerl, besseren Familienvater oder tüchtigeren Kompaniechef, als den Hauptmann und Ritter des Schwertordens Karl Oscar von Sabelsköld kennen. Seine Frau und seine Kinder hielten mehr von ihm, als von irgendeinem der andern Offiziere des Regimentes (mit Ausnahme der ältesten Tochter, die heimlich mehr von Leutnant Plommenfelt hielt), und in seiner ganzen Kompanie war nicht ein einziger Mann, der sich im Kriegsfalle den allgemeinen Wirrwar zunutze gemacht und ihm eine Spitzkugel zwischen die Schulterblätter geschickt haben würde.

Eines schönen Tages, als die Post eben gekommen war, ging Carl Oscar von Sabelsköld in den Esssaal, öffnete die Tür nach der Küche und rief der Frau Hauptmann, die dort gerade Brot knetete, zu:

»Stafva, mir ist etwas sehr Freudiges passiert!«

»Ist die Patience aufgegangen, lieber Alter?«

»Schnickschnack, mehr!«

»Sind wir bei Oberstens zu Mittag gebeten?«

»Noch mehr!«

»Wir ... wir ... haben doch wohl nicht in der Lotterie gewonnen?«, sagte die Frau Hauptmann, der die Beine schon vor Aufregung zitterten.

»Stafva, du bist Majorin!«

»Oh, Herr Gott, Oscarchen, ja, das ist so, wie Mama sagte, als du um mich anhieltest und Papa nichts davon hören wollte. ›Sabelsköld sitzt auf Brünte und wird mit der Zeit Regimentsoffizier‹, sagte sie.

Und die Majorin umarmte ihren Alten, so dass das Mehl um ihn herum stäubte, den Kindern wurde die Nase geputzt, und sie durften Papa einen Kuss geben und ihm gratulieren; und die Dienstmädchen knicksten und meinten, nun müssten sie wohl »Ihro Gnaden« sagen.

»Brita und Lise, wir sind alle schwache, sterbliche Menschen, nennt mich nur Frau Majorin!«, sagte Frau von Sabelsköld und trocknete sich die Augen mit dem Schürzenzipfel.

Dies geschah vormittags. Des Nachmittags kam die älteste Schwester des Majors, Fräulein Anastasia Aquilina von Sabelsköld, nahm ihren Bruder in den Arm, gab ihm ein paar tüchtige, schallende Küsse auf jede Wange, klopfte ihm mit ihrer grünen Pompadour auf den Rücken, so dass die Stricknadeln klapperten, weinte und sagte:

»Oscar, Oscar, unsere seligen Vorfahren sehen vom Himmel auf dich nieder und freuen sich, wie du dem Sabelsköld'schen Namen Ehre machst! In den letzten neunundfünfzig Jahren ist kein Sabelsköld weiter gekommen als bis zum Hauptmann, Pastor oder Hofgerichtsassessor, und du bist nun Major! Gott segne dich! Oscar, um dir zu beweisen, wie sehr diese Ehre deine alte Schwester Anastasia erfreut, so hast du hier (nervöses Suchen im Pompadour) zweihundert Mark zu einem Reitpferd.«

Sie hatte kaum geendet, als dem Major die Arme niedersanken; sein Gesicht verfinsterte sich und er rief aus:

»Gott helfe mir, ich muss reiten! Daran habe ich noch gar nicht gedacht, liebe Anastasia!«

»Papa wird reiten, Papa wird reiten, Hurra! Da bekommen wir einen Pålle!«, riefen die kleinen Sabelskölds und sprangen bis zu den Ofentüren in die Höhe.

»Ich wollte, der Teufel holte die ganze Ernennung, das Reiten wird mein Unglück!«

»Gewiss musst du reiten, das müssen alle Majore, und du kannst ja auch reiten, Oscarchen. Weißt du nicht mehr, wie du auf Papas Minka rittest, als Gerichtsbauers Anna Hochzeit machte, und das ist ja kaum vierzig Jahre her«, meinte Tante Anastasia.

Der Major seufzte, dankte seiner Schwester herzlich für die freundliche Gabe, träumte jede Nacht, dass er mit gebrochenen Beinen in einem Graben läge, und las oft die Gebete eines Reisenden im Gesangbuche laut vor sich hin. Einen Monat darauf reisten der Major und Fräulein Gabriele mit Tante Anastasias zweihundert Mark nach dem Viehmarkte in Kristianstad, um dort ein Reitpferd einzuhandeln. Gabriele sollte mitfahren, um sich die Stadt anzusehen und zugleich aufzupassen, dass Papa sich nicht ein junges, feuriges Pferd aufschwatzen ließe, das durch seinen jugendlichen Übermut der Familie ihre Stütze und dem Regimente seinen dritten Major rauben könnte. (Die Lebensversicherung »Fylgia« war damals noch nicht in Mode.) Es ist etwas Ungewöhnliches, Damen auf Vieh- und Pferdemärkten zu sehen; nur Zirkusdamen leisten manchmal ihren männlichen Anverwandten dort bei den Einkäufen Gesellschaft. Daher glaubte auch der junge Baron W., der einen herrlichen Schimmel zu verkaufen hatte, dass der Herr mit der kecken Haltung und das schlanke, graziöse Fräulein an seiner Seite zur Arena gehörten. Er trat mit dem Hute in der Hand näher, lächelte verbindlich und sagte:

»Herr Direktor, hier habe ich etwas außerordentlich Passendes für Ihr Fräulein Tochter. Dieser Schimmel ist wie für sie geschaffen. Ich darf wohl annehmen, dass Fräulein Schule reiten? Nun ja, der würde sich übrigens auch prächtig im Rampenlicht unter luftigen Gazevolants und rosa Trikot ...«

»Herr, scheren Sie sich zum Teufel! Glauben Sie, dass Fräulein Eulalie Marie Antoinette Oscara Gabriele von Sabelsköld beim Zirkus ist, Sie Lümmel?«, brüllte der Major.

Nach einem Weilchen traf man ein gutes, genügend hohes, ziemlich mageres, aber ganz manierlich aussehendes schwarzes Pferd, das so fromm und tugendhaft aussah, als hätte es sich zeitlebens in einem Predigerhause aufgehalten. Der Gaul war zehn Jahre alt und sollte 200 Mark kosten, es war beinahe, als hatte der Verkäufer den Betrag von Tante Anastasias Gabe gewusst.

Ein Tierarzt wurde zugezogen. Das sind anspruchsvolle Leute. Nie kann es ihnen unser Herrgott mit den Pferden recht machen. Dieser Tierarzt sagte:

»Erstens ist der Gaul nicht zehn, sondern vierzehn Jahre alt, zweitens hat er zwei große Überbeine am linken Vorderfuß, drittens bockt er etwas und viertens ist er sichtlich ein Krippenbeißer. Im Übrigen ist er tadellos.«

Das Pferd wurde gekauft, ein Sattel und das sonstige Lederzeug auch, und bald darauf stand Fräulein Eulalie Maria Antoinette Oscara Gabriele von Sabelsköld im Stalle von Werlings Hotel und fütterte das Tier den ganzen Abend mit Zucker und Zwieback.

Am folgenden Morgen ging der Major aus, um sich die Artilleriekaserne zu besehen, traf dort ein paar alte Kameraden aus der Kadettenzeit, wurde umarmt, »gehisst« und schließlich zum Austernfrühstück eingeladen.

Aber als er das Frühstück »mit Austern« zu sich genommen hatte, kehrte er wie verwandelt heim. Er ging umher, brummte Melodien aus der »Zauberflöte« und dem »Freischützen«, wollte Gabriele mit Portwein traktieren und kniff die Kellnerin in die Wange. Und er, der stets mit Beben dem Augenblicke entgegengesehen hatte, wo er hoch zu Ross dem Bataillon voranziehen sollte, wollte nun auf der Stelle einen Spazierritt machen, um sein Pferd zu probieren.

Gabriele weinte.

»Süßer, lieber Papa, reite nicht eher auf Pålle, als bis wir zu Hause sind. Mama muss mit dabei sein, damit sie ihn festhalten kann, wenn er wild wird!«, bat das junge Mädchen.

»Kind«, sagte der Major ernst, »ein Krieger muss der Gefahr ins Gesicht sehen können. Das Tier mag so eigensinnig sein, wie es will, mit Gottes gnädiger Hilfe werde ich es doch bezwingen. Nun, Kindchen, keine Tränen; ich habe mir schon Sporen und Gamaschen geliehen, und mein Beschluss steht unbeweglich fest. Es gehe, wie es wolle, ich werde Pålle schon heute Vormittag besteigen.«

Gabriele wollte nicht auf dem Hofe zusehen, wie ihr Papa von den Hufen des rasenden Tieres zerstampft würde. Sie lag vor der *Chaise longue* des Hotelzimmers auf den Knien und flehte Gott an, ihren Vater zu beschützen. Aber alle Hotelbediensteten halfen dem Major. Einer hielt die Zügel, einer den rechten Steigbügel und die beiden Stärksten erfassten die majörlichen Beine, hoben den Besitzer derselben in den Sattel, und nun konnte die Reise losgehen.

Das war ein ausgezeichnetes Tier. Es trabte die Straße nach dem Tivoli hinunter und ging so ruhig wie ein Schuljunge im Leichenzuge seiner eigenen Mutter.

Da plötzlich blieb Pålle vor der Türe eines großen Hauses stehen und ließ sich nicht vom Flecke bringen. Der Major schlug ihn mit der Gerte, aber Pålle drehte nur den Kopf und sandte ihm einen vorwurfsvollen Blick zu. Der Major rief alle bekannteren Ehrenbürger der Hölle an, aber Pålle musste bestimmt einmal einem Pietisten angehört haben, denn er schüttelte zum Zeichen seiner Missbilligung nur kräftig das Haupt. Schließlich kam ein niedliches Stubenmädchen die Treppe heruntergetrippelt und sagte: »Der Herr Kommerzienrat ist heute nicht zu Hause!«

Das Mädchen war kaum verschwunden, als Pålle sich schon freiwillig in Bewegung setzte. Aber er gehorchte nicht den Zügeln, sondern schlug einen Weg nach eigenem Belieben ein und blieb bald wieder auf dieselbe Weise vor einem anderen Hause stehen. Derselbe Meinungsaustausch zwischen Ross und Reiter, dieselben Hiebe und dasselbe Anrufen aller unterirdischen Potentaten; doch auch ganz dasselbe Resultat: Pålle ging nicht eher von der Stelle, als bis ein weiblicher dienstbarer Geist kam und sagte: »Wenn der Herr den Herrn Präsidenten zu sprechen wünschen, so müssen Sie um zwei Uhr wiederkommen.« Dann machte sich Pålle wieder auf den Weg.

Nun wollte der Major ins Hotel zurückkehren; Pålle aber war entgegengesetzter Meinung; er richtete sich augenscheinlich nach einem bestimmten Plane, und der Major musste sich schließlich mit fatalistischer Ruhe dazu verstehen, ihm, wie es in der Sportsprache heißt, »die Leitung« zu überlassen. So hielten sie denn vor achtundzwanzig verschiedenen Häusern. Vor einigen Häusern machten sie längeren, vor anderen kürzeren Aufenthalt, doch nirgends rührte sich Pålle eher vom Flecke, als bis jemand aus dem Hause gekommen war und mit dem Major gesprochen hatte.

Aber nach der achtundzwanzigsten Stelle machte Pålle linksum kehrt, kratzte mit dem Fuße und eilte in scharfem Trabe – nach dem Dorfe Nosaby.

»Haltet mich fest, haltet mich fest: Ich will nach Werlings Hotel!«, schrie der Major. Die Leute auf der Straße aber gafften ihn nur an und grinsten, und im Umsehen waren beide, Pålle und der Major, außer Sehweite.

Nach zwei Stunden kam der Major zurückgefahren. Pålle war hinten am Wagen angebunden. Gabriele warf sich in die Arme ihres Vaters und rief:

»Papa, Papa, lebst du noch?«

»Ja freilich, zum Teufel auch, lebe ich, aber ich habe ein – Milchpferd bekommen«, seufzte der Papa.

Als der Major sich ein bisschen von seinem ersten, fürchterlichen Zorn beruhigt hatte, beschloss er, Pålle zu verzeihen. Er trug ja seinen Reiter leicht und machte keine hinterlistigen Versuche, ihn abzuwerfen. Sein früherer Beruf als Milchpferd war ihm ja an einem anderen Orte nicht hinderlich, wo sein ehemaliger Prinzipal von Nosaby keine Kunden hatte. Zu Hause wurde Pålle der Liebling der ganzen Familie. Er ging frei auf dem Hofe umher und nahm den Kleinen Brot aus den Händen. Nicht nur den Major, auch die kleinen Knaben ließ das artige Tier auf sich reiten, und hier, wo Pålle keine Milcherinnerungen hatte, ging er stets wohin er sollte.

Da kam das Manöver. Pålle war rund und glänzend; der Major hatte sich eine funkelnagelneue Uniform machen lassen, und beide blitzten wie frischgeputzte Messingkessel in der Aprilsonne. Alles ging seinen gleichmäßigen, hergebrachten Gang bis zu dem Tage, da das Regiment sich ins Feldmanöver begeben sollte. Als alle Soldaten in Reih' und Glied standen, und der Marsch in fünf Minuten beginnen sollte, und der Oberst und der Oberstleutnant, der zweite Major und Major von Sabelsköld samt allen Adjutanten stolz auf ihren Springern saßen, unterfing sich das Oboistencorps, einen lebhaften Marsch aus »Fatinitza« zu blasen.

Pålle legte die Ohren zurück, hob den Kopf, wieherte munter, brach aus dem Gliede aus und zog sofort einen Kreis mit seinen Vorderfüßen, so dass er für ungefähr einen halben Scheffel Aussaat Boden hatte, um sich darauf zu bäumen und seine Künste zu zeigen.

Und nun begann ein eigentümliches Schauspiel. Erst tanzte Pålle nach dem Takte der Musik, dann ging er wieder zurück und machte das großartigste Defilé erst nach links, dann nach rechts und warf dabei mit den Beinen wie eine Balletratte. Darauf richtete er sich auf und schlug mit den Vorderfüßen in der Luft umher, ging dann gute drei Minuten spanischen Trab, vertauschte diesen mit gestrecktem Rundgalopp und kniete schließlich vor dem Obersten nieder, wobei er seine Stirn graziös gegen den Boden stemmte. Außerdem tanzte er noch Walzer, Galopp, Polka und Quadrille, ging aufrecht auf den Hinterfüßen, trabte rückwärts und machte solche Künste, dass das ganze Regiment im vollen Ernste glaubte, dass der Teufel selbst sowohl Pålle wie dem Major in den Leib gefahren sei.

Die Soldaten und die Reservisten bissen sich anfangs auf die Lippen, aber als sie den Obersten und den Oberstleutnant lachen hörten, und den zweiten Major und die Hauptleute sich den Bauch halten und sie so grinsen sahen, dass sie Zuckungen bekamen, als sie gewahr wurden, dass die Leutnants und die Fahnenjunker schon ganz blau im Gesichte vor Lachen waren, da stimmten 1600 Mann mit ein und lachten, dass es im Walde widerhallte und das Gepäck auf dem Rücken auf und nieder flog.

Doch noch immer bliesen die Musikanten Fatinitza und Pålle tanzte und machte solche Mätzchen, dass der Schaum weit umher spritzte, und der arme Major, der sowohl Zügel wie Steigbügel verloren hatte und sich mit beiden Händen in Pålles Mähne festhielt, schrie so herzzerreißend:

»Herr Oberst – – ich – kann nicht mehr – – oh du Teufel – entschuldigen Sie – – ich sterbe – haltet mich fest – prr, prr, Pålle – Pålle –

Herr Oberst – ich glaube, der Satan – um Gottes willen helft – Herr Gott, Herr Gott – Pålle!«

Und dabei spielte die Musik immerfort Fatinitza, und der Oberst, alle Offiziere und Unteroffiziere, alle Offiziersburschen und Doktoren, die Marketenterfrau und ihre Dienstmädchen und 1600 Mann lachten so, dass ihnen beinahe der Bauch platzte.

Schließlich winkte der Oberst seinem Adjutanten, der einmal bei den Leibhusaren ein Manöver mitgemacht und drei Wochen auf der Strömsholmer Reitschule zugebracht hatte und ein verteufelter Kerl in allem, was Pferde anging, war. Und zu ihm sagte der Oberst:

»Herr Leutnant, Sie als Kavallerist können uns wohl sagen, was mit dem Tier dahinten los ist?«

»Herr Oberst, nach dem, was ich davon verstehe, muss Major von Sabelskölds Pferd in seiner Jugend bei einem Zirkus angestellt gewesen sein und hat dort vermutlich diese Nummer gerade nach diesem Marsche aus ›Fatinitza‹ eingeübt.«

»Aber zum Teufel, so heißen Sie doch die Musik schweigen, Herr Direktor; der Major muss ja rein das Leben hierbei zusetzen!«, schrie der Oberst.

Kaum hatte auch der jüngste Hoboist das tönende Messing von den Lippen genommen, als Pålle still stand wie ein Lamm, während ihm der Schweiß an den Beinen hinuntertrieb.

Der Major erhielt einen vierzehntägigen Urlaub und hatte noch lange das Gefühl, als seien ihm alle Glieder zerschlagen. Was Pålle anbetrifft, so war dies sein erstes und letztes Manöver, und immer, wenn später in der Offiziersmesse die Rede auf Pferde kam, so hieß es allgemein: »Sabelskölds Pålle war eigentlich ein nettes, gutes Tier, leider aber hatte es eigentlich allzu reichhaltige Lebenserfahrungen, um für einen älteren Infanterieoffizier zu passen!«

Die große Schwester

Es war ein außergewöhnlich schöner Herbst gewesen, nachdem der Sommer noch länger verweilt hatte, als er sonst zu tun pflegt. Doch im Oktober schlug plötzlich und unerwartet das Wetter um, und ehe man an Doppelfenster oder Winterüberzieher denken konnte, war der

Winter da. Das ist die Zeit der Lungenentzündungen und da starb Sekretär Bark.

Herr und Frau Bark hatten auch einen schönen Lebensherbst gehabt, nachdem ihr Sommer von Frost und Wolkenbrüchen verheert worden war. Sie hatten einander zu früh gehören wollen, während der Frühling ihnen noch lächelte, und die Folge davon war Not und Mangel gewesen. Der Kampf mit diesen beiden hatte ihren Hochsommer ausgefüllt. Aber nun war der Kampf zu Ende und die ärgste Armut über die Schwelle des Heims hinausgedrängt und die Herbstsonne schien lächelnd auf die Köpfe, die mittlerweile ergraut waren. Doch auch hier kam der Umschlag, ehe man noch von dem Kampfe um den Lebensunterhalt hatte aufatmen können; und der Tod – ein Gläubiger, an den man nicht gedacht, obgleich man ihm mit der gesundheitsschädlichen Arbeit langer Nächte Zinsen bezahlt hatte – kam und holte Sekretär Bark, ohne sich um Mamas Tränen und Annies und Vivas Jammer zu kümmern.

Doch obwohl der Tod sich nie bewegen lässt, seinen erhobenen Arm zurückzuhalten, so sieht man doch manchmal selbst den Knochenmann weich werden. Er hält dann freilich nicht mit dem Todesstreiche inne, aber er trifft oft da wieder, wo er zwei sieht, die einander zu viel gewesen sind, um sich trennen zu können.

Und deshalb folgte Frau Bark auch jetzt ihrem Wilhelm und ließ Annie und Viva einsam zurück.

Annie war die große Schwester mit kräftiger Gestalt, hohem Wuchs, schönen, energischen und doch harmonischen Zügen, die wie in Marmor gemeißelt schienen, braunem, welligem Haar über einer hohen Stirn und zwei großen, dunklen Augen, die selten lächelten. Sie hatte Papas und Mamas sorgenvollste Zeit schon mit erlebt; ihre frühesten Erinnerungen waren Tränen über vertragene Kleider, die nicht durch neue ersetzt werden konnten, Weihnachtsabende ohne Feststimmung, schlaflose Nächte der Miete wegen. Daher war sie so frühreif, war sie schon mit vierzehn Jahren ein denkendes Weib, daher lächelten die großen, dunklen Augen so selten.

Viva war die kleine Schwester, und keiner im ganzen Stadtviertel wusste, wie sie eigentlich hieß. Doch wenn zwei Füße, kleiner als alle anderen, eine kleine, zarte, graziöse Gestalt, beweglicher als alle anderen, über das Trottoir nach der Schule trugen, dann streckten die Mütter die Köpfe aus dem Fenster und lächelten und murmelten: »Viva!« Und wenn eine Stimme, klangvoller als alle anderen, und ein krauses Lockengewirr, gelber als Gold, auf dem Spielplatze waren, dann schrien die Knaben in wildem Entzücken: »Viva, Viva!« Und als Mama tot war und das Aschenbrödelfüßchen ruhte, die goldenen Locken vom Weinen erschütterten, und ein rosiges, verweintes Gesichtchen sich in der Sofaecke verbarg, da schlang die große Schwester die Arme fest um den Leib der kleinen Elfe, küsste sie und flüsterte: »Meine Viva!«

So musste sie doch wohl Viva heißen, obwohl sie nicht so getauft sein konnte.

Die große Schwester war zwanzig, die kleine Schwester vierzehn Jahre alt, als sie allein in der Welt standen.

Tante Erika kam und wollte Viva zu sich nehmen. Sie hielt es für ihre Pflicht, eine schwere Pflicht, und meinte, Annie könnte sich wohl als Lehrerin eine Stelle suchen.

Doch die große Schwester sagte Nein und zog die noch immer weinende Viva an sich. Sie erklärte, dass sie beide zusammenleben und arbeiten und – wenn es so sein müsse – auch zusammen hungern wollten.

Tante Erika zog sich zurück mit bedenklichem Kopfschütteln und dem süßen Gefühl treuer und kostenloser Pflichterfüllung. Ein paar Wochen später stand auf einem kleinen Schild in der feinsten Straße der Stadt: »Annie Bark, Modistin.« Annie war gerade keine Anfängerin in dieser Branche, denn dann wäre es wohl niemals gegangen. Sie hatte mehrere Herbste hindurch, wenn besonders viel zu tun war, in Frau Svenssons Schneideratelier gearbeitet; sie hatte Geschmack und auch flinke Finger.

Es reichte zum Leben. Es reichte auch zum Schulgeld für Viva, so dass diese viel gelehrter wurde und Chopin viel besser vortragen konnte, als die große Schwester. Es reichte sogar zu einem Sparpfennig für ein Marmorkreuz auf einem Granitsockel für das Grab der Eltern. Und, das Beste von allem, es reichte zu einem sorgenlosen, sicheren Heim, so dass die große Schwester die kleine bei sich behalten konnte, so dass die beiden, die einander alles waren, jeden Abend nach beendeter Tagesarbeit in demselben reizenden Stübchen zur Ruhe gehen konnten, wo Annie oft noch stundenlang Vivas ruhigen, gleichmäßigen Atemzügen lauschte und noch manchmal mitten in der Nacht Licht anzündete, um das kleine, lichte, reine Kinderantlitz mit dem wunderbar schönen Händchen unter der Wange zu betrachten.

Da kam *er!*

Er war Extraordinarius am Gymnasium, hatte fünfzehnhundert Mark Gehalt und wenig Schulden. Und dann hatte er einen prächtigen Bariton und ein gutes, jugendliches Herz, das aus Augen blickte, die hässlicher hätten sein können. Und er war im Allgemeinen lebensfroh und noch froher, wenn er die beiden Fräulein Bark auf den Abendgesellschaften beim Direktor traf oder wenn er Krawatten- und Manschettenknöpfe brauchte, die es auch in Annie Barks Modegeschäft gab, und am allerfrohesten, als es sich herausstellte, dass das Geschäft eine solche Ausdehnung gewonnen hatte, dass Annie Bark die nötige Zeit zum Führen der Bücher und Ausschreiben der Rechnungen nur mühsam der Arbeit mit den Hüten und Halskrausen abstehlen konnte.

Und so kam er denn alle Nachmittage, wenn er mit der Schule fertig war, und schrieb mit seiner zierlichsten Handschrift die Eintragungen in Fräulein Annies Hauptbuch und schickte den Damen in Skogstad so schön geschriebene Rechnungen, dass sie ganz verblüfft waren.

Aber je länger er schrieb, desto mehr schien es, als käme Sonnenschein in Annies dunkles, schönes Marmorgesicht, und die stolzen Augen lächelten öfter als früher, und die Lippen kräuselten sich wie die Wellen des Sees im Abendwinde, wenn der Magister etwas Lustiges sagte; und damit war er auch nicht sparsam, das muss man ihm lassen.

Und Viva war ja nur noch ein Kind.

Das Ansehen der Firma Annie Bark war so gut und fest, dass, so unerhört es auch klingen mag, die bösen Jungen sich im Zaum hielten und niemand ein herabsetzendes Wort über die Leiterin der Firma sagte, obgleich sowohl das Kassenbuch wie das Hauptbuch von einem baritonsingenden Magister geführt wurde.

Doch da entstand ein Konto, das keiner sah.

Eines Vormittags, als alle Bücher in Ordnung waren und keine Rechnungen ausgeschrieben zu werden brauchten, kam er. Aber er hatte frei, weil die Klassenzimmer gescheuert wurden, und er war im besten Anzuge und dabei rot wie ein Mädchen. Sein Bariton schlug beinahe ins Falsett über, als er sagte:

»Fräulein Annie, ich ...«

»Nein, sieh, willkommen! Nehmen Sie Platz, Herr Doktor! Haben Sie die Fächer im Schaufenster gesehen? Sind sie nicht reizend?«

»Ja, aber es handelt sich um etwas, das ich Ihnen lange, lange habe sagen wollen, Fräulein Annie ...«

Still doch, du närrisches Herz! Er kommt ja jetzt. Oh, er kommt, und die Liebe wird ihr Zauberlicht über lange, mühevolle Jahre, über Müdigkeit und Traurigkeit werfen.

»Ich möchte Sie so herzlich gern um etwas bitten, etwas sehr ... unendlich ... ich meine etwas sehr Großes ...«

Nicken nicht die Hüte vor Freuden von ihren Stöcken? Strahlen nicht die Fächer in Goldglanz? Aber stille doch! Es kommt ja jetzt!

»Sie wissen, Herr Doktor, wenn es im meiner Macht steht, so ...«
»Ja, ich weiß, ob aber wohl dies? Ob auch nun, da ich das Höchste, Lieblichste, Teuerste von allem begehre?«

Oh, wie bist du dumm, du Lieber, Teurer! Siehst du mein Sehnen nicht! Wozu Worte, wo du nur die Arme zu öffnen brauchst! Wenn nur Viva nicht gerade jetzt hereinstürmt! Sie ist so ein unverständiges Kind. Wenn sie doch nur noch ein bisschen warten wollte. Oh, wie glücklich werden wir alle drei leben! Immer zusammen ...

»Was in aller Welt wollen Sie denn haben, Herr Doktor«, fragte sie und versuchte zu lächeln.
Da stand er auf, ergriff ihre Hand und flüsterte mit bebender Stimme: »Geben Sie mir Viva!«

Es ist Juni und der Sommer ist gekommen. Es ist Juni und die Schulzeit ist zu Ende. Der Magister ist fest angestellt worden, und auf dem Hotel weht eine Fahne. Die Sonne lächelt, und die große Schwester gibt Viva die Hochzeit, eine große Hochzeit mit allen Finessen, Brautjungfern und Trauzeugen. Doch die große Schwester selbst will nicht Brautjungfer sein. Wie würde das auch aussehen, ist sie ja doch so viel älter als die Braut. Lachend hat sie erklärt, dass sie nur als »Brautmutter« fungieren will. Und darum kommt sie auch nun in schwarzer Seide mit Juwelen und sieht herrlich und stattlich aus. Ja, Juwelen! Der Schwager hat selbst den letzten Abschluss in den Büchern gemacht und dort den Beweis gefunden, dass die Firma Annie Bark sich das erlauben kann. Sie kann sich auch erlauben, die neue Wohnung des Gymnasiallehrers geschmackvoll zu möblieren. Viva hat eine prächtige Aussteuer bekommen, obgleich ihre beiden Eltern arm waren.

Schwarze Seide am Hochzeitstage der Schwester! Oh, wenn die Fünfundzwanzigjährige wüsste, welche raffinierte Koketterie darin liegt, wenn sich eine reife Frau etwas »älter« kleidet, als sie ist. Es ist, als spielten die Amoretten in den Falten des Kleides Versteck, als wären die Grazien auf der Maskerade.

Aber Annie hatte sich nicht aus Koketterie so gekleidet. Sie kam sich selbst so alt und mütterlich vor, und eine andere Kleidung würde ihr widerstrebt haben.

Sie war eine prächtige, stattliche Wirtin, obgleich sie zum ersten Male in ihrem Leben als solche auftrat. Die Gäste sahen sie beinahe mehr an als die Braut, die doch in ihrem weißen Kleide lieblicher, kindlicher, elfenhafter, als je zuvor aussah; und der Oberlehrer der Mathematik, der Junggeselle war, besann sich darauf, dass vor der Firma Annie Bark in der Ziffernkolonne eine runde, hübsche Zahl stand, und gab sich selbst das Versprechen, recht fleißig in dem Hause seines jungen Kollegen, des neuen Gymnasiallehrers, zu verkehren.

Da herrschte Jubel und Freude, da waren Reden und Gesang, Trinksprüche und Hochzeitsgedichte. Zuletzt ergriff der überglückliche Bräutigam sein Glas und hielt eine warme und hübsche Rede auf die teure, edle Schwester seiner geliebten Viva. Dankte ihr für alles, was sie Viva und ihnen beiden gewesen war, und versprach es, ihr damit lohnen zu wollen, dass er ihrem beiderseitigen Liebling den Lebensweg so licht und glücklich machte, wie es in menschlichem Vermögen stehe.

Und Annie lächelte, schloss Viva in die Arme und klopfte dem Schwager munter und kameradschaftlich auf die Schulter; und der Oberlehrer der Geschichte, der in freien Stunden auch Philosoph war, murmelte: »Welch' göttliche Schwiegermutter!«

Die Fahne ist herabgezogen und die Hotelräume haben sich geleert. Auf den Straßen von Skogstad sieht man nur noch die Nachtpolizisten. Die Kirchenuhr schlägt eins. Die Fenster sind dunkel und Skogstad schläft hinter heruntergelassenen Rollo. Ein einziges Fenster ist noch hell. Das ist in dem neuen Heim des jungen Paares. Da sitzt der junge Ehemann auf der Chaiselongue mit Viva auf dem Knie; und die Wangen der jungen Frau glühen immer heißer, ihre Brust hebt sich immer höher, während ungeschickte, liebe, große, bebende Finger Kranz und Schleier lösen ...

Aber draußen auf dem Kirchhofe, die Arme um ein Marmorkreuz auf einem Sockel von schwedischem Granit geschlungen, kniet eine dunkle Gestalt, drückt die brennende Stirn gegen den kalten Stein und flüstert: »Papa, Mama, nun ist Viva glücklich! Die große Schwester hat alles für sie getan, *Alles*, was sie konnte!« Doch als sie nach Hause kommt und zum ersten Mal seit achtzehn Jahren das eiserne Bett der kleinen Schwester zusammengeschoben und ungemacht stehen sieht, da fühlt sie sich einsam, so einsam wie nie zuvor, da bohrt sie ihr stolzes, dunkles Haupt, in dessen Zügen die Welt niemals triumphierend getäuschte Hoffnung und zertrümmertes Glück würde lesen können, tief in die weißen Kissen und stöhnt unter krampfhaftem Weinen: »Meine Viva, warum hast du mir ihn genommen!«

Mamsell Christine

Ich habe oft darüber nachgedacht, wie wohl die Welt aussehen würde, wenn jeder seine Lebensaufgabe – hoch oder niedrig – so gut erfüllte wie Mamsell Christine.

Vielleicht wäre das nicht gut. Es würde so gut hinieden sein, dass selbst die Allerfrömmsten in Versuchung kämen, zu vergessen sich hier fortzusehnen. Man würde die Engel mit den weißen Flügeln über ihren Schwestern in grauen Haaren und Wollkleidern vergessen.

Als Tante Christine noch sehr jung war, war etwas in ihrem Herzen zersprungen. Sie war so gesund, so kräftig, so jubelnd froh; sie hatte ein Herz, das schnell pochte und mit den kleinen flinken Füßen in hässlichen Kalblederschuhen Takt hielt, und je schneller das Weberschiffchen sauste, desto lauter sang und trillerte sie. Damals baute sie im Stillen, schön und ungesehen von allen, etwas, das nachher in Trümmer ging.

Sie baute ein hübsches, einstöckiges Häuschen, hinter Birken und Linden, ein Heim, das eine liebende, nie ermüdende Frauenhand in Ordnung hielt. Und dabei war ein großes, sonnenverbranntes Antlitz, das von Gesundheit, Glück und Arbeitsschweiß glänzte, ein Antlitz, das die kleine Frau froh machte, wenn es kam, und dem ihre warmen Blicke folgten, wenn es verschwand, und das so ruhig, so gut und männlich treuherzig aussah, wenn es auf ihren Knien ruhte. Und die kleine Frau war Mamsell Christine selbst, und er war – ja, das ist ja einerlei, wer er war; er ist ja stets derselbe für junge Mädchenherzen, trägt er nun Gardeuniform oder Inspektorjoppe.

Eines schönen Tages wurde alles Dieses zertrümmert. Das einstöckige Häuschen wurde niedergerissen und die Hängebirken verwelkten. Das ganze Puppenhaus war zerschlagen und seine Herrin von Schmerz gebeugt.

Weder Sturm, noch Blitz, noch Feuersbrunst verheerten es. Was hätten sie auch gegen ein Heim vermocht, das bisher nur von einem sehnenden Mädchenherzen erbaut war! Es war nur eine weiche, weiße Frauenhand, die das teure, sonnenverbrannte Gesicht an eine andere Brust als die ihre zog. Von allen Wundfiebern ist das des Herzens das schwerste, denn die ganze Welt ist sein Krankenzimmer und alle unkundigen Finger berühren die Wunde, und Freunde und Feinde fordern, dass man dabei aussehen soll, als befände man sich wirklich gut. Mamsell Christine trocknete ihre Augen und zog den Verband ihrer Wunde fester und genoss die gewöhnliche, wehmütige Freude des halbverbluteten Frauenherzens darüber, dass die Welt wenigstens keinen einzigen Blutstropfen hervorquellen sehen sollte. Am allerwenigsten »er«.

Und dann kam sie zu Gutsbesitzer Dahls. Es war gerade Geburtstagsfest und Gesellschaftsspiel, Freude und Trubel, und kaum ein Gesicht wandte sich nach der neuen Mamsell um. Leise und still begrüßte sie ihre neue Herrschaft, leise und still ging sie in ihr Zimmer hinauf, zog ihr schwarzes Merinokleid aus und einen Kattunrock an. Leise und still kam sie in die Küche hinunter, gerade zu rechter Zeit, um vier große, schöne Kücken zu retten, die durch einen gewissen, verdächtigen Geruch verrieten, dass sie von den heißen Flammen des häuslichen Herdes genug bekommen hatten.

In der Art andern zu dienen, ist ein großer Unterschied zwischen den guten Frauen und selbst den Besten von uns Männern. Haben wir keine Hoffnung, keine Aussicht für unsere eigene Rechnung, so werden wir unlustig und träge, und die Arbeit wird schlecht, wenn nicht unser eigenes Glück und Fortkommen lockend dahinter steht. Aber unter den Frauen gibt es keine hingebenderen und aufopferenderen als die, welche für sich selbst die Rechnung mit den Freuden des Lebens abgeschlossen haben und wissen, dass sie nie mehr etwas zu fordern haben werden. Viele gehen bei diesem Buchschlusse der Seele mit dem Schicksale moralisch unter; doch die, welche als Siegerinnen aus dieser Krisis hervorgehen, haben auch begriffen, dass es für sie keine andere Freude mehr gibt als die der Engel im Himmelsblau, und darum meinen sie, es sei ebenso gut, wenn sie ihre Engeltätigkeit gleich ausübten. Doch glücklich das Heim, in dem ein solcher Engel beständig zu Gaste ist!

Mamsell Christine verwuchs förmlich mit Dahls; ihre fleißigen Hände und wachsamen Augen wurden dem Hause zum Segen und bald konnte man nicht begreifen, wie man jemals ohne sie hatte fertig werden können. Selten wurde ihr mit Worten gedankt, aber als Frau Dahl sich immer mehr an sie anschloss und alles, was im Hause und in der Familie vorfiel, offen mit ihr besprach, als kleine Arme ihren Hals umklammerten und rote Mündchen immer bestimmter gegen jede andere Hilfe als die von »Tante Tetin« protestierten, da meinte sie, dass ihr Lohn über die Maßen groß und süß sei.

Und wenn Gutsbesitzer Dahl von einer Reise heimkam und der Tisch gedeckt und mit dem Besten, was das Haus für gewöhnlich bieten konnte, besetzt war, und er sowohl hungrig wie müde war, dann sah er doch unruhig aus, stocherte in den Anchovis und konnte nicht eher recht mit den Schweinskoteletten vorwärts kommen – obgleich Frau und Kinder ihn geliebkost hatten – bis das bleiche, freundliche Gesicht mit dem zurückgestrichenen Haar in der Tür des Esszimmers erschien und er eine magere, runzelige Hand hatte drücken und sein gewöhnliches: »Nun, wie geht's Ihnen, Mamsell Christine?« hatte hinwerfen können.

Während Frau Dahls Haar ergraute, der Gutsbesitzer fett und kurzatmig wurde, Mamsell Christine eine gelbere Farbe und einen gebeugteren Rücken bekam, wuchs dort im Hause ein Kranz junger Söhne und Töchter heran, von denen sich die meisten nicht mehr der Zeit erinnern konnten, als es noch keine »Tante Tetin« gab. Es war beinahe, als hätten sie alle zwei Mütter; und weil Mama Dahl ja die Verantwortung vor Gott und Menschen hatte, dass die Kleinen nicht zu wahren Wildkatzen aufwuchsen, und sich daher bisweilen an die Empfindlichkeit des zarten Fleisches wenden musste, Mamsell Christine aber eitel Zärtlichkeit war, so ist es wohl möglich, dass sie während dieser Periode mehr als Papa und Mama selbst von den Kleinen geliebt wurde.

Sie wusste für alles Rat. Sie konnte angeben, wie man dem Roste im Weizen zuvorkommen müsste. Sie drang in das Seelenleben der Hühner ein und ergründete, warum sie Windeier legten und nicht ordentlich sitzen wollten. Sie verstand ganz genau, Weinflecke aus dem Tischzeug zu entfernen und wusste, weshalb das graumelierte Kalb nicht gedeihen wollte. Und als Stall-Johann mit einer großen, klaffenden Wunde über dem rechten Auge aus dem Walde heimkam, und Mägde und Kinder schrien, Frau Dahl beinahe ohnmächtig wurde und keiner aus und ein wusste, da war es eine kleine, magere, feste Hand, die den dicken, ratlosen Gutsbesitzer behutsam beiseite führte, die Wunde auswusch und aus ihrem eigenen großen Nähkorb Heftpflaster hervorsuchte. Und die kleinsten Bissen bei Tisch, den dunkelsten Winkel im Hause behielt sie sich stets selbst vor.

Mamsell Christine hatte bei den Kleinen gewacht, als sie Zähne bekamen. Sie hatte mit ihnen über die vielen Gemeinheiten von Rabes lateinischer Grammatik geweint und sie bewundert, wenn sie sich halblaut mit dem deutschen Lyth abquälten. – Dann folgte eine verhältnismäßig ruhige Zeit.

Aber dann kam Emmachen abends herauf, steckte den Kopf in die Tür und flüsterte: »Bist du ganz allein, Tante?« Und dann kam wieder etwas sehr Sorgliches, denn »Donnerstag würde Doktor Stark abreisen und ...«

»Ja, ja, der alte Doktor ist wiedergekommen und die Zeit des jungen Vertreters ist nun wohl abgelaufen.«

»Ja, aber, Tante, er ... er hat gar nichts gesagt, gar nichts ...«

»Ach, mein Goldkind, was sollte der Doktor denn sagen?«, fragte Mamsell Christine und machte ein schelmisches Gesicht. Aber das war nicht zu sehen, denn sie saßen im Dämmerlichte.

»Oh, Tante Christine ...«, und dann weinte Emmachen gerade wie damals beim Zahnen. Ach, es war, als wäre es gestern gewesen! Das Kind hatte immer ein so heftiges Temperament gehabt.

»Ja so, steht es so. Ja, dann will ich dir sagen, Emma, der Doktor kommt schon wieder. So viel versteht die alte Tante Christine auch davon, und nachher ... nachher wird uns hier jemand auf Grendala fehlen.«

»Glaubst du, Tante, glaubst du? Aber wenn er nicht kommt, dann müssen sie deine Emma auf den Kirchhof tragen; ja, das ist sicher, Tante!«

Tante Christine lächelte. Ach, Emmachen wusste nicht, wie viel ein Frauenherz ertragen kann.

Doch der Doktor kam, und sie tauschten in der Laube Küsse und im großen Saale Ringe aus, und zu seiner Zeit kam auch der Tag für Myrtenkranz und Schleier. Und Mamsell Christine sagte zu Küchen-Gustave: »Ich sage dir, Dirn', lässt du mir den Braten anbrennen, während ich hinauslaufe und mein ›Schwarzes‹ anziehe, so gibt es ein Unglück!« Und fünf Minuten später stand sie in der Saaltür, grau und gebückt, aber rot und warm und betrachtete ihre Emma, die sie selbst zur Braut gekleidet hatte.

Emma durchbrach die ganze Hochzeitsgesellschaft und zog Tante Christine in die Arme und wollte ihr ein Glas geben, um mit ihr anzustoßen. Und Mamsell Christine flüsterte der Braut eifrig etwas ins Ohr.

»Was sagte Mamsell Christine?«, fragte der Bräutigam hinterher.

»Oh, nichts!« ...

»Ja, Emma, ich will den einfachen Glückwunsch ihres alten, warmen Herzens hören.«

Die Braut lachte.

»Ja, sie sagte: ›Du bist wohl verrückt, Kind! Champagner für mich! Ich habe hier ein bisschen Bischof auf dem Ofen.‹«

Emma reiste ab, und nun kam die Reihe an die Buben und die »kleinen« Mädchen, zu Tante Christine hinaufzugehen und ihr zu beichten.

Und einmal war Franz, der Liebling, der schon studierte, in der Stadt gewesen und hatte dort etwas so Entsetzliches aufgeführt, dass er es weder Papa noch Mama zu erzählen wagte, und Tante Christinens Sparkassenbuch mitnehmen musste, als er abreiste.

»Ich schwöre dir, dass du es wieder bekommst, Tante!«

»Kreuz in allen Tagen, Herzenskind; ich habe es alles hier im Hause bekommen, jeder Pfennig davon ist deines Vaters Geld!«

Wie gesagt, die kleinen Mädchen kamen auch, flüsterten ihr etwas in die Ohren und hatten auch ihre Anfälle, wo sie krampfhaft weinten und sich zum Sterben hinzulegen drohten. Gerade wie Emma.

Aber alles wurde gut und schön. Einige bekamen gleich »den Einzigen, den sie auf der ganzen Welt lieben konnten«, und einige bekamen nicht gerade den, sondern andere tüchtige, nette Männer; und dann war es auch gut, denn seht, hier auf Erden findet man nur ab und zu ein Herz, das so schrecklich eigensinnig ist, keinen anderen als gerade den einen haben zu wollen.

Der Gutsbesitzer starb, und Mamsell Christine stand vor ihm und streichelte seine große, braune Hand, wenn niemand da war, so dass sie nicht im Wege stand; sie legte ihm ein Buch unter das Kinn und zwei Sechsstüberstücke auf die Augenlider, damit Mund und Augen sich nicht wieder öffnen sollten, und eine ordentlichere Leiche konnte man nicht sehen.

Aber die Zeit ging schnell dahin und schließlich starb auch »Großmutter«, und Mamsell Christine leitete still und leise alles im Hause und machte selbst Begräbniskonfekt. Und nur abends, wenn alles zur Ruhe war und nichts damit versäumt wurde, lag sie mit ihrem alten, grauen Haupte auf dem Kissen in ihrem eigenen Zimmer und beweinte ihre treueste Freundin bitterlich und unaufhaltsam.

Von da an hieß es wieder mit Wiegendecken, Badewasser und Zahnfieber beginnen. Diesmal bei Emma. Es war, als wäre Tante Christine in einem Kreise rund gegangen und begänne nun die andere Runde.

Und die Kinder nannten sie »Großmutter«.

Lange, lange schien es, als hätte der Sensenmann Tante Christine vergessen, die zuletzt sehr kraftlos und stumpf wurde. Vielleicht entzog sie sich seinen Blicken durch die Schutzmauer, die sie sich aus warmen, dankbaren, alten und jungen Herzen errichtet hatte. Doch so etwas pflegt nicht zu helfen, oh nein!

Da fasste er sie leise an und legte sie einige Tage vor der großen Reise auf ihr letztes Lager. Ich will nicht erzählen, wie es den Alten und den Jungen im Hause des Doktors dabei zumute war.

»Liebes Tantchen, hast du keinen besonderen Wunsch? Hast du mir gar nichts zu sagen?«, schluchzte Emma, die vor dem Bette auf den Knien lag.

»Ja, ja, liebes Kind; es ist etwas ganz Schreckliches, das mir lange schwer auf dem Herzen gelegen hat ...«

»Schreckliches! Fantasirst du, Tante?«

»Nein, Kind; aber an dem feinen Damastgedeck fehlen zwei Servietten. Ich habe selbst einmal aus Versehen beim Bügeln ein Loch hineingebrannt. Und ich wusste ja, wie viel du auf das Gedeck gibst. Verzeih' mir, Emma!«

»Oh Du Liebe, Gute! Hast du mir sonst nichts zu sagen?«

»Nein, mein Goldkind; jetzt fühle ich mich so frei, jetzt will ich schlafen ...«

Am Tage darauf hing ein weißes Laken vor Mamsell Christinens Fenster.

Herrn Eks neueste Eroberung

Die Familie hieß eigentlich anders und Tausende der schwedischen Leser würden den Namen wiedererkennen. Aber ich will nicht, dass jemand meinen kleinen Willi wiedererkennen soll. Darum nenne ich seinen Papa und seine Mama Herrn und Frau Ek.

Willichen war der Neunte, und Herrn Eks Stellung war derartig, dass das Stiefelversohlen sich nach Papas vierteljährlicher Gehaltszahlung richten musste – und die Zweistüberzwiebäcke im Brotkorbe gezählt wurden.

Unter solchen Umständen ist es die verfluchte Pflicht und Schuldigkeit des Neunten, ein kleiner, netter, fleißiger Knabe zu sein, der jeden Ostern versetzt wird und seine abgeschabte Jacke so in Acht nimmt, als wäre sie ein Krönungsmantel.

Aber es tut mir leid, gestehen zu müssen, dass Willichen sich eine äußerst unklare und falsche Vorstellung von seinen Pflichten als fünfter Knabe und neuntes Kind eines armen Papas machte. Er zerriss seine Anzüge zweimal wöchentlich und brauchte ein paar Jahre zu jeder Klasse, ganz als wenn er aus feiner Familie und der Fideikommisserbe eines großen, gemergelten und drainierten Stückes unseres Vaterlandes gewesen wäre. Dazu kamen noch verschiedene Katzenmorde und Fenster, in die Willichens Ball geflogen war, intimere Berührung mit diversen, frischgestrichenen Staketen, Äpfel, deren rechtmäßige Erlangung gartenbesitzende Nachbarn für zweifelhaft hielten, und drei kleinere Tapeziernägel auf dem Sitze des Schulkatheders.

Papa prügelte und Mama weinte, die Geschwister kratzten und die Köchin brüllte: »Fort mit dir, du verdammter Bengel!« Die Einzige, die immer »nett« war, war Tante Luise.

Tante Luise hatte ein dunkles Zimmerchen nach der Brandmauer hinaus, eine weiche, warme Hand für die heißen Tränen auf den runden Wangen, milde Worte für ein kleines betrübtes Herz, Nadel und Faden für kleinere Risse in der Jacke, und ein Fleckwasser, das ganz vorzüglich war. Und dann hatte sie stets etwas Gutes in der Kommode, und ein kleines Kapital, eine noch kleinere Pension und eine Fertigkeit, weißwollene Strümpfe auf Bestellung zu stricken, die es ihr bisweilen ermöglichte, Willichen ein Zwölfschillingstück oder gar zwei zu schenken.

Ich denke, nun wisst Ihr ungefähr, wie Tante Luise war, obgleich ich weder ihr Profil noch die Farbe ihrer Wimpern beschrieben habe. Ja, Ihr wisst es, besonders wenn ich hinzusetze, dass sie ein tiefes Misstrauen gegen die Fähigkeit der Lehrer, Willis Kenntnisse zu beurteilen, hatte und fand, dass *c* doch eigentlich gar kein schlechtes Zeugnis sei, denn auf der Rückseite stand ja: *c* bedeutet: *leidlich*.

Als Willi zwölf Jahre alt war, begann er Verse zu machen. Über Tante Luisens Geburtstag und über einen Knaben, der auf dem Eise eingebrochen war. Und dann über Karl den Zwölften. Tante war entzückt und Mama weinte wie gewöhnlich, obgleich Papa sich höhnisch darauf berief, dass das halbjährliche Zeugnis auch *c* in der schwedischen Sprache aufwies.

Doch Willi machte es gerade wie die Werdandisten heutzutage; er schrieb einfach im Schweiße seines Antlitzes weiter und setzte sich über alle väterliche Zucht und Kritik hinweg. Schrieb Verse und Prosa durcheinander und hatte mit 16 Jahren das Vergnügen, seine Frühlingsgedanken bei der sehr kleinen und wohlwollenden städtischen Zeitung anzubringen.

»Aus dem Jungen wird einmal etwas Großes!«, jubelte Tante Luise.

»Das ist er schon!«, sagte der Papa.

»Nun, es ist gut, dass du das wenigstens jetzt einsiehst«, erwiderte die Tante.

»Ja, ein sehr großer *Faulpelz* ist er, das lässt sich nicht leugnen«, meinte der Papa.

Schließlich waren die »Acht« zu nützlichen Menschen erzogen, zu Richtern, Kaufleuten, Studenten, Mantelschneiderinnen, Telefonistinnen – doch da der Neunte nicht »einschlagen« wollte, starben Mama und Papa ihm einfach weg und ließen ihn allein in der Welt. Allein mit Tante Luise.

Und die Alte tat weniger Zucker in den Kaffee und die Finger flogen schneller als je bei den Rändern und Fersen der weißwollenen Strümpfe, das kleine Kapital wurde ein bisschen angegriffen und so wurde Willi endlich Student.

Aber da hatte Mutter auch einen ganzen Kommodenauszug mit Gedichtmanuskripten und vieler unreifer poetischer Prosa.

Im Schauspielhause gab man eine Premiere. Ein zeitgemäßes Drama mit Gestalten aus dem gegenwärtigen Leben. »Schwedisches Original in fünf Akten.« Verfasser unbekannt. Neugierde und Erwartung. Misstrauen und Achselzucken.

Der Vorhang ging auf, der erste Akt begann. Die Einleitung war schwach und nicht gut erfunden. Man fing im Theater an, halblaut zu plaudern. Man besah sich Frau Hartmanns Frisur und Herrn Pettersons Kragen. Das Achselzucken nahm zu und über die Gesichter einer Anzahl verhungerter, verkannter Genies im Parterre, die zehn Jahre lang Schauspiele geschrieben hatten, ohne dass je ein einziges angenommen worden war, ergoss sich ein sonniges, überlegenes Lächeln.

Doch sie hatten sich zu früh gefreut, die armen, verkannten Genies. Es handelte sich nicht um ein Fiasko, nur die ersten Schritte des Novizen im Vorhofe des Tempels der heiligen Kunst waren etwas unsicher. Später erhielten die Gestalten Leben, der Dialog floss schnell und leicht, so pointiert, wie man ihn in ganz Schweden nur auf dieser Bühne hört, die Handlung spitzte sich zu, der Schluss des Aktes war besser als der Anfang, der Vorhang fiel unter Applaus.

Das wurde ein Triumph! Klar und scharf waren Rede und Gegenrede, das Publikum wurde hingerissen; die Künstler, die alten, den Stockholmern so teuren Lieblinge, fühlten mehr und mehr, dass sie hier eine ihrer würdige Aufgabe erhalten hatten; mit Lust und Leben gossen sie die Gedanken des Dichters in seine, den Stempel der Genialität tragende Formen; es waren Gestalten von Fleisch und Blut, die wie Menschen dachten und fühlten, wie wir im Leben fühlen. Keine Idealisierung, aber auch nicht die moderne Rohheit, welche die Koryphäen des Lazaretts und des Spinnhauses auf die Bühne bringt.

»Der Verfasser! Der Verfasser!«

Totenbleich und verwirrt, als wäre er wieder ein Kind und es handle sich nun um einen Ritt auf dem Zaune mit zerrissener Jacke, wankte – Willi Ek auf die Bühne, machte mit herabhängenden Armen eine ungeschickte Verbeugung und schlich nach der Kulisse zurück. Dann erinnerte er sich, dass man bei solchen Gelegenheiten die Hand aufs Herz zu legen und mit den Augen nach den Damen in den Logen zu himmeln pflegt; er kehrte wieder um und schlug sich mit gespreizten Fingern vor die Brust. Aber diesmal war er glühend rot.

Und das Publikum jauchzte wieder und immer wieder.

Dann stürmte er die Treppe zum ersten Range hinauf, um seine Loge aufzusuchen. Er musste dort etwas vergessen haben.

»Einige Freunde der einheimischen Schauspielkunst bitten sich die Ehre aus, Herrn Ek zu einem kleinen, improvisierten Souper bei Grand einladen zu dürfen!«

»Ich bin ... es tut mir sehr leid und ich bitte um Entschuldigung, aber ich bin schon versagt ...«

Und er stürmt weiter und ihm ist, als sei ihm das Herz viel zu groß für die breite Brust.

»Du musst wohl die Künstler, die deinem Werke den Erfolg gesichert haben, auf ein Gläschen einladen?«

»Später ... später ... ein andermal ... nun muss ich fort ... heute Abend habe ich mich versagt ... Gute Nacht!«

Er wird ungeduldig, wild und beginnt die, die ihm im Wege stehen, beiseite zu drängen.

»Heißa, alter Junge! Gratuliere aus vollstem Herzen! Nun sind wir hier, das ganze Quartett der alten ›Rolle‹ und nehmen dich im Triumph mit nach der Hamburger Börse zu einem Becher!«

»Dank Euch, Ihr Jungen, aber nicht heute Abend, nicht heute Abend! Mich erwartet jemand den ich am wenigstens von allen verfehlen möchte. Nehmt mir's nicht übel!«

»Ein kleines Herzchen, das den Triumph teilen will, was? Ha, ha, ha!«

Ohne zu antworten, stieß er sie beiseite.

Aber draußen sahen sie denn richtig, wie Freund Ek ein kleines, zierliches, sylphidenhaftes, weibliches Wesen behutsam in eine von Räcks besten Droschken hob und dann ging es fort.

Später, als die Nacht schon weiter vorgeschritten war, füllten sich die kleinen Zimmer des Restaurants. Das Gas schien trübe, und die Kellnerinnen begrüßten die ankommenden Gäste.

»Sonne meines Lebens, vergönnt mir einen Liter Cederlundspunsch, drei Gläser und einen halben Blick aus Euren schönen Augen!«, deklamierte lispelnd ein Mitglied des Quartetts, das Willi Ek vergebens zu der Abendkneiperei eingeladen hatte.

»Und sagt uns aus alter Anhänglichkeit, wer die beiden Turteltauben sind, die über dem Roederer und den Haselhühnern, die Ihr eben hineinbrachtet, girren sollen?«, fiel ein anderer der Gesellschaft ein und deutete auf die Tür eines der kleinen Zimmer.

»Darin? Ja, das soll der Herr sein, der das Stück geschrieben hat, was sie heute Abend im Schauspielhause gegeben haben, und dann ist da ... hi, hi, hi!«

»... eine schlanke Dame im Pelzmantel mit einem dicken Schleier vor dem holden Gesicht, was?«

»Stimmt. Aber das Lustigste ist ... hi, hi, hi ...«, kicherte die Hebe.

»Ist etwas besonders Lustiges mit der Dame los?«

»Ha, ha, ha! Ja, das ist nicht so ohne ...«

»Hört nun, Jungen, es wäre doch zu herrlich, ein halbes Auge auf Freund Willis neueste Eroberung zu werfen. Seien Sie so gut, Fräulein, und lassen Sie die Tür nach dem Korridor offen und wenn es auch nur ein ganz kleines Ritzchen ist, wenn Sie dem jungen Paare das Eis bringen!«

»Oh ja, da die Herren einander ja doch kennen, so ...«

Die Augen des zweiten Tenors funkelten vor ungeduldiger Neugierde, und er schlich sich leise in den Korridor. Aber als er zurückkam, war er bedeutend ernster gestimmt.

»Na-a-a?«

»Ich kenne die Dame nicht, aber ich glaube doch, dass ich weiß, wer sie ist. Wollt Ihr wie ich, Bursche, so lassen wir den Punsch zum Kuckuck fahren und machen lieber einen Gang durch den Königsgarten. Guten Abend, Fräulein!«

»Guten Abend! Na, sind die Herren nun sehr neidisch? Ha, ha, ha!«, lachte das Mädchen.

Drinnen vor einem leckeren Souper mit perlendem Champagner saßen Willi Ek und seine Dame. Sie waren vom Tische aufgestanden, hatten sich auf das Sofa gesetzt und flüsterten leise, ganz auf die gewöhnliche Weise, Ihr wisst ja. Willi presste sie an sich und sie verbarg das Haupt an seiner Brust. Sein Auge glänzte und seine Stimme zitterte.

»Du Liebe, Teure, die mir am nächsten auf der Welt steht. Dank dir dafür, dass du gut von mir dachtest, als mich die andern verhöhnten. Dank dir dafür, dass du meine Freude teilen wolltest, als sie endlich kam. Dank dafür, dass du meinem kindischen Einfall nachgabst und zum ersten Male in deinem Leben aus deinem stillen Heim da draußen auf dem Lande hierher kamst, um meinen Sieg zu feiern!«

»Mein lieber Willi«, jauchzte die kleine, schlanke Dame, schlang die Arme um seinen Hals und erhob ihr Gesicht zu dem seinen.

Schön war sie und ihre Augen strahlten vor Liebe.

Doch die Wangen waren welk und der Kopf grau, denn es war – Tante Luise.

Abendsonne

Es gab eine Zeit, da er stolz auf ihre edle, schlanke Gestalt war; eine Zeit, wo er innerlich über ihr wunderbar schönes Antlitz jubelte, das so schnell den Ausdruck wechseln konnte und in einigen, flüchtigen Minuten Zorn, Freude, Bewunderung, Liebe, Furcht und selige Hingebung wiederspiegelte.

Das war in jener Zeit gewesen, wo er glaubte, dass alles Das nach einigen Jahren der Strebsamkeit und der Entbehrung sein werden würde.

Dann kam eine andere Zeit, da er in langen Dezembernächten in seinem kleinen Zimmer im dritten Stock, wo er und seine Mutter in drei kleinen Stuben wohnten, auf und ab ging. Es war immer so düster in dem kleinen Zimmer aus Mangel an Sonnenschein und so kalt, weil Brennholz so teuer war, und er rang die Hände, verwünschte und beweinte diese Schönheit, die jetzt an einen anderen verkauft wurde, der sie mit klingendem Gold bezahlte. Ja, er weinte. Es geht die Sage unter unseren männlichen Freunden und den unverheirateten Frauen, dass wir Männer nicht weinen können, weil es niemand gesehen hat. Doch wenn die ersten Nachtfröste auf des Lebens Illusionen fallen; wenn uns aus einem Schreibtischfach ein alter, liebevoller Brief mit unsicheren Schriftzügen entgegenfällt, der uns vom Vater oder der Mutter grüßt, die schon im Grabe schlummern; wenn wir unseres Erstgeborenen Geschrei hören, und oft auch aus anderen Gründen fließen die warmen Quellen der Augen auch bei uns. Aber, weil wir nicht wie die Frauen uns für die glitzernden Tropfen etwas kaufen können, was wir für unser Leben gern hätten, so verbergen wir sie und erröten, wenn wir dabei überrascht werden.

Er war ein armer Literat, der Unterricht in der Buchführung gab, ein »Handelslehrer«, wenn man sich fein ausdrücken will, und der alte Baron hatte ihn überboten.

Es geht so zu auf dem Ehestandsmarkte, auf dem Tattersall, wo man sich an zartem Jungfrauenfleisch freut.

»Zwanzigjähriges Mädchen. Kaukasische Rasse. Gute Figur und ehrenwerte Eltern. Tadelloser Ruf und gesunde Zähne. Schöne Augen und langes, eigenes Haar. Pensionsbildung und Grübchen in den Wangen. Fromm und sittsam und wird sich nicht gegen ihren Herrn auflehnen. Wer bietet?«

Der junge Fredrikson bot sich selbst und sein ganzes Leben, sein junges Herz und seine warme Liebe. Sie sollte ihm alles sein und er wollte sie auf Händen tragen. – Anna war mit dem Angebot zufrieden und wollte schon zuschlagen. Ihr kleines, warmes Herz schlug schon: »Zum Ersten – zum Zweiten – Niemand mehr?« – Aber Papa und Mama fanden Herrn Fredriksons Wert ungenügend und meinten, es sei zu schwer, etwas daraus zu machen. So ließen sie ihre Tochter noch einmal ausbieten und führten sie auf Bälle, Abendgesellschaften und Liebhabertheater. Sie war ja Primaware, da musste doch ein neues Angebot erfolgen.

Da hatte denn der alte Baron mehr geboten; er bot Wollmarsholm mit der ganzen Einrichtung; seine alten, guten Aktien und seine großen, hellen, mit Kunstwerken gefüllten Räume. Sie sollte seine prächtigste Büste, sein feinster Studienkopf sein, und er wollte sie im seidengepolsterten Landauer mit dunkelbraunen Hannoveranern davor fahren. Das kleine, wachsgelbe Skelett in der linken Wagenecke musste sie mit in Kauf nehmen; sie brauchte es ja nicht weiter zu taxieren, wenn sie nicht wollte, die Kaufsumme würde ja doch reichen.

Und sie reichte. – Natürlich sagte Anna: »Nein!« Aber freundlich und mild wurde ihr gesagt, dass sie nicht wisse, was zu ihrem Besten sei. Das half nicht. – Nun wurde sie gefragt, ob sie ihre liebevollen Eltern durch Kummer in ein frühes Grab bringen wollte. –

Anna fragte, ob sie *sie* ins Grab bringen wollten.

Aber Papa sei ruiniert.

So müsse er Konkurs machen. Er habe einen Wechsel in der Bank mit Kaufmann Eks und Direktor Bovalls Namen.

Und was macht das?

Aber Ek und Bovall hätten – hätten nicht – ihre Namen – darauf selbst – geschrieben. In seiner großen Not hätte Papa – er hätte – Herr Gott! – wollte denn Anna ihren eigenen Vater im Zuchthause sehen?

Nein, das wollte sie nicht, und so fiel der Hammer nieder. Das Auktionsprotokoll wurde aufgesetzt und sie wurde von der Kanzel herab aufgeboten. Aber in der Kirche wurde der Handel eine »christliche Eheschließung« genannt.

Damals wanderte der junge Fredrikson droben in dem kleinen Zimmer mit der sparsamen Sonne und der knappen Feuerung umher und verblutete beinahe innerlich vor Kummer darüber, dass Anna nicht ebenso hässlich war wie er. Er würde sie doch ebenso heiß und innig geliebt haben, das fühlte er jetzt, und dann hätte der alte Baron gewiss nicht geboten. Er würde sich weniger gegrämt haben, hätte er gewusst, wie alles zusammenhing; aber er glaubte, Anna hätte selbst gewogen und das, was er ihr bieten konnte, zu leicht befunden.

Einmal trafen sie sich zufällig auf dem kleinen Eichenhügel vor der Stadt, und Anna wankte auf ihn zu, um an seinem treuen, wunden Herzen ihm alles zu sagen. Doch er hielt sie zurück, und seine Stimme bebte vor Schmerz und Bitterkeit.

»Nicht so, Anna. Er hat dich gekauft, wie du gehst und stehst. Betrüge ihn nicht auch!« – So schieden sie.

Es ist nicht so schwer, wie man glaubt, einander in Freud und Leid zu lieben. Kommt auch die äußere Not mit knapper Nahrung und dem Jammer des Krankenlagers, mit den Demütigungen der Welt und blankgescheuerten Rockärmeln, so ist sie eben nur äußerlich. Aber die Lust gehört dem Innern und die Freude darüber, dass die Herzen in warmem, harmonischem Takt gegeneinander schlagen, kann das Leid nicht zerstören.

Aber liegt unsere Lebensfreude in äußerlichen Gütern und unser Leid in der unbefriedigten Sehnsucht des Herzens, da wird der Trauschein zur Lüge und die Ehe zum Fluch.

So kam es. Der Baron wurde immer kränklicher und gelber; der jungen Baronin erschien jeder Monat wie ein Jahr. Die schönen Augen sanken immer tiefer unter der hohen, finster zusammengezogenen Stirn ein, und ihr trockner, anhaltender Husten machte dem Hausarzt Sorge. Ihr Leben war so leer, so inhaltlos und versteinert, dass sie oft dachte, sie würde eine bittere Wollust, eine Art schmerzlicher Zerstreuung daran finden, wenn ihr Mann sie geradezu schlecht behandelte. Aber er war viel zu kümmerlich, um sie ordentlich zu quälen, er war zu schwach, um etwas anderes als Zynismus und Egoismus zu zeigen, und als er auch dazu nicht länger imstande war, stieg er, gelb und stumm, in voller Uniform und kinderlos in die Familiengruft, nachdem er vorher bestimmt hatte, dass die Freiherrin ihren festen Wohnsitz auf Wollmarsholm behalten solle, so lange sie seinen Namen trüge. – Das war eine prächtige Bestimmung, um junge, wohlgekleidete Tröster männlichen Geschlechts von der jungen Witwe fern zu halten.

Der Husten wurde schlimmer. Der Hausarzt murmelte etwas Allgemeines über milderes Klima und der Spezialist in Stockholm sprach von der Riviera. Aber die Freiherrin reiste nicht, sie schwand mehr und mehr dahin und versank beinahe in Leichenstarre. Wäre der Gedanke nicht so verrückt gewesen, so hätte man glauben können, dass sie sich in Gram um den Baron verzehre.

Eines Tages ließ sie anspannen und fuhr zur Stadt. Nicht nach einem Modebazar, denn sie trug noch Trauer, nicht zu Papa und Mama, denn die waren tot; nein, nach einem alten, verfallenen, düsteren, dreistöckigen Hause in einer Seitenstraße, wo die freiherrliche Equipage unter der neugierigen, barfüßigen Jugend großes Aufsehen erregte. Zwei Treppen hinauf! Oh, wie es in der kranken Brust brannte und stach! Manchmal stand sie still, legte die Hand aufs Herz und trocknete sich die feuchte Stirn mit einem Spitzentuche ab. Schließlich las sie an einer rissigen Tür:

Johann Fredrikson
Handelslehrer

Er war in diesen Jahren nicht im Wohlstande gestiegen und nicht mit der Wohnung heruntergezogen. Vielleicht würde er es nie dahin gebracht haben, vielleicht hatte ihm nur ein Zweck gefehlt, für den er streben musste, und dessen Mangel ihn nun hier festgehalten hatte. Die Tür ging auf und da saß er am Schreibtisch, ein wenig gebeugt und grau an den Schläfen. Nun in seinen Freistunden trug er eine schäbige, schwarze Sommerjoppe. Er wandte sich hastig um und hielt sich am Korbstuhl fest. Die Schläfe klopften und die Pulse flogen. Röte und Blässe wechselten auf seinem Antlitz. Schließlich erhob er sich.

»Frau Baronin, was ...«
»Johann!«

So erfuhr er denn endlich alles, erfuhr, um welchen Preis ihr beiderseitiges Leben zerstört war; und demütig, reuevoll, niedergeschmettert bat er ihr jeden bitteren Gedanken der letzten Jahre ab. Durch die abgebrochenen Worte brach die nie erloschene Liebe hervor wie der Fluss im Mai, wenn die Sonne lacht und die Eisdecke bricht. Und sie erzählte ihm, dass sie unheilbar krank sei und nicht mehr lange leben könne, wenn sie nicht auf immer fortgehe von unseren kühlen Tagen und kalten Wintern, unserem Nordwind und unserem Eisgang. Aber sie wolle nicht reisen, was solle sie auch in der Fremde anfangen, sie wolle hier sterben. Plötzlich blitzte es in den dunklen Augen, sie richtete sich auf, und die Gestalt erschien wie ein Schatten in ihrer früheren Weichheit und Anmut. Sie blickte ihn an, als wolle sie ihm gerade ins Herz sehen.

»Johann, lass mich dein Weib sein für die kurze Zeit, die ich noch zu leben habe. Deine Anna bittet dich darum!«

Er wankte und fuhr mit beiden Händen über das Gesicht. »Du redest irre, mein Lieb. Du, an ein reiches, bequemes Leben gewöhnt, dabei krank und der sorgfältigsten Pflege bedürftig! Und ich – so arm, so arm! Nein, Anna, sei barmherzig, zerstöre die grausame, betörende Glut, die dein Wort in meiner Seele weckte!«

Doch sie schlang die Arme um seinen Hals, ihr braunes, feuchtes Haar fiel über seine gefurchte Stirn, ihr heißer Atem liebkoste seine Wange und sie nannte ihn »Bräutigam!« –

Der Parkettfußboden in Wollmarsholm brannte unter ihren Füßen, das dicke, schwarze Seidenkleid schien sie tot zu drücken. Mit schnellen Schritten suchte sie in der Garderobe umher, bis sie die einfacheren, alten Kleider fand, die sie als junges Mädchen getragen hatte. Da ist noch ein perlgraues mit Plüsch, und im Halsausschnitt sitzt noch die Krause. Die Trauer wird abgelegt! Das Trauerjahr ist zu Ende. Die Herrin auf Wollmarsholm, »nur so lange sie seinen Namen trüge«, wollte nicht einen Tag länger auch nur einen Faden tragen, den der da unten in der Familiengruft ihr gegeben hatte. Nichts, was an das Kaufgeld erinnerte, sollte ihr in das kleine Heim zwei Treppen hoch in der Stadt folgen. Die Kleidertaille musste viel enger genäht werden. Sie war nicht mehr dieselbe, die volle, blühende Anna, wie auf dem Balle, den sie zum ersten Mal besuchte und wo sie mit ihm tanzte. Aber das machte nichts. Er würde es nicht sehen! – Die Haushälterin wollte ihr helfen. »Nein, danke, es ist ein Vergnügen, es selbst zu tun.«

»Werden Frau Baronin verreisen?«

»Ja, in einer Stunde.«

»Darf man fragen, ob Frau Baronin lange fort bleiben?«

»Ja, ich komme nie, nie wieder.«

»Herr Gott, so wäre es ja wahr, was der Inspektor sagte, dass Frau Baronin nach den warmen Ländern ziehen würden?«

»Ja, in ein sehr warmes, sonniges Land, Mamsell Liese!«

Dann kam Johann in einem in der Stadt gemieteten Einspänner und holte sie ab. Sie sollte während des Aufgebotes bei ihm und seiner Mutter wohnen. Sie hatten so lange aufeinander gewartet, sie konnten sich auch nicht für eine einzige Stunde trennen. Als sie unten in den Hausflur kamen, umfasste er die zarte, überschlanke Gestalt mit beiden Armen. »So nun halte dich an meinem Halse fest, Anna, die Treppen sind zu viel für deine Brust!«

Oben in der offenen Tür stand seine alte Mutter in einer frisch geplätteten, weißen Haube. Die kleine Braut ging aus einem Arm in den anderen und durfte kaum ihren Fuß auf die dürftigen Teppiche setzen, die den unebenen Fußboden bedeckten. Es roch nach Scheuerluft und frisch gebranntem Kaffee. Beides nicht gut für Brustkranke; aber Anna hustete weniger als seit langer Zeit. Sie umarmte die beiden Lieben auf einmal und flüsterte: »Oh, wie herrlich, hierher zu kommen und bei Euch in Frieden zu sterben!« Johann fuhr zusammen: »Anna, mein Lieb, sprich nicht so! Es geht zum Frühling, und Leben sprießt aus jedem Halm; sollte Gott da so grausam sein und uns auseinander reißen! Ich lasse dich nicht, ich werde selbst mit Gott um dich kämpfen!« –

Die Alte legte die Hand mild auf seine Schulter: »Still, Johann. Stürme nicht so! Aber danke dem Himmel für jede Stunde, die du sie besitzest, und lass uns zu Gott beten, dass es deren mehr sein mögen, als wir zu hoffen wagen!«

Auf dem polierten Tannentisch prangte Frau Fredriksons beste, gelbe Kaffeekanne, das Feuer flackerte lebenslustig in den dürren Birkenreisern, so dass die buckeligen Eisentüren des Kachelofens klapperten; frische, im Ofen gebackene Kringel thronten in dem stattlichen, bemalten Korbe von Eisenblech, und es begann um die drei zu dämmern. Anna wurde müde, und auf seinen starken Armen trug Johann sie in die Sofaecke. Dort lag sie still und blickte ihn mit großen, dunklen, glänzenden Augen an, bis sie in einen leichten Schlummer fiel, den liebevolle Blicke bewachten. Im Schlafe zeichneten sich die mageren

Backenknochen so scharf ab, die starke, abgegrenzte Röte, womit die Schwindsucht so oft ihre Opfer schmückt, trat so erschreckend deutlich hervor; die Adern lagen so blau und abgezeichnet auf der kleinen Hand, und man sah, wie sich die Brust unter dem perlgrauen Kleide mühsam hob und senkte.

Fredrikson wandte sich zu seiner alten Mutter; eine stumme Frage lag in seinem Antlitz. Die Mutter schwieg und beugte sich tiefer auf ihren Strickstrumpf, damit er nicht sehen sollte, dass Tränen ihre Augen füllten.

»Glaubst du nicht, Mutter, dass sie jetzt ein wenig stärker aussieht? Es scheint so, Mutter, meinst du es nicht auch?«

»Ja, lieber Johann!«

»Man hört so oft, dass die Ärzte sich irren und die geringste Brustaffektion gleich für Schwindsucht halten.«

»Ja, Johann, das hört man oft.«

»Nein, sieh nur Mutter, wie ihr liebes Gesicht strahlt! Nun sieht sie nicht aus, als sei sie sehr krank.«

»Das macht die Abendsonne, Johann!«

Reue

Sie hatten sich erzürnt. Diese zwei, die mit der brennenden Sehnsucht ihres ganzen Herzens Monate und Jahre lang auf den Tag gewartet hatten, an dem endlich, endlich die Tür ihres eigenen, kleinen Heims sich hinter einem überglücklichen Paare schließen und sie von allem Kummer der Außenwelt trennen würde. Diese zwei, die sich über alles liebten, die dachten, dass, wenn sie erst vereint wären, jede Minute, die der Zwang des Lebens sie trenne, gleichsam ein Mehltau für die Blüten ihres Herzens sein würde. Gerade diese beiden hatten nun mit zornig gerunzelter Stirn harte Worte gesprochen; die Stimme hatte gebebt, die Worte waren zuerst furchtsam und zagend herausgekommen, aber nachher, nachher hatten die Worte einen scharfen, harten Klang angenommen, als wüssten sie recht gut, wie tief sie in die Fibern des Herzens schnitten. In das Herz des andern, in das Herz, über dessen Besitz man einst so selig jubelte, dass man bedauerte, nicht die ganze Welt vor Freude umarmen zu können. Was hatte er doch einmal gesagt? Da drinnen im kleinen, blauen Kabinett zu Hause bei Papa und Mama in der Dämmerstunde, bevor man die Lampe anzündete und die kleinen Geschwister mit ihren Schlittschuhen vom Eise kamen, damals hatte er es gesagt. »Weh' dem, der diese milden, geliebten Augen durch Kummer trübt!« Und als er einmal während der Verlobungszeit finster und aufgeregt über etwas, was ihm im Amte vorgekommen war, heimkam, da hatte sie gesagt, ihre Liebe würde einen königlichen Teppich, durchwebt mit den Rosen der Zärtlichkeit, unter seine Füße breiten, damit der Geliebte keinen Stein auf seinem Lebenswege fühle. Das war ein wenig schwülstig und gedrechselt, aber ach, sie meinte es damals aufrichtig so.

Und nun fiel die Tür wieder zwischen den beiden zu, und die scharfen Widerhaken der Worte bohrten sich tief in die Seele. Am Abende schlummerten sie ein, ohne dass sie wie gewöhnlich gesagt hatte: »Gute Nacht, Liebster!«, ohne dass er erwidert hatte: »Schlaf gut, meine Kleine!«, mit einer Stimme so weich und zärtlich, als wolle er sie selbst auf seinen starken Armen in den Schlaf wiegen.

Ha! – was war das? Was war denn geschehen, dass er nie wieder hier auf Erden froh werden konnte? Was hatte Leib und Seele gebrochen? Oh – er besann sich einen Augenblick nach des Schlummers Verwirrung. Das Grässliche, das Unerhörte stand klar vor ihm und durchfuhr mit Blitzesschärfe seine Seele. »*Sie war fort!*« Draußen im Saale lag sie, bleich und kalt. Blaue Flecke lagen unter den Augen und schmale, wachsfarbene Finger ruhten auf der Decke. Es war so erschreckend, so unheimlich schnell gekommen. Eine Erkältung – Lungenentzündung – ein Arzt, zwei – drei Ärzte – Tränen – Verzweiflung – Laufen auf den Treppen – ihre alten, zitternden Eltern auf den Knien am Bette – ihre Pensionsfreundin mit dem Taschentuche vor den Augen im Nebenzimmer – Schweigen – Ende. –

Oh, er sah es so deutlich, so deutlich!

Sie waren ja übereingekommen, dass sie nicht ohne einander leben könnten; wenn der eine fortginge, dürfe der andre ihn nicht lange warten lassen. Sie hatten es sich Auge in Auge, Mund auf Mund zugeflüstert. Warum lebte er denn noch? Wie konnte sein Blick das Licht sehen, wie konnte das Blut in seinen Adern fließen, wie konnte sein Herz schlagen, da das ihre stillstand? Oh – Aber was waren das für schwarze Spukgestalten, die aus der Vergangenheit auftauchten. Ihr, die Ihr so unheimlich aussehet, seid Ihr Erinnerungen? Hatten sie sich erzürnt? Hatten sie, die sich so unbeschreiblich liebten, einander bittere

Worte gesagt? Es war ja nicht möglich. Er verbarg vor Scham das Gesicht in den Händen, als er sich erinnerte, dass es wahr war, und zum ersten Male seit – seit dem Schrecklichen lösten sich seine Tränen.

Und warum hatten sie sich erzürnt? Wie er sich selbst hasste! Ach, als er sich erinnerte, wie geringfügig, wie schrecklich unbedeutend, wie verschwindend winzig die Ursache gewesen war, glaubte er wahnsinnig werden zu müssen. Er wollte es ihr ehrlich gestehen – ach – er konnte ihr ja nichts, nichts mehr sagen.

Wohin sollte er fliehen? Wohin er ging, stand er in einem Kugelregen der Erinnerung, die einst so süß war, nun aber, wie sie vor seinem Blicke lag, ihn bis aufs Blut peinigte. Auf der Sofalehne hatten sie zusammen Zephirwolle und Seide ausgewählt, als sie eines Abends nach Hause kamen. Sie saß auf seinem Knie, sortierte die Farben und hielt sie gegen die Lampe und er küsste sie mitten durch die braunen Fäden. Die jungfräulich weißen Gardinen in der guten Stube waren frisch geplättet. Es war ihre letzte Arbeit hienieden gewesen. Nun wehten sie in der Zugluft von der Luftscheibe und neigten sich neugierig gegen die Tür zum Speisezimmer, als wollten sie sagen: »Wache doch noch einmal wieder auf, kleine Frau!« Auf dem Schreibtische sah es aus wie gewöhnlich. Konvulsivisch ergriff er einen »Auszug aus der Rentamtverwaltung« und blätterte nervös bis Seite 71. Er zitterte wie im Fieberschauer. War es denn möglich? Gerade auf der Seite war er gewesen, als sie ins Zimmer eilte, die runden Arme um seinen Hals, ihre glühende Wange an sein bärtiges, hässliches Gesicht legte und schluchzte: »Gustav, Gustav, die ganze Wäsche ist verdorben.« Ungeduldig hatte er sich damals aus ihrer Umarmung losgemacht und ein wenig vorwurfsvoll gesagt: »Aber, liebste Kleine, du siehst doch, dass ich arbeite!« Ach nun würde er seiner Seele Seligkeit geben, wenn sie ihn noch ein einziges Mal so stören könnte. –

Doch nun störte sie ihn nicht. Bleich und still lag sie auf ihrem weißen Bett im Saale und würde ihn nie, nie wieder am Arbeiten hindern.

Da stand ihr kleiner Lehnstuhl mit der Fußbank davor, und das Kissen auf seiner Lehne flüsterte: »Kommst du nicht mehr, kleine Elfe? Küssest du mich nicht mehr, kleine, goldene Locke?« – Da stand die Kommode, die sie schon als Mädchen gehabt hatte. Er zog die Schubladen auf, als sei es Kirchensilber und er ein nächtlicher Räuber. Eine blaugelbe Rosette um ihre Nadel gewickelt. 18. 3. 1875. Im Kotillon auf dem Gildeball hatte sie sie von ihm selbst bekommen. Oh, der Abend: Er schloss die Augen und sah eine kleine, lichte Elfe mit blonden Locken und gelben Schuhen. Sie schwebte in einer Wolke von Gaze und Spitzen, und sie war eine schimmernde, lächelnde Fee, die alles um sich herum froh machte. Doch wurde ein ernstes Wort gesprochen, dann blickten ihre großen, blauen Augen so tief, ach so tief. War es denn wirklich möglich, dass der kleine Aschenbrödelfuß nun kalt und steif war! Sollten sich die blauen Augen wirklich nie wieder öffnen!

Seine Briefe!

»– Die Tapeten darin sind blau mit kleinen, goldenen Sternen. Es wäre so nett gewesen, wenn du sie selbst hättest auswählen können, mein Liebling; doch ich glaube, dass ich deinen Geschmack zur Genüge kenne. Ach käme doch erst der Tag, wo ich mit dir im Arm die kleine, enge Treppe hinaufstürme und dich drinnen niedersetze und dir ins Ohr flüstere: ›Nun bist du mein, ganz mein, für Zeit und Ew- -‹«

»Sieben Tage, drei Stunden und sechs Sekunden dauert es nun noch, bis ich dich, mein süßer Liebling, treffe; das heißt, wenn ich meine verzehrende Sehnsucht überlebe.« – – –

Da, das Papier trug ihre eigenen Züge. »Meines Gustavs Lieblingsgerichte« stand da oben auf der Seite in ihrer ausgeprägten, zierlichen Handschrift. – Da lag ihr Brauttaschentuch in seinem Futteral. – Da lag die Blume von Wenersholm, die er ihr gegeben hatte, als sie zum ersten Male schieden und nur das Herz, nicht der Mund gesprochen hatte. – Ihn, immer ihn hatte sie im Herzen und im Sinne getragen. Aber nun hatte das müde Köpfchen ausgedacht und das kleine, warme Herz stand still. Nun lag sie draußen im Saale mit der bleichen Wange auf den Spitzen des Lakens, und der breite, goldene Ring auf dem wachsbleichen Finger funkelte in der Herbstsonne.

Hätte er nur mit Blut und Tränen eine einzige Minute der Stunden zurückkaufen können, in denen sie allein an dem kleinen Tische saß, den Kopf über eine Näharbeit oder die Blätter eines Buches gebeugt, nachdem er sie mit einem lieblosen Worte verlassen. Eine einzige Minute! Es war, als würde ihm die Kehle zusammengeschnürt, als risse man ihm das Herz mit glühenden Zangen aus der Brust. Er wollte ihren Namen rufen, er wollte seine Verzweiflung ausschreien, aber eine Betäubung legte sich über seine Sinne, und er erwachte nicht eher zum Bewusstsein, als bis das allerletzte, unabwendbare Scheiden durch der Kirchenglocken unbarmherzigen Klang verkündet wurde. – – –

Es war die Uhr im Nebenzimmer, die acht schlug. Zugleich fühlte er etwas Feuchtes und Warmes, aber unsagbar Weiches seine Wange liebkosen. Ein Paar lebenswarme, schwellende Arme schlangen sich um seinen Hals, und er sah zwei bittende, blaue Augen, welche die seinen suchten, und hörte zwei rote Lippen lebens- und liebevoll ihr zärtlichstes: »Vergib!«, flüstern.

Der alte Ajax

Seine Augen blitzten stolz, sein Haar war schwarz wie die Nacht und dabei glänzend wie Bronze; hoch trug er die Stirn, edel war sein Gang, sein Sinn war der eines wohlerzogenen Kindes, sein Name Ajax, und er selbst rechtes Kutschpferd bei Gutsbesitzer Larsson auf Klinthamra. Gutsbesitzer Larsson war ein Tierfreund. Lange bevor die menschliche Behandlung unserer stummen Brüder vom ökonomischen Standpunkt aus anerkannt wurde, behandelte man auf Klinthamra alle Tiere wie Freunde, doch Ajax wie ein Kind, ein Kind, das der Stolz der ganzen Familie war. Und einmal, als er noch sehr klein war, hatte Karlchen ihn mit in den Esssaal genommen, wo seine kleinen Hufe große, hässliche Furchen in den weißen Tannenfußboden machten, aber Mama Larssons fleischige Hand hatte ihm doch liebevoll die schwarze Mähne gestreichelt. Und später, als Ajax vier Jahre alt wurde, und die klaren Wintertage kamen, da fuhren vier Schlitten auf einmal unter betäubendem Schellenklang vor der Terrasse vor, um die ganze Familie aufs Nachbargut zu fahren; da standen die Kinder mit klopfendem Herzen – gerade so wie die großen Kinder, wenn eine Generaldirektorstelle besetzt werden soll – und warteten mit Spannung ab, wer den Ehrenplatz an Papas Seite in »Ajaxens Schlitten« bekommen würde.

Er war ein alter, echter, vollblütiger Orientale von der jetzt beiseite geschobenen Flyingerrasse, die Schweden die besten Pferde geschenkt hat. Keine unnötig »schwere Ware«. Die Kraft war bei ihm konzentriert wie bei einem Blitz oder einem Sonnenstrahl. Wenn er über die schneebedeckte Heide dahintanzte, sah man in der ganzen edlen Gestalt nicht eine Muskel, nicht eine Unze Fleisch, die nicht folgerecht, elegant und harmonisch mit daran arbeitete, Ajax zum Ziele zu bringen.

So waren die alten Freunde von Flyingen, die ein Norling bewunderte, aber die jetzt unseren höchst aufgeklärten, hippologischen Kennern nicht mehr gut genug sind.

Ajax war es, der Karlchen reiten lehrte. Gehorsam ließ er sich in der Koppel von der kleinen, schwachen, ungeschickten Kinderhand zum nächsten Erdhügel führen, machte sich so klein, dass der Freund auf seinen breiten Rücken klettern konnte, und dann ging es fort, über Stock und Stein, ohne Sporn und Zügel. In der ersten Zeit konnte es vorkommen, dass Ajax mitten in der Fahrt eine plötzliche Erleichterung spürte, und wenn er dann stillstand und sich umwandte, lag der Reiter rücklings im Grase. Da senkte Ajax seine schwarzen Nüstern auf die Wange des Kleinen, wieherte ein leises »es war nicht so bös gemeint«, und das Spiel begann von Neuem, bis es in der ganzen Gegend keine Hecke, kein Geländer, keinen Zaun mehr gab, über die die beiden nicht setzten.

Papa Larsson war nicht besonders von diesen Übungen erbaut, denn seit die Einhegungen für Ajax nicht mehr vorhanden waren, konnte man ihn ja nicht mehr in die Koppel schleppen. Aber die beiden Jungen – das Pferdekind und das Menschenkind – flogen mit jedem Tage verwegener dahin, Karlchen schrie: »Hei hopp!«, wenn sie mitten in der Luft über dem Hindernis schwebten, und Ajax wieherte »alles gut«, wenn er wieder festen Boden unter den Füßen fühlte.

Karlchen wuchs auf, las fleißig in seinen Büchern und wurde Student. Ajax wurde alt und fett und ließ Zäune und Einfriedigungen in Ruhe. In den Ferien, als die beiden Freunde zusammentrafen, machte man nur noch hin und wieder einen soliden Spazierritt auf ebenem Wege. Doch manchmal klopfte der junge Kandidat sein Leibross auf den Hals und sagte: »Hei, alter Junge, wir beide würden doch wohl noch ein Hindernis nehmen können?«, und Ajax wieherte zustimmend, aber sie wagten es nicht, wenn es galt.

Dann kam der Sturm, der das Haus umriss. Papa Larsson starb, und alles, alles musste verkauft werden, um die Gläubiger zu befriedigen. Es reichte doch nur so knapp. Die älteren Brüder besorgten den geschäftlichen Teil bei der Zerstückelung des alten Heims unter dem Hammer des Auktionators, und als Karl als neugebackener Lehrer in die Heimat kam, die Brüder traf und sie nach der alten, goldenen Uhr des Vaters fragte, antworteten sie mit finsterem Stirnrunzeln:

»Verkauft.«

»Und der alte Ajax?«

»Natürlich auch verkauft.«

Lehrer Karl seufzte und versuchte zu erfragen, wohin der alte Freund gekommen war, aber das war unmöglich, denn Ajax war schon durch mehrere Hände gegangen und konnte nicht mehr aufgespürt werden.

Und Lehrer Karl wurde Extraordinarius am Gymnasium der Kreisstadt und hatte es gut; er wurde fest angestellt und wurde feiner, bewegte sich in der Gesellschaft, wurde eine gute Partie und Gegenstand des unverhülltesten Wohlwollens vonseiten der Töchter und der Mütter. Er hätte sich im Umsehen recht gut verheiraten können, wenn er nur sein Herz hätte zur Raison bringen können. Doch die Brust hatte sich geweitet, die Lungen waren gewachsen und das Herz in den frischen Knabenjahren auf dem Rücken des alten Ajax so groß geworden, dass er, Gymnasiallehrer Larsson, kein gewöhnliches, modernes, vertrocknetes Junggesellenherz besaß. Sein Herz klopfte stolz und unbändig und war sich darüber klar, dass, wenn nicht das Herz der Tochter des Kavallerieobersten mit ihm im selben Takt klopfen wollte, so würde er einsam bleiben.

Und das sagte er dem jungen Fräulein selbst, und sie betrachtete seine schöne Figur und seinen Leutnantsschnurrbart, und hielt ihn durchaus nicht für so verrückt, wie Gymnasiallehrer Karl anfangs befürchtet hatte. Und als sie ein bisschen über die Sache nachgedacht hatte, sagte sie ihm, dass, wenn sie nicht bald Frau Larsson heißen dürfe, so müsse ihr Papa, der Oberst, schleunigst einen Platz für sie in der Klangensköld'schen Familiengruft zurecht machen lassen.

Aber der Oberst war Aristokrat und wusste außerdem, dass, wenn er seinen Abschied vom Felddienste hienieden nahm, Fräulein Agda ihre sicheren Hunderttausend in gangbaren Münzsorten und sicheren Papieren haben würde. Außerdem war er ein Militärwurm, sah nur einen Kavallerieoffizier für einen ganzen, einen Artilleristen für einen dreiviertel und einen Infanterieleutnant für einen halben, einen Gymnasiallehrer aber für gar keinen Menschen an. Als nun ein solches Geschöpf kam und seine Agda haben wollte, statt des gräflichen Rittmeisters, den er sich als Schwiegersohn erträumt hatte, machte der alte Klangensköld ein Gesicht, als hätte man ihm vorgeschlagen, ein spatlahmes Füllen zu kaufen oder sein Leibross, seine eigene Karutschka, mit der Wassertrense zur Parade zu reiten.

Und die beiden Jungen trauerten, wie man im Frühlinge des Lebens trauert, wenn ein unerwarteter Nachtfrost auf den Rosengarten des Herzens fällt.

Draußen auf der Villa des Kommerzienrates, dicht an der Stadt, war ein Fest. Man tanzte im Salon, spielte Reifen auf dem Rasenplatz und schwärmte im Parke umher. Die ganze Jugend aus der Stadt war gebeten, Oberstens und Doktor Larsson ebenfalls. Am Rasenplatze führte die Landstraße vorbei, und plötzlich wurde der allgemeine Jubel von rohen Flüchen und sausenden Peitschenhieben unterbrochen. Man blickte auf den Weg hinaus, und dort stand ein schmutziger Heringsfahrer neben seinem hässlichen, stinkenden Wagen und ausgemergelten Pferde und schlug es, um es anzutreiben. Es war ein alter, schwarzer, zottiger Gaul, dessen Knochen gen Himmel zeigten. Im Nu tanzten Doktor Larssons flinke Hände einen munteren Hopser auf des Heringskommissionsrats aufgeschwemmten Wangen, und er hielt ihm in scharfen Worten die Unmenschlichkeit vor, ein armes, kraftloses, überanstrengtes Tier noch zu peinigen.

Doch plötzlich hielt der Doktor mit der Exekution auf; er erbleichte, wurde still, schritt vorwärts und betrachtete den Gaul. Richtig! Der Halswirbel war derselbe, ebenso die beiden helleren Ränder am linken Vorderhuf, und der weiße Stern an der linken Stirnseite auch. Das war er, trotz der Erniedrigung!

Das war Ajax!

Der Doktor kam nicht zur Gesellschaft zurück. Mit Erstaunen sah man ihn das alte Tier abspannen, und ohne Überzieher und ohne sich zu verabschieden, sich in Gesellschaft des Heringsfahrers und dessen Wagens in der Richtung der Stadt entfernen.

»Welcher Fantast! Sie werden sehen, dass er den Bauer zur Bestrafung zur Polizei führt«, sagten die jungen Herren.

»Das wäre wahrhaftig nicht so übel von einem Schulfuchs«, murmelte der alte Oberst und drehte seinen grauen Schnurrbart.

Draußen vor der Stadt lag ein Wald, in dessen nahegelegenen Teilen die Stadtbewohner zu spazieren pflegten, wenn es auf den Straßen zu heiß wurde. Es war am Tage nach dem Feste des Kommerzienrates. In einer Lichtung standen Doktor Larsson und der alte Ajax, die früheren Spielkameraden! Das Leben hatte beiden Prüfungen gebracht, aber für Ajax sollten diese bald zu Ende sein, denn nun hatten die Männer dahinten gleich ein hinreichend tiefes Grab gegraben, und die fieberheiße Hand des Doktors schloss sich hart um den Revolver in der Joppentasche. Er wollte dem Jugendfreunde den letzten Dienst leisten.

Nachdem am Abend vorher Ajaxens Besitzer seine fünfzig Taler für die Schläge und den Gaul erhalten hatte und hohnlachend seinen Weg gegangen war, hatte Karl mehrere Stunden lang neben dem alten Freunde im Stalle einer Ausspannung gestanden und ihn mit dem besten Roggenbrot gefüttert. Und Ajaxens lange, alte Zähne und müde Kinnbacken hatten viel Arbeit mit dem Brote, aber er sah Karl mit einem Blicke an, der sagen zu wollen schien: »Dir zuliebe«, und dann kaute er weiter, matt und unlustig.

Und Doktor Karl stand daneben und dachte an seine Eltern, die nun auf dem Kirchhofe schlummerten und an das alte Klinthamra, das meistbietend verkauft worden war, an den Weg über die Heide, den er wohl nie wieder sehen würde, an den Schlitten mit den gelben Rändern, der schon lange zerbrochen war, und an den stolzen, feurigen Ajax, der nun zitternd und elend neben ihm stand. – Und dann besorgte er ihm ein gutes Strohlager für die Nacht und ließ seine Hand noch einmal liebkosend über den skelettartigen Körper hinfahren und flüsterte: »Morgen, du alter Freund!«

Und nun war der Augenblick gekommen. Die Totengräber wurden verabschiedet. Karl wollte allein mit Ajax bleiben, allein, wie sie es früher in ihren besten Tagen so oft gewesen waren. Leise setzte er den Revolver dicht unter das zottige, schlaffe Ohr, drückte ab – und dann lag Ajax zu seinen Füßen ... einige Zuckungen und alles war vorbei.

Der Doktor warf den Revolver von sich, fiel auf die Knie, umarmte den mageren, dünnen Hals und schluchzte: »Lebewohl und Dank für alles, du armer, alter Freund!«

Als er aufsah, standen – der Oberst und Fräulein Agda neben ihm. In den Augen des jungen Mädchens glänzte eine Träne, der Oberst sah merkwürdig aus, kaute an seinem grauen Schnurrbart und schluckte etwas hinunter, was nicht da war. Schließlich sagte er:

»Bombenelement! Das war, meiner Treu, fast ebenso schön wie ein Choc gegen ein geschlossenes Quarré. Wer ein Herz für ein Pferd hat, der ist ein Gentleman, wenn er auch nichts weiter, als ein verfluchter Schulfuchs ist, und wer so gegen einen alten Gaul handelt, der wäre –

beim Hufhaar meiner Karutscha! – wert, vor der Front einer Schwadron zu reiten, wenn er auch nur Larsson heißt ...«

Der Oberst grüßte und ging, aber etwas in seiner Stimme und in Fräulein Agdas Blicken sagte dem Doktor, dass »seinetwegen« keine Wirtschaft in dem von Stangensköld'schen Erbbegräbnis angestellt werden würde, dass er, obgleich nur ein armer Zivilist, einen prächtigen Choc gegen ein geschlossenes Quarré ausgeführt und die Schlacht gewonnen hatte.

Lange, lange stand er entblößten Hauptes und blickte der eleganten, schlanken Mädchengestalt nach, die allmählich hinter den Föhren verschwand. Dann trat er noch einmal zu dem Pferde, schloss ihm die gebrochenen Augen und jubelte:

»So nahmen wir denn zuletzt doch noch einmal zusammen ein Hindernis, alter Ajax!«

Merkwürdig! Es war ihm, als weiteten sich die eingeschrumpften, haarlosen Nüstern, um noch einmal zu wiehern: »Alles gut, Kamerad!«

Lieschen

Morgens, als Vater aufstehen wollte, konnten die Beine den mageren, gebeugten Leib nicht tragen, die Hände zitterten und es überfiel ihn ein so wunderlicher Schwindel.

Aber er war Tagelöhner und musste zur Arbeit.

Ein Jahr nach dem andern war dahingegangen mit Regen und Sonnenschein, Hitze und schneidendkalten Schneestürmen, so dass alle, die es haben konnten, die Türen schlossen und sich am Herde wärmten.

Aber Vater war Tagelöhner, und so weit Lieschen zurückdenken konnte, hatte er stets zur Arbeit gemusst.

Nicht nur die Hofgängertagewerke für die Häuslerei. Das waren nur zwei in der Woche, denn die Häuslerei war klein und ernährte nur zwei kleine, magere Kühe. Aber die Tagewerke, um zu einer Vierteltonne Hering, einem Kopftuch für Mutter, ein wenig Salz, einem Schweinebraten zu Weihnachten und etwas Mehl, wenn sein Selbstgeerntetes aufgezehrt war, einige Groschen zu verdienen. Der eigene Acker wurde abends und morgens bestellt, wenn das Tagewerk zu Ende war, und ehe es wieder begann. Und davon wurde der Rücken krumm und der Blick matt.

Doch was war das heute mit Vater? Es sah wirklich aus, als sei er nicht imstande, zum Herrenhofe zu gehen! Oh, das war wohl nur die Gicht. Frischen Mut gefasst und dann rasch in die geflickte Jacke, die seit gestern halb durchgerissen war, und in die großen Stiefel mit Holzsohlen, die seit dem letzten Herbst Löcher hatten!

Was, wollten die Kartoffeln nicht hinunter? Gute Rosenkartoffeln in Salzlake getaucht! Nun, desto mehr bleibt für die Dirne.

In Tagelöhnerwohnungen wird nicht viel geredet. Mutter fing nicht an zu weinen, als sie sah, wie kümmerlich Vater war. Sie fragte ihn nicht, ob er krank sei, schlang nicht die Arme um seinen Hals und bat ihn, zu Hause zu bleiben; sie wusste zu gut, wie nötig es ist, zu arbeiten, so lange noch ein Fünkchen Leben da ist. Aber sie sah betrübt aus, ging an den Schrank, nahm eine zerbrochene Kaffeetasse heraus und sagte: »Hier ist ein bisschen Milch, das ich für die Dirn' aufgespart habe; aber nimm du es, du hast es nötiger, du armer Kerl!«

Dies wurde Vaters letztes Tagewerk. Am nächsten Morgen war es ihm vollständig unmöglich, das Bett zu verlassen, und ein paar Tage darauf machte er für alle Zeit »Ferien«.

Lieschen wackelte im Zimmer umher mit dem Zeigefinger im Munde und den Haaren über den Augen, während Mutter umherwirtschaftete und Pfannkuchen zum Begräbnis buk. Mutter konnte es kaum fassen, dass es mit Vater zu Ende war, manchmal vergaß sie es sogar über der Arbeit. Musste man auch Grütze kochen? »Ich will Johann fragen« ... und dann fiel ihr alles wieder ein, und sie fuhr mit der Hand über die Augen und zog das Kopftuch tiefer in die Stirn. Arme Mutter.

Manchmal öffnete Lieschen die Bodentür ein bisschen. Dort stand Vater aufgebahrt. Johann Larsson sah ruhig und zufrieden aus, ganz so wie er Sonnabend abends einschlief und wusste, dass er am nächsten Morgen nicht zur Arbeit brauchte.

Sie mussten natürlich die Häuslerei verlassen. Erst wurden die beiden Kühe abgeholt. Damit wurden Vaters Schulden bezahlt, die er im Frühling, als kein Brot mehr da war, gemacht hatte. Dann kam Karl vom Walde und kaufte Vaters Holzaxt, Steinhacke und Spaten für 24 Mark. Darauf reisten der große Koffer, der Schrank und das eine Bett, und zuletzt fuhren Mutter und Lieschen zu Karl vom Walde, der ihnen eine Kammer einräumte.

Mutter war ein »Schwächling«. Sie wollte sich gern für sich und ihr Kind plagen; sie arbeitete, Tag und Nacht. Des Tags außer Hause, des Nachts daheim am Spinnrocken, aber sie war jedenfalls »ein Schwächling«, denn als sie zwei Dezembertage bis zu den Knien im See gestanden hatte, weil sie bei der großen Wäsche der Schulzenmutter helfen durfte, bekam sie die Lungenentzündung, starb und entfernte sich so schleichender Weise, indem sie Lieschen der Armenpflege von Hafreboda als Andenken zurückließ.

Lieschen wurde an Magnus in Kroken für dreißig Mark jährlich verkauft. An Schläge bekam sie reichlich, was sie brauchte, und an Essen beinahe auch. Sie war ja nicht verwöhnt, die Kleine. Aber das Schlimmste war, dass den schwachen, schmalen Schultern gar zu viel aufgebürdet wurde, dass es stets hieß: »Oh, das ist so leicht, das kann die Dirn' tun!« Darum musste sie von ihrem zehnten Jahre an die schmutzigste und unangenehmste Haus- und Draußenarbeit verrichten. Sie war der Packesel für alle, für den Bauer und die Hausmutter, den Knecht und die Magd. Die Kinder schlugen sie, wenn sie schlechter Laune waren, und waren sie bei guter Laune, so zupften sie sie am Zöpfchen und schrien: »Armen-Liese!«

Doch Lieschen liebte sie alle, den Bauer und die Hausmutter, den Knecht und die Magd, die Gören und die Katze, die Kühe und die Schafe. Es war eine sklavische, nicht reflektierende Anhänglichkeit, die nie durch Kummer oder Zorn getrübt wurde; sie konnte sich nicht denken, dass sie auch beanspruchen dürfte, in Frieden gelassen zu werden oder sich auszuruhen; sie liebte das Heimwesen in Kroken, wie die Katze den Stall liebt, wo sie ihre Milchschüssel bekommt.

Am schlimmsten waren die Konfirmationsstunden. Ihr Schulbesuch war unregelmäßig gewesen, und ihr Kleid war hässlich und ausgeblichen und saß gar nicht wie die Kleider der anderen Mädchen. Sie hatte auch keine Kringel für die Buben und keine Eier für den Prediger, wie doch alle anderen.

Der Pastor sagte: »Alle Menschen sind Brüder, jede Seele ist gleich kostbar. Wir müssen einander lieben, helfen und stützen hier auf Erden!«

Aber die Konfirmanden redeten aus einem anderen Ton. Die Mädchen sagten: »Auf welchem Schmutzhaufen hast du dein garstiges Kopftuch gefunden, Armen-Liese?«

Der Pastor sagte: »Wir sind alle schuldbelastet, sündig und elend und nur der Herr, der am Kreuze für uns blutete, ist unsere Hoffnung für Zeit und Ewigkeit.«

Aber Lieschen musste doch wohl schlechter als alle anderen sein. Warum hätte sonst wohl Schulzens Lotte jedes Mal, wenn Lieschen sich zu den Kameraden gesellen wollte, geschrien: »Wir wollen nichts mit dir zu tun haben, Armen-Liese! Du kannst allein gehen!« Da entstand Bitterkeit und Kummer in dem Gemüte des Kindes, und abends, wenn Lieschen vom Prediger zurückgekommen war, der Hausmutter geholfen, die Kinder zu Bett gebracht, das Vieh gefüttert, abgewaschen und das Feuer ausgelöscht hatte, und wenn sie dann ihren kleinen Verschlag hinter der Küchentür aufsuchen durfte, lag sie noch lange wach und biss in den Strohsack, damit keiner ihr Schluchzen hören könnte, und weinte, wie nur ein Kind weinen kann.

Dann kam der Konfirmationstag. Die Pfingstsonne bestrahlte die Kinder vor dem Altar, das Silberhaar und den weißen Kragen des Predigers, den Dornengekrönten auf dem Altarbilde, sogar die strengen, runzeligen Gesichter der Eltern und Angehörigen, von denen die meisten Spuren harter Arbeitstage und der Sorge beim Kampfe um das tägliche Brot trugen.

Und Lieschen? Sie hatte niemand. Keine Mutter hatte ihr das weiße Kopftuch gefaltet und umgebunden, keine Schwester ihr eine Blume ins Gesangbuch gesteckt. Sogar das Tuch und das Gesangbuch waren von der Armenpflege. Und sie blickte in das Schiff hinüber, wo sich Antlitz an Antlitz reihte, aber kein freundliches Auge war auf sie gerichtet. Sie fühlte sich so unheimlich verlassen, dass sie laut hätte schreien mögen, als sei sie in Lebensgefahr ...

Aber wärmer und wärmer schien die Pfingstsonne, lauter und lauter brauste die Orgel, immer lebendiger stieg das Bild des Dornengekrönten aus dem Rahmen und immer inniger wurden die Worte des alten Lehrers, je mehr die Jungen vor dem Altar ihre Blödigkeit überwanden.

Da wurde auf einmal selbst Lieschens Herz warm, die Bitterkeit schmolz, und hingebend wandte sich ihr Sinn den Worten der Liebe zu, die aus Predigersmund in dieser Welt der Gefühllosigkeit ertönen. Daheim in Kroken hatte sie es heute auch nicht schwer. Der Konfirmationstag ist ja selbst für die in Pflege gegebenen Kinder ein Feiertag und die Hausmutter befahl der Magd, die Abendarbeit zu besorgen. Überdies blieb Lieschen nicht mehr lange dort. Die Armenpflege bezahlt für »solche« nur bis zur Konfimation; nachher müssen sie sich selbst durchbringen, dann geht's in die Welt hinaus.

Hinaus in die Welt! Ja, gerade deshalb habe ich hier von Lieschen gesprochen, damit Ihr ihr und ihren tausend alleinstehenden, schutzlosen Schwestern aus dem Volke einen Strahl von Liebe und Teilnahme in ihr leeres Leben werft.

Gnädige Frau, wenn Sie in Ihrem glücklichen Heim sitzen, wo der Friede herrscht und die Liebe wärmt, wird eines Tages ein Lieschen an Ihre Tür klopfen und um Arbeit als Ihre geringste Dienerin bitten. Geben Sie Ihr dann ein bisschen Freundlichkeit, die das Armenkind stets entbehrt hat, geben Sie ihr etwas mehr als Kost und Lohn, seien Sie nachsichtig mit ihrer Unkundigkeit und geduldig bei ihrer Einfalt; sie wird ihr Bestes tun, die Armen-Liese, wenn sie sich an Sie halten darf und nicht nur an Ihre Gesindestube.

Geehrter Gönner und Ritter des Wasaordens! Lieschen will gern Arbeit in Ihrer Fabrik haben, aber in ihrer Einfalt durchschaut sie nicht die Gefahren, denen die alleinstehende Arbeiterin in der Stadt ausgesetzt ist. Geben Sie ihr etwas mehr als den Platz eines Zapfens in der großen Maschinerie, geben Sie ihr noch etwas außer so und so vielen Pfennigen Tagelohn! Wenden Sie ihr ein bisschen Interesse und Aufsicht zu, tun Sie ein wenig, um sie vor der Gefahr zu schützen! Sagen Sie Ihrer Frau und Ihren Töchtern, die für den Missionsverein nähen und Bazare für die Australneger arrangieren, dass man auch hierzulande Seelen retten kann.

Ihr jungen, feinen Herren! Während Eurer Ausflüge aufs Land, in Gestalt der Dienstmädchen in den Häusern, wo Ihr verkehrt, im Gaslicht auf dem Trottoir, vor den Türen der Vermietungsbüro werdet Ihr Lieschen oft, sehr oft treffen. Ihre Wange ist rot und weiß, Euer Blut ist jung und warm, und sie ist ja nur ein Kind aus dem Volke. Aber denkt an Eure unschuldigen Schwestern daheim, denkt an sie, die Ihr einmal als Braut in Eure Arme schließen werdet, denkt daran, was es auf sich hat, ohne Schutz und Anhalt in der Welt zu stehen und – schont Lieschen!

Endlich sein!

Er war der Sohn des Zinngießers und sie war die Tochter des Schneiders, und es war eine Lücke im Staket zwischen dem Hofe des Zinngießers und dem baufälligen Hinterhause, in dem der Schneider zwei Zimmer und Küche gemietet hatte.

Der Zinngießer hatte etwas Vermögen. Der Schneider hatte nichts weiter als Schulden und Kinder und eine große, lange, schwarze Stirnlocke, die bei jedem heftigen, nervösen Stiche, den der Meister an alten, mitgenommenen Schulknaben und Arbeiterkleidern tat, auf und nieder flog. Denn Meister Juhlin war nur Flickschneider. Die Welt bestand für die kleine Laura aus den beiden Zimmern, der Küche, dem schmutzigen Hofe, der Zaunlücke, dem Zinngießerhofe und Karl.

Doch Zinngießer Bäcks Karl war ein erfahrener und weitgereister Knabe, der mit seinem Vater auf allen Märkten fünf Meilen im Umkreise gewesen war und Maße und Käseformen verkauft hatte.

Und wenn Karl Bäck draußen in der großen, unermesslichen Welt auf den Märkten in Wernamo und Skillingaryd gewesen war, so kroch er schnell durch das Staket und hinein in den Holzstall des Schneiders und dort saß er dann mit Laura im Arm und erzählte wunderbare Sachen von Ochsen, die vierzehn Ellen Umfang hatten und von dem reichen Schultheißen, der sechs große Zinnmaße in Wernamo gekauft hatte. »Aber am lustigsten ist es doch, wenn ich nach Hause zu dir komme«, schloss er immer und legte seinen kleinen, knochigen Arm um Lauras Hals und sah ihr gerade in die großen, braunen Augen. Aber das Küssen verstand er noch nicht, denn er war erst zehn Jahre alt.

Des Zinngießers Vermögen und des Schneiders Elend wuchsen gleichmäßig und in der schwarzen Haarlocke, die man durchs Hoffenster auf und niederfliegen sah, waren schon graue Streifen. Karl und Laura wuchsen gleichfalls. Er wurde ein langer, magerer, blasser Junge mit Flachshaar und schlechter Haltung. Sie, die Akazie unter dem Kehricht auf dem Hofe des Schneiders, trieb jedes Jahr schönere Blätter, und seine Herrschaften wandten sich auf den Straßen der kleinen Stadt nach ihr um, die Damen sagten: »ein hübsches Mädchen«, und die Herren murmelten etwas wie »Bastard«.

Bastarde singen am besten, das weiß jeder Vogelliebhaber; und immer frischere, klarere Triller kamen Karl aus der elenden Hofwohnung entgegen. – Da hatte Karl einmal eine ganze Mark von seinem Vater bekommen, und als bald darauf eine Theatergesellschaft zur Stadt kam, nahm er Laura mit. Zweiter Platz, wo es nur 50 Pf. kostet.

Damit war es getan! Nun wusste Laura, wozu sie die großen, braunen Augen, ihre schlanke, herrliche Figur und ihre klare, einschmeichelnde Stimme bekommen hatte. »Sie«, hinter den Lampen, lief ja umher und gebärdete sich wie ein Huhn, das den Pips hat, aber die Zuschauer klatschten doch in die Hände und brüllten vor Vergnügen. Wenn man sie draußen auf der Straße sah, machte sie den Eindruck einer alten Nähmamsell. Aber Laura war jung und glich der Frau mit dem Füllhorn an der Wand im besten Zimmer bei Zinngießers. Warum konnte Laura sich nicht ebenso gut ein hübsches Kleid machen lassen und zwischen den Kulissen herumlaufen und sich mit den Händen vor die Brust schlagen und vor Schmerz und Freude schreien? Und der Waschzuber und die Spültonne wurden aus dem Holzstalle fortgeschafft, und Karl packte alles Brennholz in eine Ecke und fegte aus und holte eine Lampe und zwei Litermaße aus der Werkstatt. Und die Maße wurden auf einen Hauklotz gestellt, den die Köchin aus dem ersten Stock brauchte, wenn sie den Hühnern den Kopf abhauen musste, und dieser Klotz sollte einen Kredenztisch vorstellen. Und dahinter stand Laura mit einem Barett von blauem Zuckerhutpapier auf dem Kopfe und dem besten, roten Sonntagsunterrock ihrer Mutter um die Schultern geworfen und einer Kaffeetasse mit Brunnenwasser in der ausgestreckten Hand und sang:

»In der span'schen Sonne glüht
Dieser Wein zu unserm Trost,
Und die span'sche Sonne zieht
Diesen Ton aus meiner Brust.«

Karl weinte und sagte, dass die Mamsell hinter den Lampen auf dem Theater gegen Laura nichts wäre.

Na, es ging, wie es sollte. Ein paar Jahre später kam Herr Direktor Oskar Pettersson mit seiner aus vier Damen und sechs Herren bestehenden Truppe in die Stadt, und als er wieder abreiste, war Laura als Naive von Herrn Pettersson engagiert. Gage gab es nicht, aber dafür hatte sie die Verpflichtung, durch ihre Toilette das Ansehen der Gesellschaft aufrecht zu erhalten, die leider nur schwache Einnahmen hatte.

Am Abende vor der Abreise der Gesellschaft öffnete sich die Planke vor der Staketlücke und Karl und Laura umarmten sich über dem Ascheeimer, der dort seinen Platz hatte. Karl hielt eine Tüte Konfekt in der Hand und Laura hatte große, glänzende Tränen in den Augenwimpern.

»Morgen geht's fort, Karl, aber du musst mich nicht vergessen!« –

Nun wurde es für Karl zu viel. Er nahm sein Taschentuch und schneuzte sich lange und nachdrücklich und wischte sich die Augen.

»Laura, vergiss du auch nicht, dass, wie es auch kommt, du doch schließlich meine kleine Hausfrau werden musst!«

Ja, dies versprach sie denn auch, wenn er nur etwas anderes wie Zinngießer werden wollte, oder nach Stockholm gehen und Fabrikant werden könnte, und sie meinte es auch ehrlich damit. Aber die jungen Herren waren überall, wohin Direktor Pettersson kam, so sehr darauf versessen, für die Damen der Truppe Soupers zu geben, und dann war da ein Referendar mit Bariton in Jönköping und Direktor Pettersson bekam vom Tiergartentheater in Stockholm einen Komiker mit Weltschmerz und so – verbleichte allmählich das gerade nicht übermäßig schöne Bild Karl Bäcks. Karl schwitzte in der Werkstatt seines Vaters und machte Maße und Formen. Ab und zu las er in den Provinzialzeitungen, dass Fräulein Juhlin flott dabei sei, eine große Künstlerin zu werden. Es war ihm, als entschwände sie ihm immermehr. Aber zu jedem Geburtstag, Namenstag, Weihnachten und Neujahr schickte er ihr eine Blumenkarte mit Engeln und Vergissmeinnicht, und einmal reiste er sogar nach Linköping, als sich die Truppe dort aufhielt, um zu hören, ob man sich seiner noch erinnere. Karl kam zur Theaterzeit, und Herr Oskar Pettersson, der sich vor nichts scheute, gab Hamlet. Laura war schon zur Ophelia avanciert, und die Linköpinger waren hingerissen. Wie war es da erst mit Karl Bäck! Er brüllte, trampelte und applaudierte, und im Zwischenakte kam er hinter die Kulissen mit drei Flaschen Champagner. Die Künstler sollten doch sehen, dass ein Zinngießer auch zu leben weiß. Laura drückte seine beiden Hände an ihr Herz, himmelte und stellte ihren teuren Jugendfreund vor. Karl wurde sehr artig aufgenommen und machte Brüderschaft mit Direktor Pettersson. Doch als er mit Ophelia allein war und er sie fragte, ob sie nun nicht gleich auf der Stelle ihre Verlobung veröffentlichen wollten, brach sie in Tränen aus, schlang die Arme um seinen Hals und sagte, die dramatische Kunst sei unendlich hoch und edel, aber in der Provinz in entsetzlichem Verfall und darum habe sie nicht das Herz, die Kunst nun ihrem Schicksal zu überlassen, umso mehr da der Theaterrezensent in Söderlöping gesagt habe, dass Fräulein Juhlin ein aufgehender Stern sei, der sicherlich recht bald ein noch anspruchsvolleres Publikum blenden und erwärmen würde. Karl sollte zusehen, dass er nach der Hauptstadt übersiedeln könnte, sobald sie dort ein Engagement bekäme. Vielleicht würde er ihr auch 35 Mk. zu einem weißen Kleide für »Regina von Emmeritz« leihen. Doch nur jetzt nichts von Verlobung; es würde ihre ganze Künstlerlaufbahn zerstören.

Karl reiste heim, machte wieder Maße und Becher und hörte zu, wie sein Papa sich bei allen unterirdischen Mächten verschwor, dass keine Schneidergören oder Komödiantinnen jemals als Schwiegertochter auf dem Sofa der besten Stube Platz nehmen sollten.

Die Zeit verrann und das Herz litt.

Ein paar Jahre darauf schrieb Karl an Laura und fragte sie zum letzten Mal, ob sie nun sein werden wollte. Papa Bäck war tot und das Haus zu ihrem Empfange bereit.

Es vergingen acht Tage, vierzehn Tage; keine Antwort. Karl schrieb seinen Brief noch einmal und ließ ihn rekommandieren. Doch als nun ebenfalls keine Antwort kam, verkaufte er Werkstatt und Lager an seinen Altgesellen, kaufte ein hübsches, kleines Gut in einer andern Provinz, begann die Menschheit zu verachten und baute Klee, was gegen Herzleiden ausgezeichnet sein soll.

Fräulein Juhlin feierte einige Zeit lang Triumphe auf kleinen Bühnen, nachher hörte man nichts mehr von ihr. Sie hatte es in Stockholm versucht, aber die Stockholmer haben nun einmal ihren Geschmack für sich. Die Rezensenten sprachen ihr jeden Funken von Talent ab, und von da an war es für sie auch in der Provinz nichts mehr gewesen.

Wieder vergingen einige Jahre. Karl reiste zu einer Tierschau nach Stockholm. Dort angekommen ging er in ein Zeitungsbüro und fragte, bei welcher Gesellschaft Fräulein Juhlin nun sei. Der Korrektor bat ihn Platz zu nehmen und fragte alle Herren in der Redaktion nach Fräulein Juhlin, aber die Herren waren noch zu jung, und keiner von ihnen konnte sich erinnern, je von dieser Künstlerin gehört zu haben.

»Sie ist also nicht beim Königlichen Theater angestellt worden?«, fragte Karl.

Nein, dafür wollten sie garantieren.

Am Abende war eine Varietétheatervorstellung im Ratskeller. Gutsbesitzer Bäck machte sich eigentlich nichts aus Tingeltangelvergnügungen, aber der Abend musste ja totgeschlagen werden. Er ließ sich an einem Tische an der Tür nieder und warf einen gleichgültigen Blick auf das Programm. Da zuckte er zusammen, erbleichte und erhob sich so hastig, dass Tisch und Stuhl umfielen. Der Pianist spielte, die jungen Herren fluchten, die Groglöffel klapperten und der Kellner jagte zwei Hunde heraus, die sich unter einem Tische bissen.

Aber der Vorhang ging noch immer nicht auf. Schließlich kam »Europas anerkannt erster Trapezkünstler« Herr Brytnacki und kündigte an, dass Fräulein Juhlin, die die erste Nummer des Programms hatte singen sollen, leider plötzlich erkrankt sei, und er deshalb das Publikum um Erlaubnis bäte, stattdessen Fräulein Ritzki ein ungarisches Volkslied singen zu lassen.

Drinnen im Zimmer der »Künstler« saß Karl Bäck neben einer geschminkten Dame unbestimmten Alters. Die Schminke rann in zwei hellroten Bächen über die Wangen der Dame. Denn sie weinte, weinte unaufhaltsam und heftig aus großen, braunen Augen und küsste Karl, so dass sein Backenbart ganz hellrot wurde. Und Karl zitterte konvulsivisch und trocknete sich mit seinem blaukarrierten Taschentuche die Stirn.

»Wir sind nicht mehr jung; Laura, aber willst du ... willst du ... doch nun endlich mein werden?«

»Und du fragst nicht, was ich alle diese Jahre gewesen bin, und kümmerst dich nicht darum, was ich jetzt ...«

»Was du gewesen bist, das will ich nicht wissen. Was du bist? Für mich bist du stets die kleine Laura, die mir an der Zaunlücke entgegentrat und im Holzstall an meiner Seite saß. Willst du, Laura?«

Ja, nun wollte sie, und während Herr Brytnacki drinnen auf der Bühne sein Bestes tat und das Publikum vor Entzücken mit den Füßen stampfte, schlich sich die Primadonna aus dem Restaurant, hinaus in die Welt, um ein neues Leben zu beginnen; und das wird schon angehen, denn sie schmiegt sich so dicht an ein redliches Männerherz, das nie vergessen lernte, aber so gern vergeben will.

In der Umzugszeit

»Ob es morgen wohl gutes Wetter wird?«, fragt Mama unruhig, streicht mit ihrer Hand über die beschlagenen Scheiben und blickt fragend zu den Wolken hinauf, die heute, am 30. September, am Abendhimmel ziehen. Und als sie vom Fenster zurücktritt, tut sie es vorsichtig, denn sie weiß, dass drei Paar kleine Hände immer an ihrem Rocke hängen und sechs kleine Füße beständig um ihre eigenen trippeln.

Morgen werden sie umziehen. Papas Einnahmen haben sich vergrößert und man braucht sich nicht mehr mit vier Zimmern und Küche zwei Treppen hoch zu begnügen. Papa hat eine große, feine Wohnung in der Nähe des Gerichts gemietet. Sieben Zimmer und Mädchenkammer! Hübsch und bequem, und dann: fein! Alle alten Möbel kommen in die kleinen Stuben, wo es nicht so darauf ankommt, und der Salon und die Eckstube werden neu und elegant möbliert.

Darum brauchst du doch nicht traurig auszusehen, kleine Mama! Aber weshalb siehst du so aus? Du fürchtest dich doch wohl nicht vor der vermehrten Arbeit, Mutterchen?

Ja, das ist es: Du sitzest und lässt alle Erinnerungen aus dem Heim, das du verlassen musst, an dir vorüberziehen. Alte Bilder stehen vor deinem inneren Auge.

Draußen vor der Etagentür steht ein junges Paar. Er in langem, staubbedecktem Überzieher und grauem Reisehut, aber mit sonniger Freude im Auge, und den Arm legt er um sie. Sie in blauem, entzückendem Reisekostüm und Lächeln auf den Lippen und vielen Blumensträußen von der letzten Tante, die sie auf der Hochzeitsreise besucht haben.

Nun zieht er die Glocke. So öffne doch, Christine! Ach, dies sind nur vier kleine Zimmer und Küche zwei Treppen hoch, aber er steht da, stolz und froh, als stände er vor dem Schlosse des Bergkönigs und hätte den Schlüssel zur Schatzkammer. Nur vier kleine Zimmer und Küche, aber sie verrät da draußen eine so atemlose Freude und unruhige Sehnsucht, als hätte er sie in eine Königsburg geführt und der kleine, feine Fuß spielt nervös mit der Türmatte.

Und dann kam Christine in frischgeplättetem Kattunkleide und koketter Schürze, und die Tür flog auf. Dort, wo nun der Kleine steht und den ganzen Kreisel in den Mund zu stecken versucht, da umfing »er« Mama mit starken Armen und mit vor Freude halberstickter

Stimme stammelte er: »Willkommen, mein Liebling!« Und nun zur Entdeckungsreise in dem neugewonnenen Paradiese. Nur vier Stuben und Küche. Es ist nicht möglich! Es ist ja eine ganze, große Welt, eine Märchenwelt, in der er der Prinz, sie die Prinzessin ist. Alles so neu und fein! Und alle Hochzeitsgeschenke! Und die kleine, entzückende Blumengruppe in der Essstube! Aber was steht dort in der Ecke, dunkel und breit mit glänzenden Lampetten?

»Oh, Victor, ein Pianino! Aber was ist dies? Du sagtest ja, dass du mir noch lange kein Instrument schenken könntest! Und nun steht es hier? Oh, du unverständiges Männchen, wie lieb ich dich habe!«

»Ich war bange, dass mein Singvögelchen hinschwinden würde, wenn es nicht wie zu Hause in Almvik trillern und singen könnte. Wir müssen an anderen Dingen sparen, Kleine.«

Und damit nahm er einen kleinen, gelben Schlüssel aus seiner Tasche, öffnete das Klavier und setzte einen Stuhl davor und bat: »Das liebe, alte Lied, weißt du!«

Und laut und jubelnd drangen die Töne aus der Brust der glücklichen, jungen Braut:

»Du bist mir lieb schon von den Kindertagen,
Du warst für mich die Sonn' am Himmelszelt.
Und hin zu dir still die Gedanken jagen
Vom Streit und Zank in dieser lauten Welt.«

Was nun, kleine Mama? Du hast Tränen in den Augen, du, die eine Wohnung an der Esplanade mit sieben Zimmern und Mädchenkammer bekommt!

Papa kommt nach Hause. Er ist müde und verdrießlich; er hat so viel für den Umzug zu besorgen gehabt, der arme Papa. Und ein bisschen böse und ärgerlich ist er auch wohl.

»Kannst du dir denken, dass der verfluchte Rollfuhrmann Absage geschickt hat, und der Maurer noch nicht mit der Küche in unserer neuen Wohnung fertig ist, und dann ...«

Mama denkt, wie anders doch Papa am ersten Tage in der kleinen Wohnung war, als nun am letzten, und ihr wird wehmütig ums Herz. Doch dann fällt ihr etwas ein; sie tritt ans Klavier, das wenigstens fünf Monate lang nicht geöffnet ist, lässt die ein bisschen ungewandten Finger über die Tasten gleiten, und dann ertönt es:

»Du bist mir lieb, das Beste hier auf Erden
Von allem Guten, das mir's Leben gab,
Von allem Reinen, Sonnigen und Werten,
Von meiner Wiege bis zum stillen Grab!«

Ein Paar große, warme Hände legen sich um Mamas lockiges Köpfchen, zwei Lippen suchen die ihrigen, und seine großen, blauen Augen blitzen. Oh, er ist ja noch derselbe, der damals vor der Tür seines Paradieses stand; manchmal ein bisschen müde und verdrießlich, aber doch – Gott sei Dank! – ganz derselbe.

»Weißt du, Victor, ich fürchte mich beinahe, dies liebe, teure Heim zu verlassen. Glaubst du fest, ganz fest, dass die Geister des Glückes und des Friedens uns in das neue Heim folgen werden?«

»Ja, mein Liebling, sie folgen stets dem Geiste der Liebe.«

Der Musiklehrer in der Giebelstube gerade gegenüber wird auch ausziehen. Er hat dort zwei und ein halb Jahr gewohnt, ohne einen Pfennig Miete zu bezahlen, und ist er nicht spätestens um 2 Uhr fort, so wird er ohne Weiteres aus der Tür geworfen. Er hat keinen Kontrakt, und deshalb ist es ganz unnötig, die Behörden mit einer gesetzmäßig abgefassten Klage zu beschweren.

Herr Koliquint verabscheut die Dissonanzen im Leben wie in der Kunst und bereitet sich also vor, um 2 Uhr verduftet zu sein. In Hemdsärmeln und Pantoffeln packt er seine Sachen: zwei gesprungene Geigen, 25 Papierkragen, 3 Streichbogen, 2 Sammetmasken und eine dito von Pappe, ein Kopfkissenbezug mit Noten, ein Gesellschaftsanzug (minus Hosen und Weste) und das oberste Stück einer Flöte. – Seine Aufwärterin, die alte Johanna, hilft ihm.

»Weib, wo sind die Strümpfe?«

»Hab' keine gesehen.«

»Johanna, Sie müssen sie mir sofort schaffen. Sie liegen weder in der Bassvioline noch in der Spiegelschublade. Bilden Sie sich ein, dass ich ohne Strümpfe ausziehen kann?«

»Herr Gott, sehen Sie denn nicht, dass Sie den einen auf Ihrem kranken Fuße haben und in dem anderen steckt die Schnapsflasche.«

Die Turmuhr schlagt dreiviertel auf eins. Der Wirt guckt in die Tür: »Wollen Sie wirklich abziehen, ohne mir für zwei und ein halb Jahr einen Pfennig Miete zu zahlen?«

»Geld habe ich gegenwärtig nicht, bester Herr Andersson, aber ich bin ein ehrlicher Mann und will genügende Sicherheit geben.«

»Nun, das lässt sich hören. Ich hoffe, Sie tragen's mir nicht nach, wenn ich zuweilen etwas hitzig war! Aber was ist das für eine Sicherheit, von der sie eben sprachen?«

Herr Koliqvint reicht ihm den Kopfkissenbezug.

»Wa–wa–a–as soll ich damit?« .

»Verstehen Sie denn nicht, Herr Andersson, dass es Kompositionen sind? Meine eigenen Kompositionen sind unter Brüdern 1000 Taler wert, sobald Sie einen Verleger dafür finden. Ich sehe mit Vergnügen der Abrechnung entgegen, aber ziehen Sie das Geld zu einem Pfund Konfekt für Julchen ab. Ihre kleine Tochter war stets eine kleine, nette Dirne. Schlägt gar nicht nach ihrem Papa.«

»Halunke!«, zischt der Wirt und wirft Herr Koliqvint den Kopfkissenbezug ins Gesicht.

»Ja so, Sie trauen mir ohne Hypothek. Nun, das ist auch das Nobelste unter reellen Leuten. Ich werde die Ehre haben, bei Ihnen vorzusprechen und Abschied zu nehmen, wenn ich gehe.«

Im ersten Stock. Es ist noch früh am Morgen, aber der eigentliche Umzug ist wohl schon besorgt, denn die großen, prächtigen Räume sehen leer und öde aus.

Die Direktorin und die beiden Fräulein brauchten nicht selbst mit den Sachen umzuziehen. Als Papa so hastig starb, kamen viele Leute, die diese Mühe übernahmen. Eine Auktion, zwei Auktionen, drei Auktionen. Dann reichte es zu fünfzig Prozent für die Gläubiger aus dem Nachlasse des »reichen« Bankdirektors Lindemann. Im Saale hatte die alte Lotte das letzte Frühstück aufgetragen: Kartoffeln, Strömlinge, Kaffee und eine Konservenbüchse, die vom letzten »Revisionsdiner« übriggeblieben war. Die anderen Diener waren fortgegangen, sobald sie ihren Lohn aus der Masse erhalten hatten, aber die alte Lotte konnte es nicht, denn, seht, sie war Fräulein Amelys Kindermädchen gewesen.

Nun sollte die Direktorin zu ihrer verheirateten Tochter nach Wärmland ziehen. Das war gerade nicht schön, denn der Schwiegersohn hatte bei Papa Geld verloren, und es hatte Lina viele Tränen und Bitten gekostet, ehe er ihr erlaubte, Mama zu sich zu nehmen. Constanze, die schöne, gefeierte Constanze, die Primadonna des Liebhabertheaters und die Nachtigall der Brackköpinger Singakademie, sollte morgen als Unterwärterin im Krankenhause eintreten und Amely wartete auf den Wagen, der sie um Zwölf zu einem Kaufmann auf dem Lande führen sollte, der sie als Erzieherin engagiert hatte. Arme Mädchen dürfen keine Ansprüche machen! »Esst ein bisschen, Kinder!«, sagte die Direktorin, aber ihr selbst wuchsen die Kartoffelbissen im Munde, so dass sie nicht einen hinunterbringen konnte. Die Töchter waren auch nicht gerade hungrig. Gerade in diesem Saale hatten sie des Winters immer auf ihren Soiréen getanzt. Eine Menge intimer Freunde füllte da die Räume. Kaum ein Einziger hatte sich nun bei ihnen sehen lassen. Vielleicht waren sie noch nicht vom Lande zurück? Ja, gewiss doch, man war ja schon im Oktober. Waren sie denn von allen, allen vergessen?

Auf der letzten Soirée im Frühling kurz vor Papas Krankheit hatte Doktor Syrén um Constanze so gut wie angehalten. Doch gleich nach der Katastrophe bekam er ein Reisestipendium und reiste ins Ausland, ohne von ihr Abschied zu nehmen.

Es klingelt. Herr und Frau Grönqvist, die die Wohnung gemietet haben, vier Tanten, drei Schwägerinnen und fünf kleine Grönqvister in Duodezformat marschieren herein.

»Hä, hä, entschuldigen Sie! Glaubte, die Herrschaften wären schon fort. Hier ist wohl nicht viel zu packen, dachte ich – hä – hä! In einer Stunde muss hier ausgeräumt sein. Hä, hä, entschuldigen Sie!«

Aus der Küche ertönt Lottes von Tränen erstickte Stimme:

»Barmherziger Jesus, wartet doch ein bisschen! Die Ärmsten haben ja keinen Stuhl mehr zum Sitzen ...«

»Lotte, um was handelt es sich?«, fragt die Direktorin und öffnet die Küchentür.

»Oh, nur die Schneidersleute, die die Essstubenstühle gekauft haben, schicken und wollen sie gleich haben, denn sie erwarten Gäste.«

Die bleichen Züge der Direktorin verzogen sich beinahe unmerklich.

»Natürlich. Kinder, gebt Eure Stühle her. Bitte, grüßen Sie Herrn Eftersting und sagen Sie ihm meinen Dank dafür, dass er sie uns so lange gelassen hat!«

Bleich und stumm standen die drei in dem leeren Gemache und wagten nicht, einander anzusehen, denn dann würde es mit der Resignation aus sein.

Ein dicker Bauernjunge trat mit großen Schritten und der Mütze auf dem Kopfe in den Saal.

»Ich soll nach der Schulmamsell für Kaufmann Blumbergs kleines Fräulein fragen; ich soll sie nun abholen.«

Fräulein Amely trat ein paar Schritte vor.

»Ja so, das ist die große Mamsell, die mit soll. Ja, das wird ärgerlich, denn ich soll noch sechzehn Hut Zucker mitbringen.«

Doch es ging an. Schweigend und sachte brachten Mutter und Schwester Fräulein Amely zwischen den Zuckerhüten unter und die Fahrt nach Händler Blumbergs kleinem Eigentum begann. Sie kannte den Weg, denn auf der Schlittenpartie im letzten Winter war sie dort unter mutwilligem Lachen und lustigem Schellenklang gefahren, und Leutnant von Svärdskölds Stimme hatte ihr zugeflüstert, dass, wenn die Fahrt ewig währte, er der Glücklichste auf Erden sein würde.

Aber der Leutnant reiste am Tage nach der Inventaraufnahme bei Direktors aufs Land, um Geschäfte zu besorgen, und er besorgt sie gewiss noch.

Am Boudoirfenster stehen Mama, Constanze und die alte Lotte und blicken Fräulein Amely nach. –

Das Leben hat so manche seltsame Krisis! Nicht zum wenigsten in der »Umzugszeit«.

Unter dem Siegel der Beichte

Der Gerichtsbauer Stark war der Großbauer des Kirchspiels, sein Haus das größte, seine Felder die bestbestellten, sein Vieh das fetteste in der Gemeinde. Er hatte als armer Knecht begonnen und sich Schritt für Schritt durch alle Grade heraufgearbeitet; er hatte ein Stück Land für die Hälfte des Ertrages bearbeitet, dann eins gepachtet, darauf war er Kleinbauer, dann Halbhofsbauer geworden, später Großbauer, Wortführer der Armenordnung, Freibauer mit Adelsrechten, Kirchenvorsteher und Gerichtsbauer. Wenn er gewollt hätte, so wäre er auch Reichstagsabgeordneter geworden; aber er wollte nicht, weil es bei ihm zu Hause zu viel zu tun gab und er zu viel eingebüßt hätte, wenn er dies andern überlassen müsste.

Schon als Halbpächter hatte er sich ein Weib genommen; eine hübsche, starke und arbeitsame Frau, die ihm in den mühevollen, schweren

Jahren treu zur Seite stand, sich für zwei abplagte und sich nicht scheute, überall selbst Hand anzulegen, die aber auch, als Wohlstand und gute Tage kamen, sich dieselben zunutzen zu machen verstand und vielleicht täglich einige Tassen Kaffee mehr trank und ihr städtisches Kleid ein wenig mehr im Kirchenstuhl ausbreitete als, streng genommen, nötig war.

Stark selbst war ein hübscher, stattlicher Mann, der sich in Herrengesellschaft gerade so gut zu benehmen wusste wie unter Bauern, aber es lag ein Zug von Wehmut auf der hohen Stirn und die starken, dunklen Brauen zuckten oft nervös. Die Krankheit des Jahrhunderts »Nervenschwäche« hatte eigentümlich genug diese starke, scheinbar so kerngesunde Bauernnatur ergriffen, und einmal, als das Kreisgericht über eine besonders grässliche Brandstiftung aburteilen musste, und ein Zeuge aufstand und beschrieb, wie die armen Kreaturen drinnen in den Ställen vor Todesangst brüllten, da hatte es den Gerichtsbauer Stark wie im Fieberfrost geschüttelt und er war mitten im Gerichtshofe in Ohnmacht gefallen.

»Für einen Mann aus dem Volke hat er einen ungewöhnlich feinfühligen und zarten Sinn«, sagte der Kreisrichter, als er bei einer Abendgesellschaft in der Stadt die Geschichte erzählte, und einen Monat später wurde Stark durch ein besonderes Schreiben zum Mitglied des Tierschutzvereins ernannt. Der Hof des Gerichtsbauern war ein schönes Bauernanwesen. Allerdings war es nur nach Art der alten, gewöhnlichen, rotangestrichenen, rechtwinkeligen, zweistöckigen Holzhäuser mit weißen Läden gebaut; aber schöne, stets weiße Gardinen zierten die Fenster und prunkvolle Blumentöpfe standen dahinter, ein Wald von Flieder duftete dem Kommenden im Sommer aus dem Vorgarten entgegen und ein schöner Obstgarten erstreckte sich bis zum See.

Unten lag die Küche, in der Mitte und zu beiden Seiten derselben am Ende des Hauses zwei große Stuben mit je einer Seitenkammer nach alter Bauernweise. Aber oben war eine gute Stube, ein Saal und mehrere Fremdenzimmer mit feinen Stadtmöbeln, vielen, vielen Daunenbetten und zwei großen Leinenschränken. Doch alles das war nur für Gäste, und da für gewöhnlich dort niemand wohnte, sah es ein bisschen unbewohnt und gasthausmäßig aus, trotz der feinen Tische, Stühle, Decken und des großen Fotografiealbums.

Unten in den Wohnräumen zwischen dem Tisch von Tannenholz, den Geschirrschränken, dem Rosshaarsofa und dem Kachelofen mit

Eiseneinsatz war es ganz anders. Hier erleuchteten Wohlstand und Behaglichkeit jeden Winkel. Sie strahlten über das Zifferblatt der alten Dalekarlieruhr, sie warfen ihren Schein über die Silberbecher auf der Kommode, sie tanzten mit den Sonnenstrahlen durch die hohen, luftigen Fenster auf dem sandbestreuten Tannenfußboden, sie liebkosten die blauangestrichenen Spinnrocken mit den vollen Garnspulen und hatten doch noch Glanz genug für die Kätzchen unterm Herd und für den Grabkranz des jüngsten Mädchens, der unter Glas und Rahmen an der Wand hing.

Den Gerichtsbauersleuten ging alles so gut von der Hand. Auf Mutter Starts, seit den letzten Jahren etwas schwammigem Gesicht lag beständig ruhige Zufriedenheit; Frohsinn und Gesundheit strahlten aus den Augen der Kinder, von der 20jährigen Maria, der ältesten der Unverheirateten, bis zum kleinen Sven, der eben in die Kleinkinderschule gekommen war. Die Dienstboten wurden gut behandelt und waren zufrieden, selbst das Vieh sah bei dem Gerichtsbauern ganz anders und besser aus als anderswo.

Es war wirklich eigentümlich, wie Stark mit den Tieren umging. Heutzutage denkt wohl kein Bauer daran, sein Vieh zu misshandeln, aber Stark war »rein kindisch mit seinem Getue mit den Kreaturen«, meinten die Knechte. Er schalt, wenn ein Ochse einmal einen kleinen Klaps bekam, und er konnte wohl eine halbe Stunde stehen und ein Kalb streicheln, und dabei sah sein Gesicht so seltsam aus, gerade als wollte er anfangen zu weinen. »Die Verrücktheiten hat er in der Stadt von den feinen Herren im Tierschutzverein gelernt«, meinte der Oberknecht, als die Rede auf die Weichheit des Bauern gegen die Tiere kam. –

Am Sonntagabend bekam Stark Lungenentzündung, und Dienstag Morgen sagte der Doktor, es würde schwer halten, den Gerichtsbauern durchzubringen, mit so entsetzlicher Gewalt hatte die Krankheit den kräftigen Mann ergriffen.

Stark erbleichte und seufzte schwer.

»Muss ich an dieser Krankheit sterben, Herr Doktor?«

»Das habe ich nicht gesagt. Aber Sie sind ja ein mutiger Mann, Gerichtsbauer, und haben ein großes Haus zu bestellen. Darum halte ich es für meine Pflicht, Ihnen zu sagen, dass Gefahr vorhanden ist.«

Stark lag eine ganze Stunde schweigend da, ab und zu schüttelte es ihn wie ein Frostschauer. Große Schweißtropfen traten auf seine Stirn, und er sah unheimlich aus. Wohl glaublich, dass es nicht leicht ist, dem Tode ins Auge zu sehen, wenn man es so gut und schön auf der Welt hat. Schließlich flüsterte er seiner Frau zu: »Bitte den alten Pastoren, gleich her zu kommen.«

Mutter Stark erhob sich.

»Gleich! Hörst du!«, rief Stark ihr nach.

Als der Pastor nach ein paar Stunden die Tür öffnete, fuhr Stark im Bette empor und blickte ihn mit großen, erschreckten Augen an.

»Es ist – ist – entsetzlich, wie schnell Sie kommen, Herr Pastor – ich –«

»Guten Tag, Gerichtsbauer! Wie steht's? Ja, mein lieber Freund, als der Bote sagte, es sei eilig, machte ich mich natürlich so schnell wie möglich auf.«

»Gehe hinaus, Anna, und lass niemand hereinkommen; ich will allein mit dem Herrn Pastor sprechen!«

Der Pastor setzte sich ans Bett und stellte die Kirchengeräte auf den Tisch.

»Nein, nein, Herr Pastor, warum haben Sie das mitgebracht; ich will nicht – ich will nicht das Abendmahl nehmen.« –

»Lieber Gerichtsbauer, ich will Sie nicht dazu überreden. Ich brachte es für alle Fälle mit, als ich hörte, dass Sie schwer krank seien.«

»Wenn man einem Prediger etwas unter dem Siegel der Beichte anvertraut, so darf er es nicht verraten, was es auch sei und was auch daraus entstehe; ist es nicht so?«

»So ist es. Jedes schuldbeladene Herz kann frei und furchtlos seinem Seelsorger ›alles‹ anvertrauen.«

»Verzeihen Sie, Herr Pastor, aber sehen Sie, bitte, nach, ob jemand in der Küche steht ...«

Der Pastor öffnete die Küchentür, verriegelte sie dann und setzte sich wieder vors Bett, aber rückte erschreckt ein wenig zur Seite, als er Starks von Todesangst unheimlich verzerrtes Antlitz sah. Mild fasste er die Hand des Kranken.

»Beruhigen Sie sich, Gerichtsbauer. Sie sind gewiss sehr schwach.«

»Herr Pastor, haben Sie mich stets für einen ehrlichen Mann gehalten?«

»Wozu die Frage, Stark? Ich weiß ja, dass, was bürgerliche Rechtlichkeit betrifft, Sie der ganzen Gemeinde zum Vorbilde dienen können. Aber ich weiß auch, dass das vor Gott nicht genügt, und die Krankheit hat Sie vielleicht dasselbe gelehrt?«

Der Gerichtsbauer richtete sich im Bette auf, ergriff die Hand des Predigers und stieß mit wild starrenden Augen hervor: »Still, still, ich bin ein Brandstifter!«

Stark erwartete augenscheinlich, dass seine Worte den alten Prediger mit Abscheu und Entsetzen erfüllen würden. Doch der Pastor lächelte nur wehmütig und teilnehmend.

»Gerichtsbauer, seht, Sie sind jetzt zu krank, um zu denken und zu reden. Ich werde wiederkommen, wann Sie wollen, Tag oder Nacht, sobald Ihre Fieberfantasien sich gelegt haben. Jetzt muss ich Mutter Anna rufen. Sie sind *sehr* krank, armer Stark!«

Aber der Kranke fasste seinen Rock mit einem solchen Ausdrucke tiefster Seelenqual im Antlitz, dass sich der Pastor gezwungen sah zu verweilen.

»Um Jesu Christi Barmherzigkeit willen, gehen Sie nicht! Ich dürfte in diesem Leben vielleicht nicht wieder mit Ihnen sprechen können. Ich weiß genau, was ich sage. Sehen Sie mich an, Herr Pastor!«

Der alte Prediger erbleichte und seine runzeligen Finger begannen zu zittern. Er ahnte Schreckliches. Und Stark erzählte, anfangs leise und abgebrochen, als sei jedes Wort ein Dolch, der in seinem Herzen umgedreht würde, dann leichter und zuletzt mit fieberhafter Hast.

»Ja, ich bin ein Brandstifter. Sie waren da noch nicht hier, Herr Pastor. Ich hatte gerade Hallstena gekauft. Ich hatte drückende Schulden, und es war ein erbärmlicher Hof, auf den ich hereingefallen war. Die feinen Gebäude waren das Einzige, was einigen Wert hatte, aber davon konnte ich ja nicht leben. Ich hatte gestrebt und gespart. Ach, ich hatte mich abgemüht und abgearbeitet wie ein Vieh, um zu eigenem Besitz zu kommen. Herr Pastor, wenn Sie wüssten, wie müde ich lange, lange Jahre Abend für Abend war. Und nun hatte ich ein bisschen erworben, und das sollte nun wieder in alle vier Winde gehen. Ach, wer das nicht selbst versucht hat, der kann nicht wissen, was man fühlt, wenn man sein im Schweiße Erworbenes so Heller für Heller zusammenschmilzen sieht. Man stemmt sich dagegen, man spart, man darbt, man arbeitet noch einmal so hart wie sonst, aber doch geht alles dahin. Glauben Sie, Herr Pastor, dass man sich da klar macht, was man tut?

Ja, ja, man tut es doch wohl; aber ich hatte fünfzehn Jahre gestrebt und war nun dabei, alles zuzusetzen. Fünfzehn Jahre so gearbeitet, dass der Rücken schmerzte und die Brust springen wollte! Fünfzehn ruhelose und freudlose Jahre! Glauben Sie, Herr Pastor, dass es Vergebung gibt für, einen Menschen, der sich fünfzehn Jahre lang abgequält hat und wie von Sinnen ist, dass er nun alles verlieren soll? Nein, nein, die gibt es wohl nicht? Ein anderer hätte sich vor dem Unglück gebeugt und wäre ins Armenhaus gegangen. Ich weiß, so hätte ich handeln müssen. Aber Stark wollte nicht wieder arm sein! Und dann waren die Gebäude so hoch versichert. Das Schlimmste war das Vieh. Ich hätte es so gern geschont, aber es war auch versichert, und dann, was hätten die Leute gesagt, wenn es im Novembermonat brennen würde und alles Vieh herausgelassen wäre.

Ich habe das Feuer nicht selbst angezündet. Nein, nicht direkt. Ich hatte die warme Asche aus dem Herd gekratzt, sie in eine Holztonne geworfen und diese in die Scheune gestellt. Ich überließ es unserm Herrn, ob das abbrennen sollte oder nicht. Ja, das tat ich. Es hätte ja sein können, dass die Tonne nicht Feuer fing. Man wirft ja so oft Asche in solche Tonnen und setzt sie in die Küche oder in den Keller, aber ich, ich setzte sie in die Scheune. Gott vergebe mir, das tat ich, und darum komme ich nun in die Hölle – – oh – oh! –

Es ist doch niemand in der Küche?

Oh, wie es brannte! Ich lag im Bett und hörte es, aber ich wollte nicht so früh wecken, denn es hätte dann ja vielleicht noch gelöscht werden können. Alles stand in heller Glut, als wir hinauskamen, und bald wurde auch das Wohnhaus ergriffen. Es ist merkwürdig, die Sünde, die ich gegen Gott, die Menschen und die Versicherungsgesellschaft beging, hat mir nie so schwer auf dem Herzen gelegen, wie die Qual der armen Tiere, und hauptsächlich um derentwillen werde ich nun auch verdammt werden, das fühle ich. Man konnte sie gerade durch die Flammen sehen. Da war ein kleines, rotes Kalb, mit dem die Kinder immer zu spielen pflegten, wenn es abends von der Weide kam. Es war schon tot, als ich heraus kam, aber das Feuer leckte an ihm und die Flammen leckten gerade an seinem kleinen, weißen Maule. – Und dann waren da meine kleinen, jungen Ochsen, die ich selbst gezähmt hatte. Sie waren immer so gehorsam und zogen so gut. Es schnitt mir in die Seele, ihr Angstgebrüll zu hören! Oh, wie war es schrecklich, als schließlich das Holz der Stände aufbrannte, und sie los kamen und aus den Buchten sprangen, aber auf den Boden fielen, weil ihre Füße bis zu den Knien verbrannt waren! Ich fühle, dass so etwas nie, nie vergeben werden kann, aber ich will doch mein Herz erleichtern.

Die alte Mähre, die mein Schwiegervater Anna zur Aussteuer gegeben hatte, stand da und stöhnte, als ob sie weinte, und dann stemmte sie sich, riss sich los und sprang gegen die Wand, denn die Augen waren schon vom Feuer zerstört, und dann fiel sie mit zertrümmerter Hirnschale zu Boden und ächzte so schrecklich. Ach, das Ächzen höre ich seit nun bald zwanzig Jahren jede Nacht!

Manchmal, wenn ich im Gericht Beisitzer war, glaubte ich den verbrannten, blinden Kopf der alten Minka mir von der Eidesbibel zunicken zu sehen, und immer, wenn ich zum Tische des Herrn ging, erblickte ich die armen, halbgebratenen, brüllenden Kühe am Altar. Herr Pastor, Sie wissen, dass ich damals, als die Brandstiftung verhandelt wurde, die Besinnung verlor. Da glaubte ich steif und fest, ich hätte in der Bewusstlosigkeit alles gestanden und sollte nun eingezogen werden. – Oh, Gott im Himmel, rette mich, rette mich vor dem Feuer!« –

Der alte Pastor saß wie niedergeschmettert da. Starks ganzes Leben lag nun klar vor ihm. Durch die erschlichene Versicherungssumme war seine wirtschaftliche Stellung gerettet, und von der Zeit an war ihm alles zum Guten ausgeschlagen, aber unter allem äußeren Glück und Erfolg seines von da an rechtschaffenen und ehrlichen Lebens hatte er in seiner Brust einen Vorschmack des »Wurmes der nie stirbt, des Feuers, das nie erlischt« gefühlt. Was er an Trost und Hoffnung geben konnte, das gab er mit milden, ernsten Worten. Aber unter dem Versprechen der Vergebung und des Friedens muss stets eine Forderung ruhen, die Forderung das Unrecht wieder gut zu machen, wenigstens die Bereitwilligkeit zur Versöhnung. Diese Forderung wurde nicht hart, kalt und unerlässlich gestellt, aber auch bei den milden Worten glaubte der Gerichtsbauer Stark die Handschellen rasseln und die Gefängnistür in ihren Angeln knarren zu hören. Würde er bereit sein, sie wirklich zu hören, wenn ihm Gott das Leben ließe? Was nützte eine Reue, die nicht den Willen hatte, hienieden die Strafe zu erleiden, um auf Vergebung von oben hoffen zu können?

So lag er in stillem, heißem Jakobskampfe zwei lange Stunden und der alte Pastor wich nicht von seiner Seite. Doch dann war der Sieg auch errungen, und der Gerichtsbauer Stark ließ seine Frau und seine Leute rufen, um alles zu bekennen.

Er begann auch sein Bekenntnis mit deutlicher, obwohl bebender Stimme, doch bald trat der Todeskampf ein, begleitet von Bewusstlosigkeit und Visionen, und ließ alles, was er offenbaren wollte, in einem wirren Redefluss untergehen. »Arme Kuh, tut es so weh! Der Bauer wird dir aus dem Feuer helfen. Komm her, kleine Kuh! Alte Minka, du glaubst doch nicht, dass der Bauer dich verbrennen will? Nein, meine Alte, nein, der Bauer ist gut, er will sein altes Pferd nicht quälen. – Armes, kleines Lamm, du sollst nicht auch im Feuer umkommen! Kommt her, ich will Euch allen Wasser auf den Kopf gießen! Wasser, Wasser! Es brennt! Jesus! Hilfe!«

Am folgenden Tage verbreitete sich die Nachricht vom Tode des Gerichtsbauern über das ganze Kirchspiel. Er hätte eine schwere Sterbestunde gehabt und in schrecklichem Fieber gelegen und den ganzen, letzten Tag irre geredet und geglaubt, er müsse sein Vieh aus dem Feuer retten; die Liebe zu den Tieren hing ihm sogar noch im Tode an!

Und Mutter Stark, die nicht glauben konnte, dass die Fieberreden etwas zu bedeuten hatten, ließ ihm ein schönes Kreuz aufs Grab setzen mit einem Verse aus den schönen, treu- und ehrenfesten Gesängen des Bischofs Wallin, die einem reinen, tugendhaften Leben die Seligkeit verheißen.

Der alte Pastor verbrachte eine schlaflose Nacht. Das Siegel der Beichte war von dem Toten selbst noch bei vollem Bewusstsein zerbrochen und die Beichte gegen ein freies, offenes Bekenntnis vertauscht worden. Doch da dieses unvollendet geblieben war und mit Fantasien geschlossen hatte, und da der Pastor von einem befreundeten Juristen erfuhr, dass die Brandversicherung gesetzlich darauf hin von der Familie des Verstorbenen keine Entschädigung beanspruchen könne, so ließ er der Sache ihren Lauf.

Aber er hielt eine erschütternde, tief ergreifende Grabrede, die aller Herzen rührte, obgleich niemand recht begreifen konnte, was all das Gerede von »der Macht des Gewissens«, »Reue« und »Zerknirschung« eigentlich mit einem so rechtschaffenen, durch und durch ehrlichen Manne zu tun hatte, wie der Gerichtsbauer Stark gewesen war.

Nils Peters Abiturientenexamen

Im Bauernhause sind warme Worte nicht Mode: Vielleicht erschlaffen die Gefühle auch, denn harte Arbeit und die Sorge um das tägliche Brot sind zwei Mühlsteine, die sowohl weiche Gefühle wie warme Worte zermalmen können.

Aber im Grunde sind die Herzen, die vor Sehnsucht nach einem eigenen, bebauten Ackerstücke schneller schlagen, auch nicht anders als die, welche rastlos nach Gold und Königsgunst jagen.

Und wenn wir als alte Bäume dastehen, die der Herbstwind entlaubt und der Schneesturm umreißt, dann denken wir wohl alle mit gleicher Liebe an die kleinen Schüsse, die aus unserer Wurzel entsprossen sind, einerlei, ob sie in einer Sammetjacke oder in einem Baumwollenkleide stecken.

Deshalb wurde auch der kleine Nils Peter von seinem rotaarigen, krummen Vater mit den schwieligen Händen und von seiner kleinen, vom Alter gebeugten Mutter ebenso geliebt, als wenn er in einem mit Seide ausgeschlagenen Boudoir gespielt hätte und von einem galonierten Diener zu seinem besternten Papa und seiner nervenschwachen Mama getragen worden wäre, um ihnen guten Morgen zu sagen.

Es ist ein unaussprechlich süßer Gedanke, dass, wie wunderlich und ungleich auch die Vorsehung Gut und Geld, Ehre und Ruhm, Genuss und Leiden verteilt hat, sie uns allen doch, was größer ist, den Zutritt zum Himmel dort oben und zur Liebe hier unten frei gegeben hat.

Nils Peter war das einzige Kind der Tagelöhnerleute. Selten strich Mutters harte Hand liebkosend über sein Gesichtchen. Vater sagte nie ein Wort, das auf wärmere Gefühle für Nils Peter schließen ließ, als für das Schwein draußen im Kofen. Niemals sprachen Vater und Mutter miteinander von ihrer Liebe zu dem Kleinen, und doch wussten alle drei, dass, wenn z. B. der wütende Stier sich losreißen sollte, Vater und Mutter wetteifern würden, Nils mit Aufopferung ihres eigenen Lebens zu schützen.

Es war ein kluges und liebenswürdiges Kind, das seinen Katechismus ordentlich lernte und bei den Hausverhören gute Antworten gab. Da hielten sie ihn für ein Genie und wollten einen Prediger aus ihm machen, und schickten ihn deshalb in die »große Schule«, ohne die Schwierigkeit und Kosten zu berechnen. Die Stadt lag ja so nahe, und die Kurzsichtigkeit ist nun einmal das Privilegium der Armut und der Unwissenheit, wäre dies nicht der Fall, so würde mancher unserer ersten Männer in den Hütten der Armut gestorben sein und die Menschheit stände tiefer, als sie es tut.

Doch möchte ich deshalb nicht behaupten, dass es ein Verlust gewesen wäre, wenn Nils Peter nicht studiert hätte, denn er war nur bei den Hausverhören ein Genie; in der Schule war er nur ein gutartiges, mittelmäßig begabtes Kind, das mit großer Armut zu kämpfen hatte.

Aber er schlug sich durch.

Wie das zuging? Ja, kann man sich nicht darüber wundern, wie es die Grausperlinge machen, wenn die Kälte schneidend und die Erde mit Schnee bedeckt ist? Kann man sich nicht den Kopf darüber zerbrechen, wie aus armen Heimwesen, wo die Sorge beständig an der Tür Wache hält und die Not mit bei Tische sitzt, starke, tüchtige Männer und gute, milde Frauen hervorgehen können, die der Menschheit Vorteil bringen und Sonnenschein über das Leben vieler anderer verbreiten?

Die Eltern konnten ihm nicht recht helfen. Vaters alte, silberne Uhr, die schon seit vielen Jahren stand, fing wieder an zu gehen und wanderte zum Goldschmied in die Stadt. Die einzige Kuh gab einige Pfund Butter, die Mutter auf dem Markte verkaufte. Schlechte und billige Butter mit großen, grauen Salzstücken und so unregelmäßiger Schattierung wie die Jahresringe der Föhre. Man konnte ihr ansehen, dass die Sahne lange dazu gesammelt worden war und das Buttern nicht gleichmäßig geschah. Dann kaufte Mutter Garn auf Kredit und webte Kopftücher und Schürzen. Die Dienstmädchen kauften diese gern, und es brachte ein bisschen ein. Und Vater stand Tag und Nacht auf der Tenne und drosch den Bauern schwedischen Roggen aus, damit Nils Peter lateinische Vokabeln lernen konnte.

Aber zu verwundern war es doch, dass es ging, obwohl die Jacke geflickt, und die Kälte in der kleinen Dachkammer in der Stadt, die Nils Peter mit zwei Kameraden teilte, sehr empfindlich war. Wenn er dann in den großen, dreimonatlichen Ferien nach Hause kam, griffen die Alten mit zitternden Fingern nach dem Brillenfutteral und machten sich daran, seine Zensur auszubuchstabieren. Da waren viele »A« und Nils Peter erklärte ihnen, dass dies ein Lob bedeutete. Und wenn er für die Mutter spulte, ließ sie manchmal das Weberschiffchen ruhen und hörte seinen wunderbaren Erzählungen zu. Wie er vier Sprachen trieb, den Sohn des Superintendenten dutzte und einmal bei einem Oberlehrer zu Tisch gewesen war. Und er las im Livius und pflückte Kraut für das Ferkel, und seine Wangen wurden etwas röter, als sie es bei seiner Heimkehr im Juni gewesen waren.

So kam er nach Secunda und konditionierte. Das heißt, er wohnte mit einigen jüngeren Schülern zusammen, beaufsichtigte sie, half ihnen bei den Arbeiten, aß mit ihnen und erhielt 40 Mk. im Semester für jeden. Da schenkte er Mutter einen Schal, und Vater bekam eine Uhr für die alte, die zum Goldschmied gewandert war. Mutter hatte noch nie ein Kleidungsstück so warm wie diesen Schal gefunden, denn durch seine braunen und grauen Würfel zog sich ein roter, warmer Faden von Nils Peters Liebe. Und Vater meinte, die Uhr zeigte auf die Zeit hin, wo Nils Peter ein großer Mann sein würde.

Er hatte nun einen Rock mit ordentlichen Schößen, einen Schlafrock und eine ausgeschnittene Weste. Wenn er zu Hause war, ging er an den Sonntagnachmittagen mit dem Fräulein vom Herrenhofe spazieren. Und doch war er derselbe kleine, liebenswürdige Nils Peter, der Vaters nasses Wams vor dem Herde trocknete und willig die Fäden zog, wenn Mutter ein Gewebe aufzog.

Die Nächte aber verwandte er zu seinen eigenen Studien, da ihn die Schüler bis abends spät in Anspruch nahmen, und mit jedem Semester sanken seine Augen mehr ein, ein wehmütiger Zug legte sich um die bartlosen Lippen, und die Wangen wurden immer bleicher.

Aber es musste vorwärts gehen, dem Tage entgegen, wo er freudestrahlend in der tannenen Veranda seiner Pfarre stehen, seine Arme um den alten, müden Vater und die alte, schwache, gebeugte Mutter legen würde. Dann wollte er seine Wange liebkosend an die dünnen, grauen Locken legen und sagen: »Dank für alles; bleibt nun fürs Leben bei mir!«

Er badete die heißen Schläfen mit kaltem Wasser, um den Schlaf zu verscheuchen, und die müden Augen flogen mit fieberhaftem Glanz über die Blätter hin.

Einmal war es ihm, als verließen ihn die Kräfte, als stelle sich etwas Düsteres, Unerklärliches, Unbewegliches zwischen ihn und sein Ziel. Damals hatte er gerade noch einige Schüler mehr, und damit größere Einnahmen bekommen.

Am nächsten Tage ging er zu einem Lebensversicherungsagenten. »Fünftausend?« Nein, das wurde zu teuer. »Zweitausend?« Dazu reichte sein Geld auch nicht. Schließlich ließ er sein Leben auf tausend Mark versichern. Die sollten Vater und Mutter haben, wenn etwas ... etwas Unvermutetes einträfe.

Aber nun kam der Frühling, die Sonne, Birkensaft, Lebenslust, Freude, Hoffnung und – das Maturitätsexamen.

Im Schriftlichen ging es gut. Nils Peter stand in reinlichen, gekehrten, beim Trödler gekauften Kleidern im Schulsaale und hörte den Direktor sagen, dass er zum Mündlichen zugelassen würde. Und er lernte Tag und Nacht. Abends nahm er sich eine Wanne mit kaltem Wasser mit aufs Zimmer, und wenn der Schlaf ihn zu überwältigen drohte, steckte er seine Füße ins Wasser, um sich wach zu erhalten. Er hatte nicht die geringste Ahnung, womit er sich auf der Universität erhalten sollte, und doch war es ihm, als höre er das Sausen der Linden vor dem Pfarrhause immer deutlicher. – – –

»Stehen Sie auf, Herr Lind! Es ist jetzt hohe Zeit. Herr Karlsson und Herr Strömberg gingen eben vorbei zum Examen. Sie müssen sich beeilen!«

Aber Nils Peter schlief mit der dünnen, mageren Hand unter der Wange so fest wie nie zuvor. Die Wirtin wurde ungeduldig.

»Sputen Sie sich, Herr Lind, sonst kommen Sie zu spät ... Herrje ... was ist mit dem Jungen! Lina, Lina!«

Lina kam und die Madam von gegenüber und der alte Schneider von schräge über, und zuletzt kam der Doktor, lüftete die graue, zerknitterte Decke, öffnete das enge, ausgewachsene Baumwollenhemd, legte die Hand einen Augenblick auf den hohen, mageren Brustkorb und sagte: »Herzschlag.«

Statt einer weißen Studentenmütze kam ein schwarzer Sarg in die kleine Kammer der Tagelöhnerleute. Mutter und Vater gingen wie im Traume umher. Sie konnten es nicht fassen. Ihr Nils Peter musste ja aufstehen und ihnen erzählen, wie es ihm im Abiturientenexamen ergangen war! Er konnte doch nicht gerade jetzt sterben? Dann gäbe es keinen barmherzigen Gott im Himmel. Und so gingen die beiden Alten mit stumpfen, tränenlosen Blicken aus und ein und betrachteten das liebe, magere, gelbe Gesicht.

Erst als der Lebensversicherungsagent, der zugleich Turnlehrer am Gymnasium war, sie besuchte und ihnen sagte, dass sie die tausend Mark zu erheben hätten, für die ihr Nils Peter sich hatte versichern lassen, da erweichten ihre gepressten Herzen:

Gegen Abend ließ Vater die Hände, in denen er bis dahin sein altes, bärtiges, schmerzverzogenes Gesicht verborgen hatte, sinken.

»Und wie dem Felsen die Quelle entspringt,
Entströmten dem Auge die Tränen.«

»Lise, hast du schon von Schultheißens Geld für das Kleiderzeug bekommen.«
»Ja, Karl.«
»Gib's her!«
Dann machte sich Vater auf den Weg nach der Stadt, und Mutter war so vernichtet, dass sie nicht fragte und sich nicht wunderte.
Gegen Mitternacht kam er zurück. Es war eine helle, nordische Sommernacht und durch das Fenster sah er Mutter sich über Nils Peters schwarzes Bett beugen. Das Fenster stand offen, und schwellende, rosige Apfelblüten fielen auf die Fensterbank und in die Kammer hinein. Leise trat der Alte in die Tür und zum Sarge hin. Er zog ein kleines Paket hervor, das er unter dem Wams verborgen hatte, und legte eine neue, weiße Studentenmütze auf Nils Peters Brust.

Und Mutter, die mit der gewöhnlichen Herbigkeit der Armen und Geringen ihren Sohn in den letzten zehn Jahren nicht geküsst hatte, presste nun immer wieder ihre dünnen, bebenden Lippen auf den weißen Sammet der Mütze ...

Der Mond schien so hell. Merkwürdig! Nils Peter schien im Schlafe zu lächeln. Vielleicht bereitete er sich, Vater und Mutter in einem Heim die Arme entgegenzustrecken, das noch viel schöner und herrlicher war als das erträumte Pfarrhaus.

Die Frau, welche von Kostgängern leben sollte, aber daran starb

Die Frau, welche von Kostgängern leben sollte, war einmal neunzehn Jahre alt gewesen, hübsch wie eine neugebaute Villa im Tiergarten und gut wie die Morgenmilch, wenn die Kühe kürzlich auf die Weide getrieben worden sind.

Es würde für sie besser gewesen sein, wenn sie lieber so hässlich gewesen wäre wie die Gedanken des Tageblattes über die neue schwedische Heerordnung, denn dann hätte Magister Andersson sich nichts aus ihr gemacht. Doch das sah sie damals noch nicht ein, und wenn Magister Andersson auf den Subskriptionsbällen des Städtchens (Damen = 3 Mark, Herren = 2 Mark, Punsch = extra) mit ihr tanzte, schwebte sie stolz und überglücklich dahin. Sie vergaß total, wie sehr ihr Papa über das Geld zur Halskrause geschimpft hatte und dass ihre Mama nachts das alte Linonkleid mit weißem Grunde, blauen Blumen und einem kleinen gestopften Riss in der linken Kniefalte zum sechsten Male geplättet hatte.

Und als ihr Magister Andersson gestand, dass er sie gern hatte – oder »sie mit einer an Wahnsinn grenzenden Hingebung anbetete« – da wurde sie, trotzdem sie schon ein halbes Jahr auf diesen Moment gelauert hatte, so überrascht, dass sie ihm vor lauter Erstaunen in die Arme sank. Und da nicht nur Anderssons Hingebung an Wahnsinn grenzte, sondern das Zimmer, in dem die beiden auf dem Sofa saßen, auch an ein Kabinett stieß, in dem sich zwei andere Mamsells mit Nähen beschäftigten, so hatte das arme Mädchen zwischen einem Skandal ganz solo oder drei Zimmern mit Küche und abgeschlossener Etage in guter Gegend mit Herrn Andersson zu wählen. Und da der Magister sie küsste und wieder küsste und sie ganz vergessen hatte, aufzuspringen und in schüchterner Verwirrung auszurufen: »Unverschämter, wie können Sie es wagen!«, so nahm sie denn ihren Andersson.

Aber sie hätte besser getan, den Skandal zu wählen, denn davon würde sie mehr Vergnügen gehabt haben. In der kleinen Stadt hatten nämlich die Skandale ein langes und die Schullehrer ein kurzes Leben. Als zwei Jahre vergangen waren und Frau Andersson ihrem Gatten viele freudige Stunden bereitet, ihm einen Buben geschenkt und nur eine äußerst begrenzte Anzahl Gardinenpredigten gehalten hatte, machte der Magister Ferien und fuhr auf längere Zeit in den Himmel. Zuletzt flüsterte er noch matt: »Gott segne dich, meine Anna!« Aber er sagte kein Wort darüber, wovon sie und der Junge leben sollten, wahrscheinlich aus Zartgefühl und um ihre Zukunft und ihren freien Willen nicht zu beeinträchtigen.

Es hätte doch wirklich nicht schaden können, wenn er gesagt hätte: »Im Schreibtischauszuge findest du meine Lebensversicherungspolice«

oder »im Rasirspiegel liegt eine Bankanweisung«; doch, wie gesagt, darüber setzte er sich hinweg. – –

Fünf Tage lang lebte Frau Andersson von Begräbnistorte und Tränen, doch dann hatte sie Hunger und beschloss, das Mädchen zu Markt zu schicken. Zu diesem Zwecke wollte sie die Kasse untersuchen. Einen feuerfesten Geldschrank hatten sie nicht, aber aus der rechten Tasche in der Alltagshose des seligen Andersson zog sie eine Mark fünfzig, eine Schusterrechnung und die lateinische Stilübung eines Untersekundaners hervor.

Da schrieb sie denn an Anderssons Vater, der ein ganz gutgestellter Landrichter war, und bat, zu ihm ziehen zu dürfen. Sie wollte der Schwiegermutter in der Wirtschaft helfen, und der Junge könnte ja seinem Großvater Zerstreuung bereiten.

Doch der Schwiegervater antwortete, dass, obwohl er nichts lieber täte, als der Gattin und dem Kinde seines geliebten Sohnes in seinem Hause eine Freistatt zu bereiten, er es doch nicht wagte seines gefühlvollen Herzens und seines weichen Gemütes wegen, weil sie und das Kind ihn zu grausam an den Verlust erinnern würden, den er durch den Heimgang seines geliebten Sohnes erlitten. Niemand sollte jedoch sagen, dass er seine Schwiegertochter hilflos oder obdachlos ließe, darum bat er sie, mit den eingeschlossenen fünfzehn Mark vorlieb zu nehmen, und versprach ihr noch einen halben Käse zu Weihnachten.

Damals ließ Frau Andersson folgende Annonce in die Ortszeitung setzen:

Billige Pension
in einer hübschen Wohnung in guter Gegend kann ein einzelner Herr oder eine alleinstehende Dame erhalten. Offerten unter der Adresse »Witwe« an das Büro dieser Zeitung zu senden. – N.-S. Beköstigung à 1 Mark pro Tag für einzelne Herren ebendaselbst.

So kam Frau Andersson dazu, von Kostgängern zu leben. Die ab und zu gehenden Speisegäste bitte ich der Hauptsache nach ganz aus dem Spiele lassen zu dürfen. Es waren meistens junge Studenten an der technischen Schule, und wenn ihr Betragen auch nicht immer das beste war, so ließ doch ihr Appetit nichts zu wünschen übrig. Es kam auf dasselbe heraus, ob man einen Teller mit Butter auf ihren Tisch oder auf den Krater des Vesuvs setzte, und eine größere Schüssel mit

Frikadellen verschlug bei ihnen ungefähr ebenso viel, als wenn man, in einem Luftballon sitzend, sich über dem Atlantischen Ozean mit den Fingern schneuzt.

Und oft hieß es am Schlusse des Semesters: »Liebe Frau Andersson, Papa ist gerade schlecht bei Kasse, wir werden es später mit der Post schicken.« Nein, wie gesagt, bei den Speisegästen die kamen und gingen, werden wir uns nicht weiter aufhalten, sondern nur bei denen, die volle Pension erhielten und in dem besten der drei Zimmer (abgeschlossene Etage in guter Gegend) wohnten.

Der erste war ein alter, bissiger Junggeselle, der Frau Anderssons Leben mit seinen giftigen Ein- und Ausfällen über alles, was es im Hause und bei Tische gab, pfefferte.

»Liebe Frau Andersson, wohnt hier ein Schuster in der Nähe?«

»Jawohl, Herr Petterqvist, wollen Sie Schuhe ausgebessert haben, so kann das Mädchen auf der Stelle ...«

»Ei bewahre. Diese Beefsteaks brachten mich nur zufällig auf den Gedanken an Schuhsohlen, ich fürchtete, dass vielleicht eine Verwechselung ...«

Ein anderes Mal begann Herr Petterqvist: »Meine Liebe, Sie könnten den Armen nun zu Weihnachten viel Gutes erweisen.«

»Leider nicht, Herr Petterqvist, Sie kennen ja meine geringen Mit ...«

»Nun, nun, verstehen Sie mich recht, ich meinte auch nicht, dass Sie große Geldsummen opfern sollen, ich dachte nur, ob Sie nicht die fettigen Tapeten aus meiner Stube in irgendeine Suppenanstalt schicken und mir neue spendieren wollten.«

Als Herr Petterqvist schließlich auch noch behauptete, dass die Rosen in dem Muster seiner Zitzdecke Frösche seien, kam es zum Bruche, und in das Zimmer zog Fräulein Juleima Desperato (geborene Pettersson!), Elevin des Stockholmer Konservatoriums, augenblicklich aber in der Provinz, um sich auszuruhen und ihrer Gesundheit zu leben. So lange sie im Hause wohnte, konnte Frau Andersson ruhig vor Einbrechern schlafen, denn die Polizei schlug ihre Hütten ringsumher auf. Die Polizei bildete sich nämlich ein, dass der versoffene, kleine Schneider im Parterre seine Frau morden wollte, und dass diese es war, die in Todesangst schrie, sobald Fräulein Desperato ihre Bravoursachen vortrug. Frau Anderssons liebe, kleine Miez gab jeden Gedanken an Konkurrenz auf dem Gebiete der Vokalmusik auf, lief fort und legte sich unter einem großen Wachholderbusch im Stadtpark nieder, wo sie aus reinem Neid starb. –

Fräulein Desperato machte Brüderschaft mit Frau Andersson, gab ihr drei Freibillete zu ihrem Konzert in der Domkirche, gewann das Herz des Jungen mit einigen Tafeln Schokolade – und schob die Bezahlung bis nach ihrer Rückkehr von Paris auf, wo sie sich nun von Gounod und Madame Biardot weiter ausbilden lassen wollte.

Frau Andersson war kaum 26 Jahre alt und noch eine sehr hübsche Frau, als der Agent Johann Thara als Mieter über die Schwelle der Etagentür trat, die zu den drei Zimmern mit Küche in guter Gegend führte. Er hatte eine stattliche Figur, einen kühnen Blick und einen Schnurrbart, oh, mein Gott, einen Schnurrbart …

Der selige Magister, der in Kabinettformat und hübschem, gepresstem Lederrahmen fünf Jahre lang von der Wand der guten Stube auf seine gebrochene Gattin herniedergeblickt hatte, wurde am selben Vormittag in dem Kommodenauszuge zwischen Hagbergs Predigten und einer großen Tüte Kamillentee untergebracht.

Gleich nach Tisch musste das Dienstmädchen Punsch holen, und des Nachts grübelte Frau Andersson in ihrem Bette darüber nach, ob es wohl recht sein könnte, dass sie ihr ganzes Leben hindurch Trauer trüge. Hieß es nicht, seine heiligsten Gefühle entweihen, wenn man sie so öffentlich zur Schau trüge?

Am folgenden Tage, als der Agent ausgegangen war, verschwand die Rosen-Frösche-Decke aus seinem Bette, und dafür wurde die etwas verblichene, blaue, wattierte Seidenhülle darauf gelegt, die die Mama des seligen Andersson ihrer lieben Schwiegertochter am ersten Aufgebotssonntage geschenkt hatte.

Andersson war bei Lebzeiten ein geduldiger Kerl gewesen, aber ich hätte ihn doch beobachten mögen, als er wie andere Engel auf seiner Wolke schaukelte und den Herrn Agenten zu sehen bekam, der sich behaglich gegen ein Kissen legte, das durch den Verkauf von Anderssons eigenem, bis dahin als heilige Reliquie betrachtetem Doktorfrack angeschafft worden war.

Einen Monat später ging Frau Andersson einmal durch die Hauptstraße und erblickte ihren Agenten, der ihr mit einer Dame am Arm entgegenkam.

Ihr war dabei zumute, als schlüge der Blitz in die blaue Seidendecke und als wäre ein halbes Dutzend Technologen abgereist, ohne zu bezahlen.

Und dann stand man sich einander gegenüber.–

»Oh, wie erfreulich, meine Braut, Fräulein Rosenknopp – meine liebenswürdige Wirtin, Frau Andersson. – Sie müssen wirklich gute Freundinnen werden.«

Der selige Andersson in Kabinettformat und gepresstem Lederrahmen thront wieder an der Wand der guten Stube und hat sogar einen Efeukranz bekommen.

Doch sein freundlicher Blick kann seine gebrochene Gattin nicht beruhigen, die tränenden Auges die teuren, teuren Züge betrachtet. Deutlicher wie je zuvor fühlt sie, dass sie sich nie trösten kann, dass sie den Tod im Herzen trägt, dass die blaue Seidendecke nie wieder aus dem Schranke kommt und dass die Rosenfrösche von Zitz von nun an stets nur weibliche Kostgänger einhüllen werden.

Und der selige Magister lächelt im Himmel und sagt gerade so wie damals, als er starb: »Gott segne dich, meine Anna!«

Pettersson & Co.

Drunten am Hafen, nicht an dem engen, schmutzigen Fischerhafen, sondern an dem größeren, hellen, freundlichen, wo die ordentlichen Schiffe anlegten, hatte die Firma Pettersson & Co. ihr Haus. Es war ein großer, altertümlicher Bürgerpalast mit kleinen Fenstern und engem Vorplatz, einer Steintreppe, Comptoir und *En gros*-Geschäft links, Ladengeschäft rechts vom Eingange; und darüber lag die Familienwohnung, aus der die Herren Pettersson seit mehr als hundert Jahren in die Welt gegangen waren.

Zuerst kamen sie die große Treppe hinunter und auf den Markt. Da saßen sie noch auf dem Arm der Amme und blickten mit großen blauen, stets blauen Kinderaugen neugierig umher unter kleinen, koketten Mützen und aus der Umhüllung niedlicher Babymäntel, die die Pettersson'schen Frauen stets reizender und hübscher machen ließen, als alle anderen Mütter der Stadt.

Und das ganze Comptoir- und Ladenpersonal, von dem alten, grauhaarigen Prokuristen bis zu dem Laufjungen mit roten Fingern und verfrorener Nase, blickte durch die kleinen, bleigefassten Scheiben hinaus und dachte: »Da haben wir den kleinen, zukünftigen Chef des Hauses Pettersson & Co.«

Später stürmten sie auf eigenen Beinen die Treppe hinunter, fröhliche, hurtige Schulknaben mit sonnigem Blick und Büchern unter dem Arm. Die Kameraden, die Lehrer, die Schiffer und die Kuchenfrauen, alle sahen in ihnen den künftigen Chef der Firma Pettersson & Co. Denn dass ein Kind aus dem großen, grauen Hause am Hafen etwas anderes werden könnte, eine andere Bahn als der Vater und Großvater betreten würde, daran dachte man ebenso wenig wie, dass die Sonne vergessen könnte, des Morgens aufzugehen.

Aber die jüngeren Söhne?

Es gab keine jüngeren Söhne! Höchstens einmal eine kleine Schwester, die sich, wenn sie das passende Alter erreicht hatte, stets mit dem Erben einer anderen alten und wirklich soliden Firma verheiratete. Aber das Haus Pettersson & Co. hatte immer nur einen männlichen Erben.

Die Jahre gingen hin. Aus dem Schulknaben wurde ein Mann. Eines schönen Tages wurden Comptoir und Laden gefegt, die Fensterscheiben von Staub und Spinnenweben gereinigt, oben in der Familienwohnung neue Gardinen aufgesteckt, und die alten, schweren, kunstreich gearbeiteten, perlfarbenen, goldbroncierten Ebenholzmöbel prunkten mit neuen Bezügen. Blumen in allen Vasen, Sonnenschein in aller Augen und eine große, schöne Girlande über der Eingangstür. Und dieselbe alte, dunkle, hässliche, liebe Treppe hinauf, über die er als Kind getragen und als Jüngling geeilt war, kam nun Herr Pettersson Junior mit seinem Weibe. Und wenn es der jungen Frau in dem steifen, sonderbaren Hause ein bisschen ängstlich und beklommen zumute wurde, so wurde sie doch drinnen im großen Saale wieder warm und froh, wenn vier alte, treue Arme sie umfingen und vier frohe, herzensgute Augen ihr entgegenlächelten: »Willkommen, liebe Tochter!«

Und zu seiner Zeit wurden die Fenster weiß verhängt und Tannenzweige lagen vor der Tür. Die Schiffe flaggten auf Halbmast, die Kirchenglocken läuteten und der Leichenwagen kam, um Pettersson junior zum letzten großen Buchschluss abzuholen. Da war denn stets ein junger, kräftiger Chef hinter dem Pulte und in der Kinderstube oder auf der Schulbank ein Bübchen, das die Thronfolge der Firma sicherte, und so konnte denn Großvater ruhig durch die Gitterpforte des Kirchhofes fahren.

Eine junge, eben verheiratete Frau Pettersson Junior stand einmal auf dem Markte und betrachtete das Haus.

»Aber Karl, weshalb hat das Geschäft kein Schild?«

Pettersson Junior lächelte und richtete sich um ein paar Zoll auf: »Mein alter Großvater erinnerte sich, gehört zu haben, dass da einmal ein Schild gewesen sein soll. Aber jetzt, Luise, ist es sehr lange her, dass unser Geschäft eines Schildes bedurfte.«

Wer war Co.? Das wusste niemand. Nie war mehr als *ein* Wille, *eine* leitende Hand in der Firma gewesen; selbst Pettersson Junior hatte eher nichts im Geschäft zu sagen, bis der Prediger die Faktura auf den Senior bekommen hatte. Co. war gewiss nur ein Fantasiegeschöpf des ersten Pettersson.

Es war ein altes, frommes und ehrenhaftes Geschlecht, das vorwurfsfrei lebte, seinen Nächsten liebte, seinesgleichen hochachtete, auf Gott, der ihm immer geholfen hatte, traute und sich auf das Hauptbuch, das stets Überschuss zeigte, verließ. Ein Bayard, ein Gottfried von Bouillon hielt sein Schild und seinen Namen nicht reiner als die Petterssons ihre Firma, und es war ebenso unmöglich, in Petterssons Kontokorrent einen Fehler zu entdecken, wie ein mathematisches Axiom umzustoßen. Und der Reichtum wuchs, und immer mehr Schiffe brachten von allen Enden der Welt ihre Waren in das große, graue Haus an dem kleinen Hafen, hoch oben im Norden.

Da kam das Entsetzliche. Schlag auf Schlag folgte ein Unglück dem anderen; keine Klugheit, keine Vorsicht half; zwei Jahre rissen ein, was Jahrhunderte erbaut hatten; der Reichtum schmolz wie ein Gletscher unter der Lava; das ganze Land war in einer Krisis, und das alte, graue Haus erbebte in seinen Grundfesten.

Andere Häuser erbebten noch mehr, ja drohten mit Einsturz. Aber deren Chefs waren vernünftige Männer, die mit 50, 30 und 25 Prozent »akkordierten«, und nach sechs Monaten standen sie ebenso herrlich und solide da wie je zuvor.

Aber Pettersson & Co. wollten nicht »akkordieren«. Mit zitternder Hand notierte der alte Prokurist den einen Unglücksschlag, den einen Verlust nach dem anderen; lange, schlaflose Nächte hindurch saß Pettersson *senior* am Pulte, bis die Augen trübe und das Haar weiß wurde. Und die Ziffern des Hauptbuches reihten sich immer gleichmäßiger zu einer Leichenprozession, deren schwarze Glieder Pettersson & Co.s Millionen zu Grabe trugen.

Eine Nacht hatten die beiden Alten hindurch gearbeitet, und der dämmernde Herbstmorgen begann grau ins Comptoirfenster zu scheinen. Der Chef fühlte einen leichten Schlag auf seiner Schulter. Er blickte auf. Es war Stark, der alte Prokurist.

»Was wünschen Sie, Herr Stark?«

»Ich möchte nur wissen, Herr Pettersson, ob Sie erfahren haben, dass Andersson & Ringman 75 Prozent geben?«

»Ja, ich weiß es; wir werden, soweit es uns betrifft, darauf eingehen. Wollten Sie das wissen?«

»Nein ... ja ... hm ... könnten wir nicht auch ... verzeihen Sie, Herr Pettersson, ich meine es nicht böse ... 75 Prozent bieten; ich fürchte ...«

Ein Beben durchfuhr die gebeugte Gestalt des Chefs. So war dies Wort denn nun zum ersten Mal in Pettersson & Co.s Comptoir ausgesprochen worden! Seine Augen blitzten; doch im nächsten Augenblick wies er auf die Bücher und sagte sanft, aber bestimmt: »Bitte, kümmern Sie sich um Ihre Arbeit, Herr Stark!«

Dann fiel es ihm ein, dass er doch wohl zu strenge gegen den Alten gewesen war; er stand auf, klopfte ihm auf die Schulter und sagte: »Nehmen Sie's nicht übel, Herr Stark; aber Pettersson & Co. werden sich niemals zu einem Akkord verstehen!«

»Verzeihen Sie ... aber ... aber ... denken Sie an Herrn Heinrich, Herr Pettersson!«

Der Chef senkte das Haupt. Heinrich! Das war sein einziger Sohn, der Junior und künftige Chef der Firma. Sollte er aus diesem lieben, alten Hause gehen, wie der Sperling von der ausgedroschenen Ähre! – Er löschte die Lampe aus, nickte Stark zu und ging in die obere Wohnung.

Vielleicht war es kindisch, so fest an der alten, fleckenlosen Firma zu halten? Er hatte ja selbst bei anderen so unerhört verloren. Was denn, wenn er nun selbst nicht bis zum letzten Heller bezahlen konnte! Er wusste, dass niemand etwas darüber sagen, dass kein verächtliches Wort darüber auf der Börse fallen und er selbst mit gesicherter persönlicher Achtung aus der Prüfung hervorgehen würde. Und dann wäre das Geschäft für Heinrich gerettet ...

Herr Pettersson trat in den großen Saal. Die Oktobersonne ging eben auf und warf ihren matten Schein auf alle die alten Herren Pettersson, die feierlich und steif unter Glas und Rahmen saßen, ausgenommen die beiden letzten, die in Öl prangten. Das war der Ahnensaal des Patriziers; sie alle trugen keinen klingenden Namen und kein glänzendes Wappen, aber ihre Worte waren echt wie Gold gewesen, ihr Handschlag sicherer wie Pfand und Verschreibung.

Da hinten links saß der Älteste von ihnen, ein magerer, langhaariger, alter Bauer in schwarzer Kreide. Das war der Stammvater. Er hatte mit dem Bündel auf dem Rücken und 50 Talern in der Tasche angefangen. Im Vergleich mit den späteren Chefs der Firma war er ja nur simpel, aber der Urenkel, der vor ihm stand, glaubte in seinen großen, ehrlichen Augen zu lesen: »Volle *valuta* bekommen und quittiert. Karl Pettersson.«

Später wurden die Ahnen feiner. Mit Frack und Wasaorden. Doch das machte nichts, aus jedem Blicke leuchtete es wie eine Mahnung: »Mein Sohn, bezahle bis auf den letzten Heller! Pettersson & Co. werden sich niemals zu einem Akkord verstehen!«

Und Pettersson & Co. akkordierten nicht, aber sie – wickelten ab. Sechs Monate lang saßen der Chef und der Prokurist Tag und Nacht im Comptoir, und als alles beinahe abgeschlossen, die letzte Faktura liquidiert, das letzte Kontokorrent durchgesehen und für richtig befunden, das liebe, alte, graue Haus mit den goldbroncierten, perlfarbenen und Ebenholzmöbeln in andere Hände übergegangen, Nero, Sultan und das Coupé verkauft waren, blieben 6000 Mark und Möbel zu zwei kleinen Zimmern in der Vorstadt übrig.

Der alte Stark schlug das Hauptbuch zu und legte die letzte Tagespost ins Korrespondenzfach. Seine Lippen zuckten, und als der Chef einmal fortsah, wandte er sich nach dem Fenster und wischte sich verstohlen die Augen. Die neuen Mieter sollten um 12 Uhr kommen, und das Comptoir musste bis dahin ausgeräumt sein.

Der Chef nahm seinen Hut und öffnete die Tür:

»Warten Sie hier einen kleinen Augenblick auf mich, Herr Stark!«

Der Prokurist wartete, und bald kam der Chef zurück. Er hatte etwas Besonderes auf dem Herzen, das konnte man deutlich sehen, denn er hustete ein paarmal, ehe er anfing:

»Es ist bei unserer Firma stets Brauch gewesen, für die Zukunft treuer Diener zu sorgen. Leider habe ich für unsere anderen Gehilfen nichts tun können; doch sie haben gute Zeugnisse erhalten und sind junge, gesunde Männer, so geht es ihnen trotzdem gut, wie ich hoffe. Sie dagegen, Herr Stark, haben sich bei uns verbraucht, und in dieser letzten schweren Zeit ist es vielleicht mein größter Kummer gewesen, dass ich Ihnen vielleicht Ihre Treue gar nicht würde vergelten können. Es ist und kann ja nicht wie in den Glanzzeiten der Firma geschehen, aber nehmen Sie meinen herzlichsten Dank und diese Leibrente, die ich für 4000 Mark gekauft habe. Sie sind alt, lieber Freund, so vergrößert sich Ihre Einnahme mit jedem Jahr und das Kapital verzinst sich besser, als wenn ich Ihnen ein Sparkassenbuch auf dieselbe Summe gegeben hätte, und Sie stehen ja allein in der Welt ...«

»Herr Pettersson, ich ... ich ... ich kann nicht! Denken Sie an sich selbst, an Ihre Frau und Herrn Heinrich!«

»Was, Herr Stark? Es ist hier im Comptoir nie Sitte gewesen, dass sich jemand den Dispositionen seines Chefs widersetzt. Aber ich konnte es mir wohl denken, dass Sie sich sperren würden und deshalb habe ich die Sache so arrangiert, dass sich nichts mehr daran ändern lässt. Vor fünfzehn Jahren kaufte ich für mich und meine Frau kleine Leibrenten, die uns vor Not schützen, und ich hoffe für andere Geschäftsleute kopieren und Bücher führen zu können. Die letzten 2000 hat Heinrich bekommen. Es ist nicht viel für den Erben von Pettersson & Co., aber morgen reist er nach Amerika und wird vielleicht eines Tages zurückkommen und das alte Geschäft mit dem guten Namen und der unbefleckten Firma wieder aufrichten.«

Draußen in der Vorstadt in zwei kleinen Zimmern sitzen der Chef des Hauses Pettersson & Co. und seine ihm unter allen Wechselfällen des Lebens treu zur Seite gebliebene Gattin. Von der Welt vergessen, sind sie einander alles, und manchmal schweifen die Gedanken weit hinüber zu dem geliebten Sohn im fernen Westen, der viele und lange Briefe schreibt voll frischen Mutes bei aller Arbeit und voll Hoffnung, obgleich es mit der Erwerbung des Grundkapitals zur Wiedererrichtung der Firma nur langsam geht. Pettersson *senior* sitzt im vorderen Zimmer über Büchern und Rechnungen gebeugt und arbeitet vom Morgen bis zum Abend für andere. Das ist schwer genug, und manchmal, wenn er seine Alte wirklich sicher in der Küche weiß, seufzt er tief auf. Aber am Abende, wenn der Rücken gar zu weh tut und selbst die schärfste

Brille nicht mehr verschlägt, dann öffnet sich leise die Tür und ein grauer, teurer, lächelnder Frauenkopf guckt durch die Spalte.

Dann wartet ein Teetischchen mit zwei alten, seltenen Tassen im Hinterzimmer, dann hat die kleine Mama ihren Strickstrumpf beiseite gelegt und die Pfeife gestopft, dann ist es warm und hell um sie herum und in den beiden alten Herzen, dann fahren die Gedanken so schnell über den Atlantischen Ozean zu dem Junior der Firma, dann fühlen sie beide, dass Unglück, Kummer und Sorge keine Macht über zwei Herzen haben, die, so alt und gebrechlich sie auch sind, doch noch immer im gleichen Takte schlagen.

Und auf dem Borde über der Garderobentür stehen ehrwürdige, alte Bücher in starkem, dickem Einband; Bücher mit ehrlichen Ziffern, mit regelrecht abgeschlossenem Konto, mit dem stummen, arithmetischen Beweis, dass in der Firma nie ein Betrug verübt worden ist, in der Firma Pettersson & Co.

Die Hindernisse der Liebe

Es war ein junger, munterer Bursche, der die landwirtschaftliche Akademie zu Alnarp durchgemacht hatte, er besaß treuherzige, schielende, blaue Augen, doppelsohlige, lange Stulpstiefel und eine Anstellung als Inspektor beim Rittergutsbesitzer Gyllenborst auf Lündåhra.

Sie war ein junges, heiteres Mädchen, das auf der Haushaltsschule gewesen war, hatte ein blaukariertes Alltagskleid, eine kleine, nette Figur, rote Wangen, appetitliche Lippen und eine Anstellung als Stütze bei der Gutsbesitzerin Gyllenborst.

Er hieß Karl Andersson und sie Lotte Jönsson. – Des eleganten Buches wegen möchte ich gern, dass sie einen feineren Namen besäßen, aber was kann ich wohl dabei tun!

Sie sahen sich täglich, und es wäre ein Wunder gewesen, wenn sie sich nicht ineinander verliebt hätten. Aber heutzutage tut unser Herr keine Wunder mehr, und deshalb liebten sie sich auch mit der ganzen Kraft ihrer jungen, unverdorbenen Herzen. Doch sie hatten nie Gelegenheit, es einander zu gestehen, und wenn Lottchen am Herde stand und ihre zischenden Braten in der Pfanne umdrehte, dann war ihr oft zumut, als hätte sie ihr eigenes, sehnendes, liebendes Herzchen umgedreht.

So weh tut es, meine Herrschaften, wenn man etwas von einer Person des anderen Geschlechtes hält.

Sobald man liebt, liegt es im menschlichen Instinkt, zu versuchen, dem Gegenstande seiner Liebe durch seine besten und stärksten Seiten zu imponieren. Herr Andersson untersuchte sich selbst. Sein mündlicher Vortrag war schwach; die Augensprache war bei seinem windschiefen Sehapparat ein zweischneidiges Schwert, das, wenn es bei Tische angewandt wurde – der einzigen Stelle, wo man sicher täglich zusammentraf – ebenso gut vorbeischlagen und die Erzieherin oder Frau Gyllenborst treffen konnte. Seine Hände waren groß und rot, und seine Stimme eignete sich nicht für Gesang.

Aber die Füße – die waren just Herrn Anderssons stärkste Seite. Er trug, wie gesagt, hohe Stiefel, konnte täglich, ohne müde zu werden, sechzig Kilometer marschieren und saß Lotte bei Tisch gerade gegenüber. Welches Feld für zarte und liebevolle Fußcourschneiderei! Und so trat er denn in Gottes Namen zu, mitten zwischen Bouillon und Hecht, mit der äußersten Zehspitze, zärtlich, fragend, liebevoll ...

»Au der Tausend! Mein Leichdorn! Halten Sie die Füße still, Herr!«, tobte Gutsbesitzer Gyllenborst.

Ach, man muss auch ein bisschen Topograf sein, wenn man sich auf Fußcourschneiderei einlassen will!

Auf Lündåhra waren viele schöne Pferde und einige allerliebste kleine Füllen. Herr Andersson liebte Pferde, und sowie er einen freien Moment hatte, stand er stets in der Stalltür und betrachtete die prächtigen Tiere. Es war, als würde sein Herzweh hierdurch etwas gelindert, ohne dass ich jedoch deshalb behaupten will, dass auch die elegantesten Kutschpferde der Welt als Surrogat für Lottchen dem Herzen eines rechtschaffenen Andersson passen würden.

Wenn nun Fräulein Jönsson Herrn Andersson wie ein Fragezeichen in der Stalltür stehen sah, eilte sie jedes Mal, schnell wie ein Gedankenstrich, zum Borde, wo die Köchin übriggebliebene, trockene Brotrinden aufzubewahren pflegte, sammelte diese in die Schürze und schlug ebenfalls den Weg nach dem Stalle ein, um die kleinen, süßen Tiere zu füttern.

»Jetzt oder nie!«, dachte der Inspektor jedes Mal, wenn er das blaukarrierte Kleid sich leicht über die geharkten Wege und das sprießende Gras entgegenkommen sah. Aber gerade wenn er ihr sein Herz eröffnen wollte, während sie zusammen Felix oder Frey fütterten, stieg entweder einer der Knechte vom Heuboden herunter, oder das Milchmädchen wollte in der Häckselkiste nach Eiern suchen oder Frau Gyllenborst rief: »Liebe Jönsson, wo ist das neue Zwölfbundsweberschiff?«, oder der Gutsbesitzer schrie: »Andersson, werden wir heute Gerste säen?«

Dann bewölkte sich Lottchens Stirn und Herr Andersson murmelte ein »Pfui Teufel!«, und Amor zerdrückte eine Träne im Auge, schüttelte die Flügel, sprang in die Geschirrkammer und versteckte sich dort.

Einmal war das Glück ihnen gewogen. Niemand störte sie. Lotte lehnte sich behaglich an die Füllenkette mit ihrem runden, weißen Arm um Freys Hals; die Brotrinden waren ausgeteilt, zwei Herzen schlugen im Takt, die Pulse brannten, die Augen glänzten; die alten Pferde zermalmten frisch ihr Häcksel, die jungen beschnupperten sich gegenseitig die Ohren, die Vögel sangen in der Eberesche vor dem Fenster, Herr Andersson fasste Lottes Hand, beugte sich zu ihr nieder und begann: »Ach, Fräulein Lotte, ich habe lange geda...«

Weiter sollte er auch diesmal nicht kommen, denn plötzlich zwang ihn eine gewaltige Kraft von hinten einen Halbkreis in der Luft zu beschreiben, und ehe er sich's versah, lag er vornüber auf dem Stallfußboden.

Eine neue Mahnung für alle, die ihrem Herzen im Stalle Luft machen wollen, den Stallwidder vorher einzuschließen.

Wieder verging eine Woche nach der andern, und die Liebe in den Herzen der beiden Jungen wuchs wie die Spargel um Johannis. Lotte pfefferte das Blancmanger und Andersson ließ den Klee halbtrocken einfahren.

Doch an einem warmen Sonntage im August ging die Sonne lächelnd über Lündåhra auf. Alle wollten zur Kirche fahren, bis auf Lotte, die schnell entsetzliche Zahnschmerzen bekam, und Herrn Andersson, der zu Hause bleiben wollte, damit die Tagelöhnerkinder nicht alle Kirschen stehlen könnten.

Am Vormittage so gegen zehn Uhr steuerten zwei blankgewichste Reitstiefel vom besten Rossleder ihren Kurs durch den Park nach dem See, und zehn Minuten später trippelten zwei nette, kleine Kalbslederschuhe auf demselben Wege dahin. Sie trafen sich unter einer schattigen Ulme, und zum hundertsten Male dachte Herr Andersson: »Jetzt oder nie!«

Armer, durch und durch ehrlicher Junge! Er bebte von Kopf zu Fuß, und alles Blut in seinem ganzen Körper schien sich durch die Ohrläppchen hinausdrängen zu wollen.

Arme, nette, neunzehnjährige Kleine! Die Brust hob sich und schwoll wie ein Daunenkissen und die kleinen, sonnenverbrannten Finger zitterten heftig.

»Oh, Fräulein Jönsson, wie habe ich mich nach dieser Gelegenheit gesehnt, um Ihnen zu sagen, wie ich Sie lie ...«

»Hoffentlich störe ich nicht?«, fragte die Erzieherin süßsauer und stieg mit langen Schritten, aufgerafftem Kleide und hässlich geformten Enkeln aus dem taufeuchten Grase hinter den Büschen hervor.

»Ich – ich dachte, Sie wären mit zur Kirche, Fräulein?«, stotterte der Inspektor.

»Nein, ich bekam ebenfalls zufällig schreckliche Zahnschmerzen. Guten Morgen, meine Herrschaften! Viel Vergnügen!«, und damit verschwand sie.

Als Herr Andersson sich nach Lotte umsah, war auch sie verschwunden, als wäre sie ein Schattenbild oder der Fond der Stockholmer Hochschule. Inspektorenherzen müssten eigentlich ebenso gut wie Dampfkessel ein Manometer haben, das den höchsten zulässigen Druck anzeigt, und darüber hinaus dürfte das unbarmherzige Geschick einen Inspektor durchaus nicht pressen.

Der August verging und der September kam. Der Mondschein im September ist beinahe noch schöner als der traditionelle im August, und eines Abends, als Lotte die Wäsche abgezählt, die Preißelbeeren gewogen, vier Kücken gepflückt und alle Blechsachen verwahrt hatte, meinte sie berechtigt zu sein, sich auf eine Gartenbank setzen und ein bisschen schwärmen zu dürfen. Der untrügliche Instinkt der Liebe führte Herrn Andersson, der im Garten herumspazierte, um ein bisschen zu rauchen, zu derselben Bank unter einem großen Apfelbaum. Mutiger als je zuvor, in der stillen Abenddämmerung, die mit ihrem Nebelschleier sein verlegenes Gesicht mitleidig verhüllte, begann er von Neuem: »Oh, Lotte, endlich darf ich Ihnen einmal sagen, wie grenzenlos ich Sie lie ...«

Es sauste wie ein Wirbelwind durch die heftig rauschenden Zweige des Apfelbaumes, Tausende von kleinen, runden Körpern regneten auf die beiden hernieder und oben aus dem Baume erschallte munteres Lachen.

Es ist doch wirklich recht hart, dass ein armer Inspektor, der den lieben langen Tag hindurch im Schweiße seines Angesichts gearbeitet hat, sich nicht, wenn der Abend hereinbricht, in der stillen, friedlichen Natur der Geliebten seines Herzens erklären kann, ohne erst nachsehen zu müssen, ob nicht die Buben seines Prinzipals im Apfelbaum sitzen und Unfug betreiben.

Herr Andersson fasste einen großen Entschluss. Am 24. Oktober wollte er bei Gyllenborsts abgehen, um selbst eine kleine Pachtung zu übernehmen. Bis dahin wollte er keinen neuen Versuch machen, Lotte unter vier Augen zu treffen. Dann aber, wenn er sein Gehalt bekommen, Bücher und Inventar abgeliefert und der ganzen Familie für den angenehmen Aufenthalt gedankt hatte, wollte er offen, ruhig und ernst sagen: »Frau Gyllenborst! Kann ich wohl Fräulein Jönssen sehen? Ich habe ein paar Worte mit ihr allein zu sprechen!«

Und dann wollte er ebenso ruhig und ernst die Hand der Geliebten ergreifen, ihr ins Auge sehen und sagen:

»Lotte, du weißt, dass ich dich liebe! Willst du auch ein bisschen von mir halten?«

Auf diese Art würde alles schön und gut werden. Welcher Narr er war, dass er nicht früher daran gedacht hatte.

Der vierundzwanzigste Oktober kam. Herr Andersson strich sein Gehalt ein, lieferte Bücher und Inventar ab, dankte den Gyllenborst'schen Herrschaften für die angenehme Zeit, die er bei ihnen verlebt hatte, wandte sich darauf zu Frau Gyllenborst und sagte mit ganz ordentlicher, obgleich etwas bebender Stimme:

»Frau Gyllenborst! Darf ich fragen, wo ich wohl Fräulein Jönsson treffen kann? Ich möchte gern ... es ist ... Etwas ... ich möchte ... sie gern ... hm ... sprechen ... hm ... allein.«

Die Gutsbesitzerin lächelte:

»Das tut mir sehr leid, denn ich habe Fräulein Jönsson erlaubt, gestern Nachmittag mit der Bahn nach Nässjö zu fahren, um ihren kranken Bruder zu besuchen.«

»Wann kommt – sie – wieder?«, flüsterte der arme Andersson.

»Das weiß ich nicht genau. Wenn es mit dem Bruder sehr schlecht steht, hat sie Erlaubnis, einige Tage dort zu bleiben.«

Halb bewusstlos taumelte Herr Andersson aus dem Zimmer in den Wagen, der ihn zur Eisenbahnstation führte, kaufte sich ein Billet, stieg in den Zug, drückte sich tief in eine Ecke, zog sein blaukariertes, baumwollenes Taschentuch heraus, schneuzte sich und – weinte, weinte zum ersten Mal seit seinem vierzehnten Jahre, wo seine Mutter am Nervenfieber starb.

In X. begegnete der ankommende Schnellzug Nr. 137, mit dem Herr Andersson reiste, dem abgehenden Personenzuge Nr. 142. Gerade wenn Nr. 137 in den Bahnhof fuhr, sollte der andere abgehen. Manchmal sausten die beiden Züge aneinander vorbei, manchmal standen sie noch 15 bis 20 Sekunden nebeneinander.

Nr. 137 dampfte mit Herrn Andersson an Bord in den Bahnhof X. ein. Schnaubend, mit geöffneter Bremse und in Ordnung zur Abfahrt stand Nr. 142 da.

Himmel! Lottes blauer Schal im Damencoupé dritter Klasse! Wenn man verliebt ist, soll man die Mitreisenden, das Zugpersonal und die Anstandsregeln als nicht vorhanden betrachten. Herr Andersson sprang auf das Trittbrett seines Wagens, beugte sich nach dem blauen Schal in Nr. 142 hinüber und rief mit einer Stimme, die von jahrelanger Sehnsucht, grenzenloser Liebe und Unruhe bebte: »Lotte, willst du meine Frau werden?«

Erschreckt über die muntere Verwunderung der Mitreisenden, die zum Glück nur in geringer Anzahl vorhanden waren, durchzuckte Lotte ein Viertelgedanke, sich nach gewöhnlicher Mädchenweise zu zieren, aber blitzartig stand es klar vor ihrer jungfräulichen Seele, dass es nun zugreifen hieß, wenn nicht ihr ganzes Lebensglück in Trümmer gehen sollte, und deshalb erwiderte sie errötend, einfach, schnell und treuherzig: »Ja, Karl!«

»Steig' sofort aus!«, rief Herr Andersson.

Und sie tat es.

Hand in Hand eilten sie in den Wartesaal erster Klasse, und dort sank Lottchen an das treue Herz, das sich so lange und innig nach ihr gesehnt hatte.

Doch das junge, freundliche, liebliche, in seinen innersten Herzensnerven erschütterte Mädchen fuhr plötzlich in den Armen des Liebsten zusammen, schlug die schönen, feuchten Augen auf und rief in schüchterner, unbeschreiblicher Verwirrung aus: »Mein Koffer!«

Aber Herr Andersson antwortete ihr nicht.

Was gehen wohl alle Koffer, Reisetaschen und Nachtsäcke des ganzen Weltalls einen Inspektor an, der liebt und weiß, dass er wieder geliebt wird!

Des Gerichtsbauers Mutterschwein

Der Gerichtsbauer in Warshült war kein gewöhnlicher Halbbauer, nein, er saß auch im Besitzrecht, hatte Sparkassenbücher für alle fünf Kinder, 60 000 Mark in Hypotheken, und wenn es noch Gerechtigkeit gab, so konnte es gar nicht mehr sehr lange dauern, dass er auch noch Bezirksrichter wurde.

Er hatte eine achtzehnjährige Tochter, die Karin hieß. Das war eine ganz verflixte Dirne. Groß und hübsch gewachsen und munter wie ein zweijähriges Kalb, das eben auf die Weide geführt worden ist. Sie hatte Augen wie Vergissmeinnicht und weiche, runde Arme, und wenn sie auf die Wiese ging und in kurzen Ärmeln harkte, so gab es keinen Burschen, der imstande war, die Arme anzusehen und nicht zu wünschen, es möchte jetzt Weihnachtsfest sein, wo man hätte hineinkneifen und die Lippen auf die rosigen Wangen drücken können.

Und nett war sie und flink in der Arbeit, und wenn sie in der Gerstenernte mit der Sense in der Hand aufs Feld kam, schaffte sie so, dass man sich rein vor ihr schämen musste, und wenn sie Mittags zum Melken ging und hatte kaum die Butte unter die Kuh gestellt, so begann die Milch in das Gefäß zu sausen, dass man hätte glauben können, das jüngste Gericht sei gekommen.

Jedoch in allen Fällen hat man seine liebe Not mit den Kindern, denn wenn sie sich auch recht gut in die Arbeit schicken und fleißig und nett sind, so hecken sie doch stets allerlei Teufelszeug aus. Und Karin war auch nicht besser als andere, denn sie hatte sich so in Johannsons Hirten in Applabo verliebt, dass sie weinte und schwor, sie wollte ins Wasser gehen, wenn sie ihn nicht bekäme.

Es war gar nicht so schlimm mit dem Hirten, müsst Ihr wissen, denn er war ziemlich klug und hübsch von Wuchs und Angesicht; ein Mensch, der arbeiten konnte, und sechs Tausend hatte er von seiner Mutter geerbt, war also auch nicht so nackt und bloß, aber es passte sich doch nicht für einen solchen, eine Gerichtsbauerstochter zu heiraten. Sie müsste mindestens einen Halbbauer haben, auf dessen Hof nichts eingetragen war, hatte die Bäuerin gesagt.

Der Hirt – Karl hieß er übrigens – wusste nicht, was sich schickte; er hatte bei dem Gerichtsbauern um das Mädchen angehalten und seine Einwilligung zur Heirat erbeten. Karin sollte ihn in zwei oder drei Wochen heiraten und sei damit einverstanden.

Und Karin war auch damit einverstanden, denn bei so etwas sind die Mädchen nie abgeneigt, aber der Gerichtsbauer schlug nur den Deckel seiner silbernen Schnupftabaksdose zu und grinste, wie er es zu tun pflegte, wenn ihm auf den Märkten ein zu geringes Angebot für seine jungen Stiere gemacht wurde, und sagte schließlich:

»Ha, ha, das passt sich nicht, Karl, aber wenn du mein Dienstmagdschwiegersohn werden willst, so will ich eine der Dirnen fragen.«

»Danke für das Anerbieten, aber mein Vater ist Viertelbauer, und ich lasse die Mägde in Frieden«, sagte Karl und begann sich nach der Tür zurückzuziehen.

»Hab' dich nicht so, Karl«, sagte der Gerichtsbauer, »jedenfalls sollst du einen Schnaps für die Mühe haben.«

»Danke für das Anerbieten«, sagte Karl, nahm sich eine Prise und legte dann die Dose auf das Wandbord. –

Zu Himmelfahrt kam er wieder, um zu freien, aber da wurde der Gerichtsbauer ganz verteufelt wild und sagte ihm, er sollte sich schämen. Diesmal bot er ihm aber keinen Schnaps an.

Karl stöhnte und grämte sich um die Dirn, so dass er ganz mager wurde, und er atmete so schwer, dass man keinen Augenblick vor dem Abspringen und Zubodenfallen seiner Westenknöpfe sicher war. Und Karin, die mit der Magd zusammenschlief, weinte die ganzen Nächte hindurch wie besessen, dass das ganze Kopfkissen nass wurde und die Magd aufwachte und glaubte, man hätte ihnen eine Satte Milch ins Bett gegossen. Und zwei oder drei Tänze auf dem Maienfest und so ein sechs, sieben Küsse Sonnabend abends hinter der Kuhstalltür, das war alles, was verabfolgt wurde.

Aber Gott verzeih mir meinen Schnickschnack, wir wollten ja, so viel ich weiß, von dem Mutterschwein sprechen. Ja, seht, das war so. Vor zwei Jahren war die landwirtschaftliche Ausstellung in der Stadt gewesen und da war der Gerichtsbauer denn doch blitztoll geworden, weil die Leitkuh des Kirchenvorstehers einen Preis und eine blaugelbe Schleife ums Horn bekommen hatte. Und da hatte er den ritterschaftlichen Polizeirichter gefragt, wie er es nur anfangen könnte, dass er auf der nächsten Tierschau den Preis bekäme. Und da hatte der Kommissarius von einer nagelneuen Schweineart gesprochen, die es nur an den Grenzen von Blekingen gäbe. Das seien Zuchteber, so groß wie kleine Ölandsponnys, dass sie sich zum Fressen auf die Knie legen müssten. Und der Kommissarius verschaffte dem Gerichtsbauer ein Mutterschwein von dieser Art, und nun da zu Johannis wieder landwirtschaftliche Ausstellung in der Stadt war, hatte das Mutterschwein grade am zweiten Ostertage acht Ferkel geworfen, worunter drei schwarz und weiß gefleckt, eines ganz schwarz und vier weiß waren. Und diese wollte der Gerichtsbauer auf die Tierschau schicken und damit den ersten Preis für Schweinezucht gewinnen. Und der alte Gerichtsbauer dachte weiter an nichts, als an sein Mutterschwein, und sprach von nichts anderem, als von seinen Ferkeln, und des Nachts träumte er sogar davon und streichelte mit den Händen auf der Decke herum. Und die Gerichtsbäuerin bezog das auf sich und freute sich, das könnt Ihr Euch wohl denken, und streichelte ihn wieder und sagte: »Andreaschen, Andreaschen!« Doch da begann der Alte zu locken: »Hiss, hiss, hiss!«, und man konnte deutlich erkennen, dass er sich im Schlafe mit den Schweinen beschäftigte.

So ein zwei oder drei Tage vor der Tierschau kam der Gerichtsbauer mit dem Buttermilchkübel in den Schweinestall – aber da war kein Schwanz mehr.

Der Gerichtsbauer stand wie angedonnert, als hätten sie ihn mit einer Holzaxt auf den Rücken geschlagen, er sprang und lief im Gehege herum und lockte: »Hiss, hiss, hiss!« Aber die Sau war mit ihrer ganzen Familie verschwunden, wie ehemals das Geld aus der Sparkasse zu Nöbble.

Ungefähr drei Kilometer davon ging Karl aus Applabo und suchte Deckweiden, um das Stalldach damit zu decken. Und während er so ging und suchte, machte es: Uff, nuff, uff, uff, uff! Und dazwischen quieckte es ein wenig leiser: Oui, oui, ui, i, i … i … i … und da war die ganze Schweinefamilie. Als Karl die kleinen süßen Tiere sah, die am selben Orte wie seine Karin beheimatet waren, da klopfte sein Herz so, dass es ihm das Uhrglas hatte zersprengen können und Tränen, so groß wie Wintererbsen standen ihm in den Augen. Doch dann überlegte er … und als er einen Augenblick überlegt hatte, lief er nach seinem Futtersack und lockte Mutterschwein und Ferkel in den kleinen Schafstall im Hagen, warf die Tür zu und kicherte, dass es vom Heuboden widerhallte. Und dann holte er den Schweinen Futter, damit sie sich anständig betrügen und still wären. Und gegen Sonnenuntergang nahm er ein buntes und ein weißes Ferkel, steckte sie in einen Halbenscheffelssack und ging zum Gerichtsbauern.

»Diese beiden habe ich in unserer Kuhkoppel gefunden. Seht nach, Bauer, ob sie nicht zu Eurer Familie gehören!«

»Jesses, Gott segne dich, Karl! Ja, freilich sind sie's. Aber hast du die andern nicht auch gesehen?«, sagte der alte Gerichtsbauer.

»Nee«, sagte der verfluchte Schlauberger, »nee, bloß diese beiden.«

»Liebes Herzchen! Komm doch mit herein und iss ein bisschen. Karin, Karin, hole Brot und Butter und Käse und Roggenmehlpfannkuchen und 'n Schnaps«, sagte der Alte.

Da könnt Ihr Euch wohl denken, dass Karin alles eins, zwei, drei herbeiholte, und als der Alte sich nach dem Schrank umdrehte, um die Schnapsgläser herauszunehmen, da benutzte Karl die Gelegenheit und drückte ihr einen Schmatz aufs Mündchen.

Und der Gerichtsbauer trug sowohl das bunte wie das weiße Ferkel in die Scheune, sperrte sie beide in eine Bucht, legte ein Schloss vor die Tür und schickte Knechte und Mägde auf die Suche nach den andern sechs Schweinen. Die kamen erst mitten in der Nacht wieder und hatten natürlich nicht einmal ein Paar Borsten zum Andenken mitgebracht.

Aber in der Morgendämmerung, als die Bäuerin am Giebelfenster stand und sich den Kopf kratzte, kommt Karl aus Applabo mit seinem Halbscheffelssack, und im Sacke quiekte es: Oui, oui ... oi ... ui ... i ... i ... i ... und er setzte drei Ferkel auf den Fußboden nieder.

Der alte Gerichtsbauer wurde so froh, so froh, dass er mit beiden Beinen zugleich bis an die Decke sprang, und Karl bekam Kaffee mit Kochzucker und Zwölflöcherkringel und einen guten Kognak.

Die Knechte und die Mägde zogen wieder aus und bekamen Essen mit, aber gegen Abend kamen sie wieder und schwuren, es sei vergebens, die Schweine zu suchen; doch kaum hatten sie sich gesetzt, als Karl schon mit den drei letzten Ferkeln ankam. Er tat, als sei er sehr müde, warf den Sack auf den Küchenfußboden, strich sich mit dem Wamsärmel übers Gesicht, um sich den Schweiß abzuwischen, und sagte:

»Hier habt Ihr alle Ferkel, aber die Sau ist zum Teufel! Die müsst Ihr selbst suchen, Onkel!«

Na, da könnt Ihr Euch denken, wie freundlich der Alte redete.

»Lieber, guter Herzenskarl, verlass mich nicht in der Stunde der Not! Morgen ist die Tierschau, und bekomme ich mein Mutterschwein nicht wieder, so tue ich mir ein Leid an, glaube ich.«

»Ja, nun könnt Ihr's fühlen, Alter, wie mir das Herz weh tat, als Ihr mir Karin abschluget«, meinte Karl.

Der Gerichtsbauer schluckte und würgte und wusste sich keinen Rat; und hinter der Küchentür stand Karin und biss in ihr Kopftuch, damit niemand ihr Kichern hören sollte, denn Karl hatte ihr natürlich gesagt, wo das Mutterschwein war.

»Lieber Karl, sei mir nicht bös!«, sagte der Alte zuletzt. »Liebes Herz, glaubst du, dass du die Sau lebendig erwischen kannst?«

»Leben und Tod steht in der Hand des Herrn, aber wenn Ihr mir Eure Karin versprecht, will ich es wenigstens versuchen.«

»Der Kirchenvorsteher hat ein verteufelt schönes Mutterschwein«, sagte Karin. »Kommt unsere Sau nicht auf die Tierschau, so bekommt er dieses Jahr wieder den ersten Preis.«

»Das soll eine verfluchte Lüge bleiben, und wenn ich die Tür entzwei schlagen soll!«, schrie der Gerichtsbauer und schlug mit der Faust auf den Tisch, dass die Pfannkuchenschüssel tanzte. »Hier ist meine Hand, Karl! Schaffst du mir die Sau vor Sonnenuntergang lebendig wieder, so geb' ich dir die Dirn', und Dreißigtausend bekommt sie mit und zwei Federbetten und den graubunten Stier!«

Karl schlug ein und warf Karin einen Blick zu, der ihr so durch den Leib ging, wie eine Heugabel durch eine Hafergarbe. Und damit ging er.

Um die Abendzeit kam er zurück. Er sang und trillerte, hatte sich rasiert und die Kirchenweste angezogen. Das Mutterschwein brachte er mit und hatte es mit einer Peitschenschnur am linken Hinterfuß angebunden, denn das ist die leichteste Art, Schweine zu treiben, müsst Ihr wissen.

Ihr Herzensjunge

Es gibt kaum etwas, was uns so reizt, als wenn unser lieber Nächster prahlt. Wenn wir erfahren, dass einer unserer Freunde gesagt hat, wir seien »charakterlose Taugenichtse«, so werden wir nur wütend, und das mag hingehen; aber sagt er, dass »sein Roggenfeld besser steht als unseres, weil er versteht, den Boden fruchtbar zu machen«, dann werden wir sowohl wütend wie neidisch, und das ist schlimmer.

Nur eine Art Prahlerei ärgert uns nicht, und zwar, wenn Eltern mit ihren Kindern prahlen. Wir finden es so natürlich, dass jeder Vater und jede Mutter »ihren eigenen Jungen«, »ihr eigenes, kleines Mädchen« für schöner, liebenswürdiger und klüger als alle anderen Kinder halten, und wir lächeln aufs Freundlichste zu dieser Prahlerei, welche direkt in die Saiten unseres eigenen Herzens greift. Deshalb hörten die Freundinnen es auch stets geduldig an, wenn Frau Palm auf ein Halbstündchen oder zwei kam, um ein bisschen von ihrem Herzensjungen zu plaudern.

Arme Frau Palm! Sie hatte es gewiss nicht zu gut hier auf Erden gehabt. Papa war ein armer, verschuldeter Beamter, und Mama hatte weiter nichts mitgebracht, als eine Kommode, deren Schubladen nicht schlossen, zwei Toilettenleuchter, auf denen die Lichte nie gerade stehen wollten, und ein Kopfweh, das niemals aufhörte. Papa Svensson hatte einen Wahlspruch, den er beständig im Munde führte, ganz wie ein regierender Fürst; nur mit dem Unterschiede, dass Papa Svenssons Wahlspruch niemals log. Papa Svenssons Wahlspruch hieß: »Wir können es uns nicht leisten!«, und nach diesem Wahlspruche regierte er ehrlich und unverbrüchlich ein achtundzwanzigjähriges, langes, armes, freudloses Eheleben hindurch. Mama Svenssons Wintermantel wurde fadenscheinig, und sie brauchte einen neuen, aber »man konnte es sich nicht leisten«. Mamas Migräne hätte vielleicht geheilt werden können, wenn sie in der hauptstädtischen Klinik eine Kur gebraucht hätte, aber »man konnte es sich nicht leisten«. Ein Stück frisches Fleisch jeden zweiten Tag würde so gut gewesen sein, aber »man konnte es sich nicht leisten«. Papa wäre vielleicht befördert worden, wenn er sich oben gehalten, weniger armselig in seinem abgeschabten Rocke ausgesehen und sich mehr auswärts, wo man Freunde und Gönner hätte finden können, gezeigt hätte, aber »er konnte es sich nicht leisten«. Man konnte es sich nicht leisten, das Sofa in der guten Stube neu beziehen zu lassen und Papa neue Kragen und Manschetten zu kaufen. Wenn jemand kam, wurde Mamas Schal mit scheinbarer Sorglosigkeit über die schadhafteste Stelle des Sofas gebreitet und jeden zweiten Morgen stand Papa mit nachdenklicher Miene an seinem Schreibtisch und schnitt mit der Papierschere die Ränder seiner ausgefransten

Manschetten gerade und zog seinen großen Mund nach rechts oder nach links, je nachdem er die Papierschere handhabte.

Dieses gesegnete »Wir können es uns nicht leisten«, hatte der kleinen Manda Svensson in den Ohren gesummt, so weit sie zurückdenken konnte; es war ihr so zur zweiten Natur geworden, dass sie einmal, als der Kanarienvogel der Morgensonne entgegenjubelte, ganz erschreckt zur Mutter eilte und rief: »Mama, wie kann Pipi es sich nur leisten, so lustig zu sein?«

Es ging alles wohl noch an, aber das Schlimmste kam, als Landgren, der Musiksergeant, der auf demselben Flur wohnte, Mandachen mitten in der Eingangstür umarmte und sie fragte, ob sie ihn liebhaben wollte, und Manda dies jubelnd der Mama erzählte. Mama bekam ihr entsetzlichstes Kopfweh, weinte und sagte, dass Manda es sich nicht leisten könne, sich an einen armen Burschen wegzuwerfen. Sie müsste einen haben, der sie wirklich versorgen … und … Papa ein bisschen mit dem Umsatz in der Reichsbank helfen könnte.

Manda weinte eine Woche, sie weinte zwei, aber da sagte Mama, dass ein armes Mädchen es sich nicht leisten könne, sich die schönen Augen, die ihr zu einem gutgestellten Manne verhelfen müssten, durch Weinen zu verderben, und so fing sie denn stattdessen an, den Stadtkassierer Palm anzulächeln, wenn auch mit Qual und dem Hornbläser im Herzen.

Kassierer Palms äußerer Mensch, den er schon seine guten fünfundfünfzig Jahre in der Stadt herumgetragen hatte, bildete den strikten Gegensatz zur Familie Svensson und zeigte, »dass er es sich sehr gut leisten konnte«. Das Einzige, was man an ihm aussetzen konnte, war, dass er auch kein Härchen mehr auf dem Kopfe hatte. Doch er war so sehr lang, dass er, wie ich glaube, hindurchgewachsen war. Überdies konnte er sich einen Bauch wie ein Bierfass leisten, dazu hatte er Füße wie die Rettungsboote eines mittelgroßen Dampfschiffes, eine Goldkette auf der Weste und eine Hausfrau im Hause, denn die Hausfrau war Manda geworden.

Dann kam der kleine Peter. Könnt Ihr Euch darüber wundern, dass sie ihn vergötterte? Sie selbst hatte nie eine Jugend gehabt. Er sollte so lange wie möglich jung bleiben. Sie selbst hatte nie Frohsinn gekannt. Er sollte mit Gottes Hilfe froh und glücklich werden. Es war, als spräche etwas in ihrem Herzen: »Manda Svensson, dein Leben ist trübe und verfehlt, du ›konntest es dir nicht leisten‹, glücklich zu werden, und darum machen wir nun einen Strich durch deine ganze Existenz. Doch in dem Kleinen da wirst du wieder aufleben. Er ist Blut von deinem Blute; du wirst seine Gefühle mitempfinden. Dich an seiner Freude freuen. Er ist Manda Svensson in neuer Auflage, aus welcher der große Druckfehler ›Armut‹ entfernt worden ist.«

Sie war entsetzlich schwach und nachgiebig gegen das Kind, wie die Nachbarn sagten. Ja, Herr Gott, freilich war sie es. Aber sie dachte an ihre eigene Kindheit, an ihr verblichenes, abgetragenes Kattunkleid, an den Weihnachtsabend, wo ein Paar schwarzer, wollener Fausthandschuhe mit drei roten Ringeln am Handgelenk ihr einziges Weihnachtsgeschenk ausmachten, und dann – biss sie die Zähne zusammen, ging hin und kaufte Peterchen eine blaue Samtbluse und kostbare Spielsachen. Er war ja Blut von ihrem Blute, und wenn sie sich doch einmal verkauft hatte, sollte er auch wohl den Gewinn davon haben. Die Nachbarn sagten ferner, dass sie schlecht wirtschaftete. Wenn ihr so etwas zu Ohren kam, schlug sie wohl manchmal das große Familienalbum auf dem Sofatische auf und betrachtete lange, lange eine Braut, die ihre eigenen Züge trug. Braune, blitzende Augen, fein gemeißelte Nasenflügel, Grübchen in Kinn und Wangen, wogende, krause Locken, feine Büste und ein keckes, etwas bitteres Lächeln. Und dann betrachtete sie den Stadtkassierer, der im Schaukelstuhl saß und seine Siesta nach der Schweinskarbonade hielt. Dick, fett, eine Glatze, und der stumpfe Ausdruck im Gesicht, der den abgearbeiteten Hofochsen stets kennzeichnet, selbst dann, wenn er zum Viehmarkte geputzt worden ist. Und dann fragte sie sich selbst, ob sie wirklich zu viel bei dem Tausche begehrte. War die Zugabe eines äußerlich guten, üppigen Lebens mit Freude und Sonnenschein für ihr Kind, die sie für den Tauschhandel zwischen der schönen Braut in den hellen Tüllwogen und den zwei Zentnern Viktualien, unter denen der Schaukelstuhl dort in der Ecke seufzte, gefordert hatte, denn wirklich zu groß? Und sie dachte, um mit Papa Svensson zu reden, dass »sie es sich unmöglich hätte leisten können«, es noch billiger zu tun, und schaffte sich ein neues, cremefarbenes Gesellschaftskleid an, und Peter bekam alles, was ihm zu wünschen beliebte. Er war ja ihr eigener Herzensjunge!

Das Kind war über alle Maßen klug. Als er erst acht Monate alt war, konnte er schon »Mama« sagen, und als er eben ein Jahr zurückgelegt hatte, schlug er den Trumeau in der guten Stube mit einem Holzscheit entzwei. Gott, wie war er süß!

Frau Palm war glücklich. Sie konnte sich nur schwer entscheiden, ob Peter in Zukunft Erzbischof mit Stab und Mitra oder Kavalleriegeneral oder der größte Redner und Dichter seines Landes werden sollte. Seine Begabung reichte zu allem hin, das wusste sie, und die Freundinnen, denen sie Wein, Torte und Kaffee vorsetzte, nickten und fragten einander, aber konnten durchaus nicht feststellen, welch eine Größe noch einmal aus dem teuren Engel werden würde. Frau Palm überlegte schon, wie es sein würde, wenn Peter einen ganz neuen Weltteil entdeckte, aber dann fiel es ihr wieder ein, dass er dort vielleicht in den fremden Strömen baden und dort von einem Krokodil aufgefressen werden könnte oder sein wollenes Unterhemd vergessen und sich erkälten würde, und so blieb Stanley mit der Konkurrenz verschont. Mit der Zeit füllte sich ein großes Album mit Peter in den Windeln, Peter im Wägelchen, Peter in der Marinebluse, Peter auf seinem neuen Schaukelpferd und Peter im Lehnstuhl mit Nero im Arm. Und wenn er schlief und Mama ihn nicht selbst küssen konnte, küsste sie seine Fotografien.

Alles wäre noch lange gut geblieben, wenn den Gymnasiallehrern in der Stadt nur nicht der Blick für alles, was Genie heißt, gänzlich gefehlt hätte. Vollständig unempfindlich gegen die hübschen Einfälle Peters und alle die Beweise, die er im täglichen Leben von seiner überlegenen Intelligenz gab, begannen sie bei der Aufnahmeprüfung für die Sexta das arme Kind auf eine besonders rohe und rücksichtslose Art über die Wirbeltiere, das Einmaleins und die Städte in Schweden auszufragen. Er wurde zurückgewiesen, obgleich Mama alle Magister zum Souper geladen und einen Gymnasiasten gehalten, der ihm ein ganzes Jahr lang derartige Dummheiten eingepaukt hatte, mit der ausdrücklichen Weisung, das Kind nicht zu plagen und sofort aufzuhören, wenn Peter sagte, dass er müde sei.

Die Freundinnen schauderten so, dass ihnen die Kaffeetassen in der Hand zitterten, wenn Frau Palm ihnen erzählte, welchen Ungerechtigkeiten Peter in der Schule ausgesetzt war. Die Lehrer der oberen Klassen waren kein Jota besser, als der Magister der Sexta. Peter bekam kleines c (ungenügend) im Schwedischen und der ebenso alte Sohn des Senators, der erst sprechen lernte, als er über ein Jahr alt war, großes AB (recht gut). Und Peter hatte mit acht Monaten »Mama« gesagt. Ein unparteiischer Mensch konnte doch gewiss leicht sehen, wer von beiden die größte Anlage für die schwedische Sprache hatte!

Oh, was musste Mamas Herzensjunge erleiden! Doch er hatte wenigstens immer reichlich Taschengeld, und wenn der Euklid seine Geheimnisse vor dem kleinen Lieblinge hatte, so hatte die Konditorei keine. Der Klavierlehrer, der Mark 1.50 für die Stunde bekam, beteuerte, dass Peter ein außergewöhnlicher Knabe wäre.

In Malmö sollte es besonders nette Gymnasiallehrer geben, die niemals ohne wirklichen Grund Abneigung und Hass gegen einen einzelnen kleinen Buben zeigten. Frau Palm war mehr als einmal im Begriff, ihn dort hinzugeben, aber wenn es soweit war, konnte sie sich von dem Einzigen, den sie auf der ganzen Welt liebte, nicht trennen. So saß er denn ein paar Jahre in jeder Klasse. Er, das Genie!

Wären in dem Jahre, als Peter ins Abiturientenexamen ging, nur nette Examinatoren ans Gymnasium gekommen, so hätte man eine Ehrenrettung trotz der Verfolgungen der Lehrer erwarten können, aber gerade da schickten sie die allerschlimmsten und strengsten Professoren nach X., denen je das Zensorenkommissarium anvertraut worden war. Peter mit seinem offenen, hurtigen Wesen machte ihnen wohl nicht genug den Hof, und vielleicht hatten ihn die Lehrer auch verklatscht, genug, er fiel durch. Im nächsten Jahre, als sie es denn doch nicht wagten, einen so begabten Jüngling wieder durchfallen zu lassen, rächten sie sich dafür an ihm dadurch, dass sie ihm ein schlechtes Zeugnis gaben. Man hatte versucht, ihm so viel wie möglich entgegenzuarbeiten, doch Genies brechen sich immer zuletzt Bahn, und mit 23 Jahren wurde er Student.

In Upsala ging es besser mit Mamas Peterchen, aber dort verstehen sie sich auch besser auf Genies, als in einer kleinen Provinzstadt. Examina machte er allerdings nicht, wurde aber schon im zweiten Jahre Chargierter seiner Verbindung, und er war noch nicht drei Semester da gewesen, als er seinem Mütterchen eine Fotografie von sich in Damenkleidern und mit einem Lockenchignon schickte. Er hatte bei einer Studentenaufführung die Liebhaberin gespielt und schrieb selbst, dass ganz Upsala einstimmig behauptete, nie so etwas in der Stadt gesehen zu haben.

»Liebe, gute Frau Palm, wie geht es dem Kandidaten?«, begannen die Stadtbewohner zu fragen, als einige Jahre verflossen waren, ohne dass Peter zu Hause gewesen war.

»Ja, sehen Sie, gute Frau Andersson, Sie wissen wohl, wie es in der Welt zugeht. Diejenigen, welche so außerordentlich reich begabt sind, haben stets Neider. Peter hatte es dadurch in Upsala zu schwer und treibt nun freie Studien in Stockholm. Er wird bald anfangen, neue Erfindungen patentieren zu lassen. Ein Professor hat jährlich nicht mehr als sechstausend, aber Peter wird viel, viel mehr verdienen. Ein Genie bricht sich stets Bahn, Frau Andersson.« –

Stadtkassierers mieteten eine kleinere Wohnung und entließen das eine Dienstmädchen. Peter brauchte so viel, denn wenn Erfindungen mit ordentlichem Nachdruck betrieben werden sollen, darf man nicht daran denken, noch etwas nebenbei verdienen zu wollen. Mit der Zeit bringt sich das alles wieder ein.

Der Stadtkassierer starb, und als der Nachlass geordnet war, blieb für die Witwe wenig mehr als ihre kleine Pension übrig. Sie mietete sich ein Mansardenstübchen mit Küche, übernahm feine Wäsche für fremde Leute, lebte von Zichorienkaffee und schickte Peter jeden Monat dreißig Mark.

Er »kannte seine liebe Mama gar nicht wieder«, schrieb er. Wie konnte sie nur glauben, dass er von so wenig leben könnte. War es ihr unmöglich, ihrem Herzensjungen länger zu helfen? Wollte sie ihn vielleicht sich selbst überlassen? Er war ja noch nicht ganz 36 Jahre. Er müsste umgehend 200 Mark haben. Eines Tages, wenn die Welt ihm Gerechtigkeit widerfahren ließe, würde er ihr alles vergelten.

Frau Palm schämte sich über ihr Betragen gegen ihren Herzensjungen, vigilierte, lieh, verpfändete, log, weinte und – schickte einen rekommandierten Brief ab.

Alles wäre auch noch gut gegangen, wenn die Leute hierzulande nur Sinn für Erfindungen und einen Funken Unternehmungsgeist besessen hätten. Doch sie schüttelten nur den Kopf über Peterchens Ideen und liehen ihm eine Kleinigkeit, wovon er den Tag über leben konnte, um ihn los zu werden.

Zuletzt wurde Frau Palm von Sehnsucht überwältigt. Sie scharrte das bisschen, was sie hatte, zusammen und fuhr nach Stockholm, um mit ihrem Jungen weiter zu streben. Er brauchte jemand, der sich nach ihm umsah. Mama fürchtete beinahe, dass ihr hübscher Peter bei all seiner Arbeit seine äußere Erscheinung ganz vernachlässigte.

Damit hatte es keine Gefahr. Die Toilette war schön in Ordnung. Blank, geputzt, fein, und elegant war Peter wie nie zuvor. Und jeden Mittag machte er seine Promenade durch den Königsgarten und über die Nordbrücke. Mit Musik. Und ganz Stockholm war draußen und sah ihn an, wie stattlich er war. Er hielt sich auch stramm und würdig. Denn sonst darf man nicht ... des Königs Svea-Leibgarde angehören.

Peter hatte es für überflüssig gehalten, Mama von dieser seiner ersten Beförderung im Staatsdienste zu unterrichten.

Frau Palm erholte sich auch von diesem Schlage und wusste der Wirtin bald zu erzählen, wie eine »Diplomatenfrau« ihren Peter, als er vor dem Luchsgarten Posten stand, angeblinzelt und ihm sogar zugewinkt hätte. Doch Peter besäße einen solchen Charakter, dass er sich nie auf Abenteuer einließe. Er hätte nur das Gewehr geschultert und geflüstert, auf Französisch geflüstert: »Madame, Sie vergessen sich!«

In Stockholm gibt es reichlich Feinwäscherinnen, Frau Palm konnte nicht genug verdienen, um selbst davon zu leben, viel weniger, um Peter zu helfen, und nach ein paar Jahren war sie Insassin eines Armenhauses.

In Stockholm gibt es viele Krugwirtschaften, Peter besuchte sie fleißig, um die Erinnerungen zu ertränken, die letzten Ruinen seiner zusammengestürzten Luftschlösser, und vertauschte schließlich die Gardistenjacke mit der grauen Uniform der Arbeitshäusler.

Des Nachts, wenn es niemand sah, weinte Frau Palm bittere Tränen, aber ihr Herz »konnte es sich nicht leisten«, den letzten Schimmer von Stolz über ihren Herzensjungen abzulegen, und daher kam es, dass sie oft, oft zu einer der Kameradinnen in dem düstern Hause sagte: »Ja, es ist wahr, dass Peter in der Anstalt ist; die Bosheit der Menschen hat ihn dahin gebracht; aber Sie können gar nicht glauben, Madame, wie gut er auf die Elenden dort einwirkt. Ja doch, denn sehen Sie, er hat sowohl Kenntnisse wie Charakter, und deshalb haben sie da auch solchen Respekt vor meinem Herzensjungen!«